「致敬时代」系列

稻菽千重浪

——乡村振兴主题小说集

DAOSHU QIANCHONG LANG

XIANGCUN ZHENXING ZHUTI XIAOSHUOJI

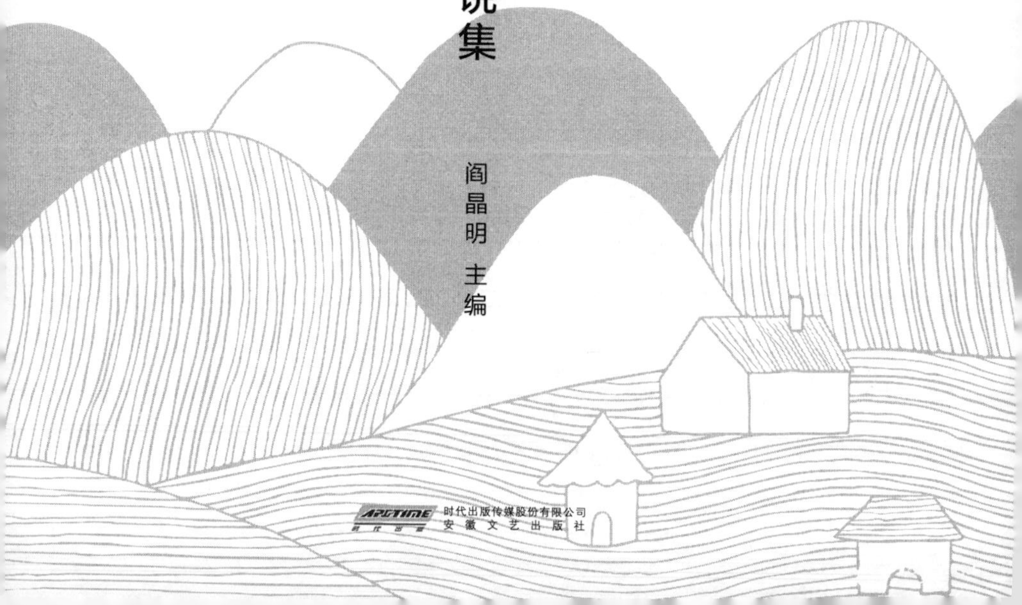

阎晶明 主编

时代出版传媒股份有限公司
安徽文艺出版社

图书在版编目（CIP）数据

稻菽千重浪：乡村振兴主题小说集 / 阎晶明主编．—
合肥：安徽文艺出版社，2023.6
（“致敬时代”系列）
ISBN 978-7-5396-7668-5

Ⅰ．①稻… Ⅱ．①阎… Ⅲ．①短篇小说–小说集–中国–当代 Ⅳ．①I247.7

中国国家版本馆 CIP 数据核字 (2023) 第 003408 号

出 版 人：姚　巍　　责任编辑：胡　莉　宋潇婧
特约编辑：罗路晗　　封面设计：鸿儒文轩·末末美书

出版发行：安徽文艺出版社　www.awpub.com
地　　址：合肥市翡翠路 1118 号　邮政编码：230071
营 销 部：（0551）63533889
印　　制：三河市华东印刷有限公司

开本：880 × 1230　1/32　印张：7.75　字数：180 千字
版次：2023 年 6 月第 1 版
印次：2023 年 6 月第 1 次印刷
定价：35.00 元

MULU ///

目录

001 辣椒红了 / 光盘

047 报君知 / 王方晨

073 稻菽千重浪 / 余一鸣

123 无限好山都上心 / 余一鸣

191 婆家的饭长 / 刘正权

209 黑王寨风情 / 刘正权

辣椒红了

/光盘

一

作为私企，旭日家电公司没有乡村扶贫的硬性任务。董事会上，乔洋抛出扶贫的议题，引起一片哗然。董事们有三分之一不同意。他们不是不想伸出援助之手，只是公司效益一般，受多种因素影响，去年公司上下用尽智慧和力气，也才略有盈利。“公司不大不小，要是效益特别好，乔洋董事长怎么提议，全体董事都会赞成。”反对者如是说。乔洋看得出，许多没有公开表态的董事内心也是不乐意参与乡村扶贫的。他们可能碍于乔洋的面子，不便表态，不想在这个节骨眼儿上提出反对意见。乔洋必须争取这些摇摆的人，他抢占先机说：“除了刚才发言表示反对的，剩下的董事都是赞成的，赞成者超过半数，项目通过。散会。”乔洋站起来，走出会议室。董事们愣了愣，相互看看，无奈地接连离开。

下午，各董事和在职高管都收到了《扶贫计划书》。扶贫点定在锦荣村。那地方属高寒山区，田少、地少、水少，十年九旱，太穷，公司人都知道。乔洋董事长的太太赵铁男就是锦荣村委会下辖的虎山自然村的。那年她只身回老家。村里不通车，下班车后她走在通往村里的山道上。大白天的，来了劫匪，一个大人带着两个半大孩子。“我是虎山村的，本地人。”她说，“我看你们谁敢抢？！”劫匪红着眼，凶兽一般扑过来。赵轶男带的现金比以往多，因为娘家急需这笔钱。赵轶男夺路而逃。她钻进山里，慌不择路，不小心摔下五米山坡……两腿残疾伴随她到如今。被抢劫，以致腿残疾，她内心的疼痛与对故乡的憎恨与日俱增。

公司通过了扶贫计划，无法更改，但即便扶贫也不能扶锦荣这样太穷的地方，得挑一个条件相对好点儿的，那样，公司不费劲儿，还能赚荣誉。大部分董事和多数高管都有同样的看法。乔洋回答说：“锦荣，是我精心挑选的扶贫点。如果条件好，还要我们扶什么贫？！”

一位高管的理由却是另外一种：“你难道忘记了你太太的遭遇，忘记了你全家内心的伤痛与仇恨？”

“我没忘，一辈子也忘不了。”乔洋低沉地说。他苦着脸，示意前来提意见的高管退出去。

二

元旦假期，在锦荣村，跟往常没有区别。昨晚下过小雨，从早晨开始的北风，吹落了山林植物上的水珠，却没吹干沙道上的潮湿。通往锦荣的岔路口聚集了一些人，他们告诉乔洋，在政府支持下，他们准备修建能跟村委相连的水泥公路。路口延伸进去，S形串起锦荣村、大坪村、弄岩村，然后绕过绵绵山岭，进入别的县界。

“要致富，先修路。”乔洋说。

聚集在路口的修路工人今天第一天开工，有一个工头模样的人说：“修路没错，可修了路就能万事大吉，钞票滚滚来吗？”

乔洋看着对方，心里说，我知道幸福从来不会从天上掉下来。乔洋了解了一下，这条乡村公路设计宽度为三米五，会车点设计宽四米。乔洋脑子里闪过数字，轻声说：“路太窄，碰上大车通过不了。”工头耳尖，听到了，说：“知足吧，三米五的路都争取了好几年。”

“如果拓宽到四米五，需要增加多少费用？”乔洋问。

“我算不来，应该不少。难道你想捐款？修路的钱一部分是本地老百姓捐的，数字很小。本地没几个富户。”工头说，“据说，县里政策是老百姓集资越多，政府配套资金也就越多。谁不想把路修宽点儿？路宽了，现在也许用处不大，将来作用一定大。眼光应该放长远。可惜，民间集不了这个资啊。”

这是条机耕道。一条机耕道连接山区的三个村。乔洋开了辆越野车来，再难走的道路都不怕，只要是条公路。工头指挥刚开工的施工人员为乔洋让出一条道，并说：“你不是本地人吧？口音不对，相貌不熟。”乔洋回答说：“怎么说呢，我是锦荣女婿，算本地人吗？”

“此路磕磕碰碰，按摩腰部效果不错。”儿子乔锐讽刺地说。

“适应一下就好了。”车上还坐着一位副总经理、一位办公室主任。

“我们都是城里人，不懂农村，怎么扶贫？”副总经理问。

“是啊，我们都不懂农村人、农村事和农村的发展，所以就要学嘛。”乔洋回头说。后排的乔锐哼哼冷笑。

行驶一公里，就到了锦荣村村委办公楼。办公楼像民居，上下两层，里面乱，周边环境差，看得出村里的经济状况。三张办公桌靠在一角，村委干部来得倒整齐。桌子下是烧得正旺的炭火。

“天气真冷。”乔洋说。

“是呀是呀。”村支书钟德明说。村委主任辞职，他目前兼任。

乔洋给他们散过香烟后，做自我介绍。钟德明打断乔洋的话说:“你是大老板，姓乔，我认识你。你可能不记得我了。好几年了吧。说起来惭愧……当时你来处理你老婆的事，还来了好多人，包括民警和镇里干部。”

在座的村委干部都记得赵铁男的事。回乡人在老家被劫，有同情心的人心里都会难受。

“钟传广回来了吗？”乔洋问。钟传广就是带头抢劫赵铁男的那个犯罪男子。

“没有。”钟德明说。

“他那年逃出去被抓，判刑后就再没回来？”乔锐气鼓鼓地问。

“出狱后回过一两回吧，来去匆匆。”钟德明说，“但他不承认抢劫，他说他是被冤枉的。”

“真不要脸，这种人就不该活着！”乔锐大声说。

乔洋拍拍儿子的肩，示意他冷静。赵铁男遭劫，也给儿子留下了巨大的阴影。那年，儿子乔锐已经十五岁，血气方刚，多次要动手报仇。还好，乔洋看管得紧，阻止了另一场悲剧的发生。当年赵铁男跌下悬崖所经历的疼痛，乔洋不愿去细想。赵铁男连续呼救三个小时，才被一个善良的打柴老汉听到。老汉立即组织人营救。赵铁男摔得重，两条腿再没复原，落下残疾。丧尽天良的钟传广带领两个半大小子并没放过赵铁男。他们绕过悬崖，来到出事地点，抢走赵铁男的背包、手表、手机和现金，然后逃跑。民警破案花去很多时间，赵铁男的脑袋也摔伤了，出院一年多后脑子还不能完全清醒，给民警取证带来极大困难。民警入村调查，走访群众，寻找目击证人和知情者，前一个月没寻到有价值的线索。民警清楚，知情者不敢说。但是，谁是知情者呢？村委干部应镇政府领导和派出所要求，组织事发地点附近自然村的人开会。留守的人不多，来参加调查会的人数也大打折扣。有民警提出，来者无鬼，拒者才是知情者或者嫌疑人。民警再次逐村逐户逐个排查。民警通过察言观色来判断嫌疑人或者知情人。案子取得突破得益于集市上的一次偷盗事件，一个少年扒窃一个中年妇女的钱包，随后被一个青年擒拿。这个青年是中年妇女的外甥，警校三年级学生，假期来走亲戚。少年被扭送进派出所。一审问，就审出了参与抢劫赵铁男的案子。民警立即捕人，另一个同案少年束手就擒。钟传广闻信逃跑，民警半年后才在广州警方配合下将其捉拿归案。三个抢劫嫌疑犯是父子和叔侄关系。当时钟传广计划过两天带着儿子和侄儿外出打工，躲开民警调查，要不是儿子手痒又在集市上扒窃，他们就将在广州偷盗了。两个少年初中还未毕业，没成年，司法部门把他们关进少管所。钟传广则被判刑十三年。

“你们是来找钟传广吗？”钟德明问。

“当然是，前面是法律跟他算账，现在是道义跟他算账！赶快交出来！”乔锐说。

“他去年出狱，就回来过一两次，停留时间短，村里好多人都没见到他。”钟德明说，“钟传广的儿子和侄儿倒常回来，可是，他们眼下并不在村里。”钟德明做出一个“请”的姿势，意思是欢迎乔洋一行人入村搜查。那年，钟德明还没当村委干部。他跟钟传广同在一个自然村，两人是族亲。

“钟传广三人的事，暂且不谈。”乔洋原地不动，“我们旭日家电公司有意来你们村扶贫投资。”

钟德明笑道：“乔老板说笑了，你们恨我们都来不及，再说，我们这穷地方，你们能投资什么？”

“也许我们不能投资大项目，但可以帮助你们做一些事。”乔洋说，“趁你们班子成员都在，我们双方开一个会。”

钟德明为难地说：“我们的会还没开完呢。”然后对村干部说，“我们继续开会。”

乔洋看得出，钟德明信不过自己。乔洋带着随行人员朝村里走去，钟德明追上来叫喊：“乔老板，他们三人都不在家，真的。”

村道肮脏凌乱，夹在破败老屋及新洋楼间。洋楼不多，也就三栋，是主人打工挣了点儿钱回乡建的。其余大都是传统房屋，有的甚至在风雨中飘摇。有个中年男人坐在屋前，用笑容跟乔洋一行人打招呼。

“你多大？”乔洋问。

“五十七岁。”中年男人说，“你们是政府干部？”

乔洋不请自入屋内，他指着堂屋说：“你们看，这是他们的厅堂。”他们进入厨房、卧室，乔洋说，“这是他们的厨房和卧室。谁用一个词来形容？”

“家徒四壁。”乔锐说。

“你们家几口人？年收入多少？”乔洋问跟在后面的中年男人。

“我家算上我妈六口人，大儿子外出打工，小儿子和女儿还在上大学。”中年男人说，“年收入，唉，我都说不出口呢。”

中年男人的老婆用板车拉着婆婆出现在他们眼前，她俩刚从镇卫生院回来。他老婆听说来人不是政府的，是一群闲人，话也懒得跟乔洋说。她的眼里透出敏感、自卑，也透出不友好。乔洋一行离开时，她冷不丁朝他们后背说：“你们来干什么？来看我们笑话吗？！”

乔洋带领副总等人一连走了四五家，从家中摆设来看，有的家庭相对好一些，但普遍给人的感觉就是穷。锦荣这地方穷出了名，想不穷也许只能期望将来。乔洋和有一定阅历的副总似乎并不太吃惊，他俩有心理准备。乔锐和年纪轻轻的办公室主任参观过后，咂舌不断。乔洋最后将一行人带到钟传广家。对于这座倒塌一半的房屋，乔洋再熟悉不过，那年，为了处理赵铁男遭劫的事，他不知来过多少回。倒塌的那一半是钟传广哥哥家的，他家出了另一个少年抢劫犯。屋子倒塌一半，自然不能住人了。外出打工数年不回，老屋不住人，毁得快，住不了人。住不了人，主人就不回来，不回来，老屋就毁得更快。两者较劲似的。

“锦荣这一带别的自然村情况与此大同小异。”乔洋说。

“想想他们，我们的生活比蜜甜了。”年轻的办公室主任说。

“人性之恶也会因为贫困被大比例地激发出来。”乔洋说。

在村口，乔洋一行碰上钟德明，其实是钟德明来堵他们的。乔洋一行的真实目的钟德明必须弄清楚，要是对村里、对家族不利，他就要想办法阻止。

“我们进村看了看，了解了一点儿你们的生活情况。”乔洋说。

“不需要调查，我们村就是一个字，穷！”钟德明说，“我们穷，我们谁也不怕。”

“你这话好像带着威胁呢！”乔洋笑着说，“我们此行的目的就是实地考察，回去做方案，真心实意地帮助你们，首先让大家脱贫。现在中央提出了精准扶贫，不久肯定会有大动作。我们公司不一定做得到精准，但的确能做一些力所能及的事。”

“凭什么？你们凭什么？”钟德明说。

“凭你们穷。”乔洋说，“穷，没什么可遮掩的，首先大胆承认，其次发力改变。”

“我们天天做梦脱贫，可是我们这个自然条件，缺田缺地缺水缺钱缺技术缺市场，我们使不上力啊。”钟德明说。

“所以，你们需要帮助，除了政府，还有更多社会力量可以依靠。”乔洋说。

“可是这个工作跟你们没关系啊。”钟德明说。

“谁说无关？跟每一个中国人都有关。”乔洋说，“真爱国，就要为社会做力所能及的事，而不是只停留在嘴上，停留在网络聊天上。”乔洋侧过头看了看乔锐和年轻的办公室主任。

“我们双方可以开会了。”钟德明说。

回到村委办公室，钟德明向乔洋介绍锦荣的基本情况，乔洋带头详细记录。会议快结束时，驻村工作队队长肖书记来到，他来自县人社局，是退居二线的副局长，后来改任驻锦荣村第一书记。肖书记听说过乔洋他们公司，知道旭日家电公司是做家电产品的。家庭用的除了彩电、冰箱，其他家用电器也做。肖书记也是不太相信这个与此地无关的大城市的公司会来扶贫。听说乔洋老婆当年的事后，肖书记心里更加怀疑。曾有个别公司打着开发、扶贫的旗号，到农村来圈地，套取国家资金，假开发，装模作样开发，钱到手后，就抛弃项目。肖书记问得细，是想寻找破绽。到头来没找到破绽，他心里仍然不踏实。

三

公司投钱到锦荣扶贫，乔洋没告诉赵轶男。这是公司的事，像以往一样，他认为，没必要告诉赵轶男。多少年来，不能当赵轶男的面提“锦荣”二字。锦荣的村名来自锦荣自然村，三个致赵轶男双腿落下残疾的歹徒就来自锦荣自然村。“锦荣”二字像一把插在她心里的利刃，时刻令她绞痛。赵轶男行走不便，不得不借助拐杖。她心里的苦，乔洋感同身受，他心里已滴满疼痛的鲜血。他对她唯一的安慰就是对她好一些，再好一些，用尽业余时间陪伴她。赵轶男大学毕业被分配在桂城第三制药厂，多年后成为出色的工程师。双腿受伤致残后，单位调她干轻松工作拿同样的工资，她心里有愧，提前病退。病退在家也尽量不给家人增添麻烦，她拖着残腿包揽了一切家务，家里总是整整齐齐，窗明几净。乔洋减少不必要的应酬，按时下班陪她看电影、散步、下跳棋。

乔洋去锦荣调研的消息是赵铁男的一个亲戚透露给她的。在锦荣，她已没有至亲，她出事后，恨透了老家，想尽一切办法将农村的两个哥哥以及父母安排进城里生活，切断跟锦荣的一切联系。现在父母年纪大了，这两年不时流露出叶落归根的想法。活着不归根，离世后也要回去，父母私下跟她的两个哥哥说好了。父母身体还行，但人总是要离开的。赵铁男反对父母去世后葬回老家，其实就是不愿面对老家的土地和乡人。赵铁男在桂城为父母买了墓地，为父母准备了未来。两个哥哥和父母心疼赵铁男，没有公开反对。赵铁男有她的心思，父母也有他们的心思，相互尊重才好呢。可是，赵铁男的遭遇，又不能不考虑。两个哥哥计划着，如果到了那一天，她的思想工作还是做不通，就依她，待若干年后，让后辈再将爷爷奶奶的坟迁回老家。乔洋带着人去锦荣考察，让赵铁男的一个亲戚知道了，她家多年无人回老家，乔洋回去，亲戚很高兴，以为当年的痛在赵铁男这里有所减轻，就给赵铁男打来电话。

赵铁男知道消息后，痛倒在沙发上。她不能接受乔洋到锦荣扶贫，上哪里扶贫，她都支持，唯独老家锦荣不行。

乔洋回到家，赵铁男说："你太让我失望了，你的心居然偏离了轨道。"乔洋知道事情"败露"了，他只好请求原谅。

"要我原谅你，除非撤销扶贫计划。"赵铁男说，"如果你换一个点，我愿加入你的扶贫工作队。"

这个点是他精心选择的，董事会也通过了，乔洋不会轻易放弃。"你太着急了，要去扶贫，也等我死了呀。"赵铁男说。

"全国扶贫是国家战略，到锦荣扶贫是我们公司的战略。"乔洋多年来第一次当她面说出"锦荣"二字。听到"锦荣"两个字，她像被寒光闪闪的利剑刺中，倒在沙发上。乔洋叫来救护车，乔锐埋怨说：“你不害死我妈不甘心是吧？”救护车还在去医院的路上，赵铁男说：“回头，到医院没用，我的心病医院治不了。”救护车没停，朝医院奔去。进了医院，病人都得听医生的。医院接诊后，对赵铁男做各种检查。赵铁男不断说：“我没事，不用检查，即便检查，你们也检查不出我的病。”但她没有拒绝医生检查，还挺配合。折腾到晚上十点，双方父母都聚集到医院。也不知道消息是谁透露出去的。双方父母知道起因后，批评乔洋多事，找错了扶贫对象。“我始终站在铁男一边。哪块黄土不埋人？我决定百年后，就埋在桂城的公墓里，绝不回故乡。”赵铁男父亲安慰式地表态。她母亲扯扯父亲衣角，提醒他不要讲大话。叶落归根的思想，父亲根深蒂固，他避开赵铁男说过，百年之后克服一切困难，也要回到生养自己的故土。赵铁男的哥哥发过誓，要排除万难实现父亲的心愿。她母亲呢，心思重些，但想法其实跟她父亲没两样。赵铁男父母和两个哥哥也都恨透了故乡，因为赵铁男，“恨”屋及乌。但是，他们又深爱着故乡。他们跟赵铁男还不一样，他们的根系在故乡，深扎在故乡。离开，只是对心痛暂时的治疗。赵铁男首先是受害者；其次，她考上大学离开故乡，远嫁他乡，跟其他所有女人一样，故乡只是娘家。父母及她的两个哥哥虽然生活在城市，生活安定，但仍然有漂泊无根之感。虽为手足，同一个故乡，双方对故乡的感觉却不太相同。

医生经过观察和检查，认为赵铁男无大碍，同意病人及家属的申请，允许她出院。手续可以明天上午来办。全家人集中到赵铁男家，劝说乔洋放弃扶贫计划。乔洋一言不发，脸上挂着微笑，虚心听取家人意见。

“光笑有什么用？你得表态。”乔洋父亲说。

“我沉默就是最好的表态。”乔洋说。

医生给打的镇静剂效果不错，赵铁男情绪稳定，说话平稳，她还主动说出“锦荣”二字。“你主张公司扶贫锦荣，是往我伤口上撒盐，不，是下刀，是安放炸弹。”赵铁男说。她没说多久，困了，躺在乔洋怀里睡着了。家庭会议到此结束。乔洋在全家人关心的目光中，抱赵铁男入房间，躺下轻搂着她。双方父母悄悄关灯退出去。

公司高层早上有个晨会，会议开始前，大家都在议论锦荣扶贫计划。乔洋进来，他们仍然没有闭嘴。“这个计划，董事会有反对声音，公司员工有反对声音，董事长家里有反对声音，最大的反对声音来自董事长家里。”一位陈姓副总看着乔洋，总结说。

“依你的意思……？”乔洋问陈副总。

“依我的意思，公司决定了的事，雷打不动，必须推进。”陈副总说。

乔洋没有表扬陈副总拍的马屁，他知道陈是个摇摆分子。前两天跟随乔洋到锦荣实地考察的刘副总说：“我建议大家都去贫困地区看看，也许你知道他们穷，却并不知道他们到底有多穷。人穷志短，恶性循环。帮助穷人树立信心，建立志气，才是扶贫的核心。”得到乔洋的允许，他把拍到的照片和视频发到高层微信工作群里，让大家了解。有人看后说，照片和视频应该发到公司员工群里，让所有人了解。“收入要知足，看看人家过的什么日子。”有一个高管说。乔洋马上否定，说：“我反对收入知足的观念，我们要有收入永不满足的思想。不断追求高涨的收入并为之奋斗才是公司的核心理念。”

今天会议主题还是扶贫。乔洋根据这些天了解到的锦荣的详细情况，提出几点设想：一是寻找水源，建设自来水网络，包括饮用水和灌溉水；二是扶持发展当地传统特色产业；三是开发新产业；四是投入一定的资金，争取政府增加配套资金，拓宽四级公路。

“这些是县乡村干部的事，我们替他们干了。”有高层插话说。

“是这样，扶贫嘛，不就这些事？”乔洋说，“这只是初步的思路，是第一阶段要做的事，以后还有更多需要做的。”

会上通过了成立扶贫开发小组的提议。乔洋任组长，刘副总任常务副组长，公司高管都是成员。乔锐从基层被提任扶贫开发小组副组长，其实就是换到另一个基层。乔锐硕士毕业进入旭日家电公司，在多个基层岗位待过，是技术人才，现在是重用的时候了。高管人员中有人反对，说乔锐参与扶贫是人才浪费，还说，别的单位派出的扶贫干部不是退二线的就是在单位吃闲饭的。乔洋解释说：“名单是我特意定的，把乔锐安排去扶贫，不仅能让他体察到社情民意，更说明我扶贫的决心。扶贫期间，乔锐该负责的技术工作还得负责，耽误不了什么。”

乔洋威信高，他决定的事情，人们基本上不反对，因为最后事实证明他的决策都是对的。但扶贫这事不一样，除了道义上、大爱上，公司高管们看不出对公司的直接利益在何处。他们心里还是有想法的，只是不能说也不敢说。会议最后一项内容是研究股票处置。昨天已经有两个股东正式提出转让公司股份，这两个股东对公司扶贫极力反对，认为公司工作目标走偏，不好好干正事，瞎凑热闹。他俩对公司失去信心，因此要转让股份。两个股东的股份相加有不少。没人接盘，股东的股份就转让不了。有高管的观点是谁也不要接盘，以示对这两个股东的背叛实施惩罚。此观点得到不少人的赞成。乔洋不认为转让股份是背叛，而是各人对事物的判断不同。双方争论了一番。举手表决时，大都赞成转让。天要下雨，娘要嫁人，由他去吧。讨论一番后，决定由内部职工购买，一百股起购，先买先得。消息放出去，一些职工蠢蠢欲动。股价是当下市场价，不贵，旭日家电公司业绩还行，买股份投资前途还是有的。当得知股份是两个股东信心不足转让时，有人便打起了退堂鼓。三天下来，认购刚过一半。两个股东着急，希望马上脱手，与旭日家电公司撇清关系。剩下的股份乔洋有能力收购，但他想让更多公司员工拥有股份，占股才觉得公司是自己的，工作才更卖力。乔洋让工会主席召开职工代表大会，尽快把股份卖出去。职工代表大会开过，仍然有部分股份没卖出去。乔洋建议赵轶男买下。赵轶男不买，她说："扶贫锦荣，大大失策，预示着旭日家电公司将走下坡路。转卖股份的两个股东有眼光。收回扶贫计划还来得及。"

乔洋动员了几个高管，他们以各种理由婉言拒绝。有的是找理由，有的是真无钱购买。乔洋问乔锐："要股份吗？"乔锐说："我又没钱买。"乔洋说："如果你同意，我买来送给你。"乔锐对乔洋翻翻眼皮，没表示。乔洋自作主张把剩下的股份拿下，放到乔锐名下。股份转让处理完了，但公司里议论声更大了。

扶贫计划在不同声音中启动。赵轶男看不惯乔洋，去父母那边住了，乔锐见母亲不在家，也去了外婆家。乔洋一个人待在家里，太太不让他上岳父家，他就去自己父母家。父母尽管欢迎他，却有无尽的牢骚。劝人的话听多了，烦躁，乔洋回到一个人的家。公司和家庭，反对的反对，不反对的保持沉默。乔洋像走进一座孤岛。

公司里的事，他交给陈副总负责，自己带着刘副总和乔锐等人沉下去。按计划，他们先去县扶贫办。没约上扶贫办正、副主任，下面的工作人员做不了主。乔洋让驻村肖书记帮忙约，转了几个弯，对方才答应晚上八点在乔洋他们住的宾馆见面。晚上八点，扶贫办那个副主任没按时到，到了九点才慢吞吞出现。“扶贫办是个穷单位，我们四周都是要钱的手。”扶贫办王副主任说。

“锦荣那片是水泥公路，交通路网一直缺失，现在国家有了政策，扶持到那里了，希望趁此机会将公路标准提高，拓宽些。将来为了通行大卡车再拓路，经济成本和时间成本都高。”乔洋说。刘副总将公司《扶贫计划书》送给王副主任一份，口头做了些说明。

“只要你们是真心扶贫，我们热烈欢迎。”王副主任仍然对乔洋不够信任，大概前面有公司借扶贫开发套取国家资金带来了极坏的影响。

“新路主干道拓宽到四米五，预算要加多少？如果我们旭日家电公司捐款，需要多少资金？”乔洋请扶贫办费费心，请工程技术人员做出准确预算。

“路开始修了，恐怕已经来不及了。”王副主任说。

“来得及，边修改工程计划边施工。”乔洋说。

正聊着，肖书记进来了。作为工作队队长，他希望有更多扶持资金注入锦荣。他希望乔洋他们不是骗子，而是真心来扶贫的。

“贵公司投入这么大，回报是什么？就是说有什么条件？”肖书记问。

“我们的回报，就是与全体锦荣人民建立起真正的感情。”乔洋说。

“这话写在书上可以，现实中不成立。”王副主任插话说。

“我们双方当然要签战略合约，凡是锦荣及周边村委的基础设施建设，我们都无偿负责。”乔洋说。

“公路建设新的预算出来后，你们的捐赠资金立即到位，做得到吧？”王副主任说。

“只要政府能追加配套资金，我们就能做到。”乔洋说。

“你们能做到，我们也能做到——我们立刻研究报批同意。这条公路，一开始我就主张路面不能窄于四米五，苦于锦荣及附近两个村委私人集资金额达不到建四米五的要求。你们公司能无偿出资，一步到位，再好不过。”王副主任说。

“修路已经开始，追加投入的事耽搁不得。请王副主任费心费力。”乔洋说。

公路修建工作已经启动，修改标准，追加资金，牵涉许多问题。层层上报到县里，县里答复是先按原来的计划修建。刘副总和乔锐建议，修路的事就不要管了，将来需要拓宽道路是将来，车到山前必有路。乔洋反对。乔洋着急，第二天傍晚他将县长堵在县政府办公大院门口。县长笑着说他真有个会，下班了照样要开会。乔洋毕竟是城里公司来扶贫的董事长，县长就客气了几分。双方约定晚上九点见一面。

县长提前到来。县长不谈修路的事，跟乔洋谈论扶贫。县长接触的公司老总中，乔洋对扶贫比较了解，也看准了扶贫将是各级政府农村工作的重心。县长说："从你们的谈吐看不出什么虚假的成分，就是说你们是真心来扶贫的。只要你们提出的条件不过分，能共赢，我看没什么问题。"

"将来搞了产业，我们在城里承接产品，成立农产品销售公司，农民增收，公司获利。"乔洋说。

"乔董这话我爱听，这才是真心话。双方既要发展，也要发财。"县长说。乔洋心里说，我计划的重点远不在这里。

双方说话投机，县长与乔洋交换了联系方式。县长表示明天就召集有关人员开会，尽快拿出方案，促成此事。县长说话算话，他先是通知工程指挥部让修路工人暂停工作，等待下一步指示。乔洋一行人赴锦荣村委，看到工地停工，工人们坐在路边闲聊。他们知道追加投资的人就是乔洋他们时，都伸出大拇指点赞。道路能比原计划拓宽，有百利而无一害。这些建筑工人基本是这里的受益者，当初施工单位招工招本地人目的明显。有主人翁意识，才会重视修路质量。

"从修建水泥公路开始，锦荣及附近一带人民新的美好生活将开启。"乔洋说。建筑工人们表示赞同。他们眼前出现蓝图，尽管模糊，却已突破云层，透出亮光。

第三天，县长那边传来好消息，经县里班子研究后同意追加锦荣修路资金，只要乔洋捐赠的资金到位，文件立即生效。乔洋不含糊，立即通知财务汇款。乔洋的行为从工程指挥部传到施工现场，传到锦荣村委干部那里。一些村民也知晓了，只是目前他们的意识还是麻木的，但相关人员对乔洋扶贫的怀疑由此减弱许多。

四

乔洋听从村委干部和肖书记的建议，两项工作同时进行：一项是请来专家寻找水源，建设自来水网；另一项是扩大种植本地辣椒面积。锦荣属喀斯特地貌，地面存不了水，雨水全钻到地下去了。大山深处绝壁旁边，时常有天坑，有地下河流过，也有地下河从岩洞流出，流不远又钻入地下。水源离各村庄通常较远，在缺乏技术的情况下，水源仅仅是水源，不能为人所用。需要请水利地质专家考察规划，设计出科学的自来水管网络。锦荣穷，但锦荣的辣椒在全县有名，在全省也曾小有名气。问题在于产量极低。雨水好的年份，辣椒就有收益，干旱年月，颗粒无收，名声因为产量低而被埋没。乔洋准备投入资金，为锦荣、大坪、弄岩三个村的村民购买辣椒苗，待辣椒能采摘时全部收购。不过现在才元月初，正接近全年最寒冷的时候，在高寒山区锦荣种植辣椒要到清明前后。清明前后，是种植的黄金时间，辣椒结果时正是早晚温差大的时候，利于辣椒提高品质。清香、纯辣、肉厚、存放时间长，都是锦荣辣椒的传统优势。做成产业，创出品牌，农民增收不在话下。

离春节还有一段时间，留守在家的村民们无所事事。因为贫穷，手头无资金，他们做不了别的。乔洋经过走访，建议村民们在荒田荒地种上萝卜，若管理得好，春节前后，萝卜苗就能上市。村民们认为这个可行。乔洋让刘副总和乔锐联系种子公司，买来萝卜籽。正好下过两场雨，田地湿润，犁耙平整成垄后，适合下种。锦荣村委干部在钟德明的倡议下，带头种萝卜，村里人见了也跟上来。不几天就有更多的村民种萝卜。乔洋许诺，不管萝卜苗长成啥样，都以市场价收购，将来长成的萝卜也如数收购。高寒山区的冬春交接时节，雾大，潮湿，时不时下小雨，萝卜有生长的条件。

乔洋是一个爱思考的人。有一天他见到一位老人在室外烧烟熏腊肉，突发奇想，我们能否组织村民熏腊味？他在公司高层会上提出来，会场上的人哄堂大笑。笑过之后，他们又觉得可行。旭日家电公司投资销售，村民们赚取加工管理费，不也是双赢吗？“不管黑猫白猫，能抓老鼠就是好猫。”

锦荣山区的人年底都熏腊味，按他们传统的自然熏法，味道不错。猪肉经过多种配料腌制，再在高寒山区用传统方法熏制，“美味看得见”。扶贫小组负责人和具体工作人员买下几十头猪，统一屠宰好，将猪肉切成小条，猪头肉以及内脏全都留下，请肉联厂退休师傅腌制好，然后运到锦荣。在村委干部的支持下，感兴趣的村民都到村委领走猪肉，拿回去熏制。有肉联厂退休师傅的亲自指导，村民们综合传统和现代两种方法，精心熏制腊味。

水利地质专家寻找水源的同时，地里的萝卜种子发芽长苗，荒地里绿油油的。村村屯屯、家家户户都冒着青烟，逐渐成熟的腊味飘出诱人的香。萝卜苗可以上市时，腊味也熏制好了。城里人喜欢嫩绿的萝卜苗，喜欢它无污染的高寒山区的清香，喜欢特殊气候条件下熏制的腊肉的味道。旭日家电公司销售部抽调一部分人去推销萝卜苗和腊味。萝卜苗受追捧，腊味几天时间也销售一空。除去成本，旭日家电公司有盈利，锦荣老百姓有收入，用劳动获得报酬，都挺开心。

乔洋小试牛刀的第一仗打得漂亮，打出了旭日家电公司员工的信心，也获得了锦荣村民的信赖。

旭日家电公司春节放假前的周末，乔洋驱车来到锦荣。这里的气温比桂城至少低四摄氏度，雾水包裹着天地。浓雾中不见村庄，却能听到村庄里的声音。外出务工人员回来不少，曾经冷清的村庄出现活力。进入锦荣村，雾淡了些。乔洋此行，没有具体目的，就是想见见村里人，见得越多越好。他路上碰到人，跟他们打招呼，对方并不热情。不奇怪，这里的人对陌生来客都不热情。他来到钟德明家。钟德明还住在瓦房里，作为村委一把手，他不是第一个建洋楼的人，心里窝着火。他想像别人一样外出务工，可是不能，家中老小拖累，他迈不开步。钟德明老婆泡了茶，说："死鬼上广宁家吃猪血骨头肉去了，广宁家杀过年猪。你要是早来十分钟，也被请去了。"乔洋说："我现在能去吗？"钟德明老婆不敢肯定，她去试一试。她去广宁家告诉钟德明乔洋来了。钟德明说："快叫他来吃猪血骨头肉！"他站起来往家里跑，拉着乔洋赴宴。广宁年轻的时候不和善，现在走向老年，力量不行了，再无打打杀杀的锐气，人变得谦和低调。乔洋掏出两百元现金，塞给广宁，说："上你家吃饭不能空手，其实我就是空着手。"广宁接过礼金，把乔洋请到上席。钟德明给大家介绍乔洋，说他就是拓宽公路的捐赠人。大伙儿听了，有的表示感谢，有的人并没有多少表示。他们认为修路是政府的事，投再多钱，也没进老百姓腰包。乔洋多少受了些委屈，捐赠这笔修路费，他并不受公司上下待见。但是提到田地里生长的萝卜苗、销售一空的腊味，得利者围过来紧握他的手表示感谢。喝酒气氛好，你来我往，村民自酿的米酒一碗碗倒进肚里。乔洋喝醉了，回不了城。钟德明叫人将乔洋送到他岳父的虎山村，住进旁亲家。旁亲一家对乔洋热情，给他泡茶解酒，用热毛巾敷脸。“姑爷你好多年没回来了，我堂哥哥他们一家也是。”外家堂叔说，“我晓得你们全家不喜欢虎山不喜欢锦荣。你再恨它，它也是你老家，再恨，也有值得你牵挂的人。钟传广害了你，别人没有害嘛。我们这一带是有坏人，但坏人总多不过好人吧？”过了一会儿，外家堂叔声音低沉地说，“你们恨钟传广连带着恨老家，我理解，我同情。换作我，也一样。”

外家堂叔颇为伤感，他说：“拿酒来，我要喝。姑爷，你既然回来了，我们必须喝。”乔洋头脑清醒些了，他说：“喝！”

叔侄俩在昏暗的灯光下喝酒，炭火煮得锅中汤水咕嘟咕嘟响，水干了，再添上。两人只顾喝酒，很少吃菜。乔洋醉成烂泥，第二天还是回不了家。他拨通赵铁男的电话，递给堂叔接听。赵铁男没给堂叔面子，她说：“他怎么跑到虎山村了？醉死活该！”乔洋拨通儿子的电话，儿子说：“谁灌醉你，叫谁负责。”堂叔说：“我可以负责，你在我家住到过完年我最喜欢。”中午时分，刘副总和办公室一个干事开着车进虎山村。消息是赵铁男还是乔锐透露给公司人的，乔洋不知道，不管是谁，说明他们母子还是很担心自己的。刘副总懂礼貌，他给乔洋堂叔带来过年礼物。堂叔一家很高兴，堂叔一家看中的不是礼物轻重，而是情谊。乔洋的车搁在锦荣自然村，刘副总开车去锦荣，然后干事开乔洋的车回城。天气跟昨天一样，雾浓，伴着绵绵细雨。乔洋去跟钟德明告别，引来众人，他们说：“够朋友，下次再来喝。”在主人家喝醉，主人高兴，认为你看得起他。他们送乔洋上车，车开远了，还在原地向乔洋挥手。

赵铁男仍旧生气，她住进父母家，一次也没回来。春节就要到了，赵铁男让乔锐带话，春节她在父母家过，让乔洋回自己父母家。她不接乔洋的电话，外家哥哥带话也没用。往年过年，两家父母一起过，加上赵铁男的两个哥哥家，很热闹。乔洋回到父母家，父母早接到赵铁男的通知，已经准备了年夜饭。吃年夜饭时，乔锐也离开，去了外婆家。“怎么了？赵铁男是要跟你散伙？”父亲说。“乔洋做得过分，不要怨人家。”母亲说。

“旭日家电公司不去锦荣扶贫会死吗？！”父亲突然大叫。

乔洋不作声，给父亲和自己倒上白酒，父亲粗暴地说：“不喝！”父亲离开饭桌，往客厅沙发上去了。乔洋喝掉自己杯中的酒，又将父亲那杯干掉。母亲坐在对面，一言不发，小心翼翼地吃着菜。前几天去过虎山村，乔洋还没跟母亲细说。他絮絮叨叨谈起多年后再去虎山村的感受。母亲似乎在听，又似乎没听。乔洋大谈跟锦荣村民大吃大喝的爽快劲儿，最后他说：“他们真的变了，他们都留我，要继续跟我喝。”

母亲说：“人心又不是石头，你们公司捐赠那么多修路资金，又给他们销售萝卜苗、腊味，他们如果还是石头心，真就是畜生了。不过，锦荣萝卜苗真好吃，高寒山区生长的萝卜苗味道盖天下，能畅销，不奇怪。”

“人与人无沟通无交流无包容，就会永远陌生敌对。”乔洋说。

“道理谁不懂？可是道理与情感有时是难以统一的。我就不明白，你真的不能理解赵铁男受伤的心？”母亲说。

“我感同身受啊。你不觉得我在破解赵铁男的难题，为她的心寻找出路吗？”乔洋说。

“好吧，我这个哲学教授白当了。好在我已退休，也不是什么教授了。”母亲放下碗筷，也去客厅里沙发上坐下，陪着沉默的父亲沉默。

乔洋一个人喝闷酒。儿子虽不胜酒力，也能喝个一二两。外家两个哥哥和岳父母都有酒量。高寒山区的男男女女都能喝两杯，这跟环境气候有关。时势造英雄，地域生民俗。往昔过年过节，这一大家子可热闹了，而这个大年夜，唉。乔洋轻轻叹气，连喝数杯闷酒。

五

水利地质方面的专家寻找到多处水源，相对来说，这些水源容易引入村庄。锦荣各自然村分散，要有不同的水源。经过化验，水质全都是上等，符合直接饮用标准。专家们根据水源和各自然村实际情况，一村一策，因地制宜，设计自来水网，用于饮用和果蔬种植。对于干旱稻田，需要临时打井抽地下河水。乔洋跟村委干部和肖书记等人商量，那些无法保水的荒田，可以用来种植经济作物，喷洒水管能到，就能保证植物茁壮成长。自来水施工阶段，乔锐待在锦荣村。到锦荣村扶贫，他心里从没痛快过。他能接受这个工作，完全是出于对公司的忠诚，公司下达的任务他没理由拒绝。但是，锦荣又是他心里的痛。他负责监督水塔施工和水管安装。主水管延伸到锦荣自然村，到了钟传禄家门口时，乔锐叫工人不要开连接口。钟德明说：“这里住着钟传禄和钟传广两兄弟，水管不安三通管，他们就用不上自来水。”乔锐说：“这房子都要倒塌了，哪里住着人？”钟德明说：“现在没住，不等于将来不住。有消息说，这两兄弟要在原址建新房。”

“人呢？”乔锐说。

“钟传广和他儿子、侄儿不在，钟传禄在家的。不过，他住破房子里。”钟德明说。

“不开口，听到没有？我的话无效吗？”乔锐对施工人员说。

钟德明这才想起，乔锐是赵轶男的儿子，有理由恨这家人，钱是他们公司出的，安不安水管，他说了算。钟德明便不再争辩。“还有，钟传禄兄弟俩的田地，也不允许供水！”乔锐挑明了对钟德明说。

钟传禄就在远处的雾里，这里发生的争辩，他听得真切。眼下他家住的破房由村里一户人家曾经的牛屋改造而来。外出务工的多，种田人少，在家种田的人也从牙缝里省出钱买了“铁牛”。村里一头牛都没有了，牛屋失去作用。那户人家见钟传禄一家可怜，三番五次前来求援，这才借给他暂住。钟传禄住的“牛屋”，乔锐记下了，水管铺到那里时，仍然拒绝给他家供水。钟传禄跟弟弟钟传广不一样，人老实，不爱说话，贪小便宜，但并没有做过偷抢之事。钟传广带着儿子、侄儿抢劫偷盗，钟传禄一清二楚，但他不制止。看到他们抢劫或者偷盗来的东西，他羡慕并毫无愧疚地享用。他最多提醒弟弟、儿子、侄儿“小心”。他有贼心无贼胆。这几年，身强体壮的人都到全国各地务工去了，偷盗抢劫现象少了许多，社会治安好了些。潜到外地的小偷，改不了毛病，机会来了仍然偷盗。除非这些人找到了好工作，或者有过一次心灵的震撼，深刻认识到自己的过错。有统计说，在外偷盗被公安机关处理甚至坐牢的，锦荣有不少。这些活，乔洋跟肖书记、钟德明喝酒时谈到过。肖书记赞同，钟德明不置可否。

自来水管布网进度快，家庭用水和浇灌用水的管线都到了位。锦荣自然村基本完工，虎山村基本完工，附近自然村也快要完工了。布完锦荣村的自来水管网络，下半年或者明年，旭日家电公司将为特别缺水的大坪、弄岩自然村无偿建设自来水管网络。旭日家电公司扶贫以锦荣为主，然后辐射到周边。大坪、弄岩村村委干部到锦荣来拜访多次，希望公司能尽快帮他们解决用水问题。

乔洋抽空到锦荣检查自来水建设工作，钟德明和肖书记陪着他——质量监督，村里干部也有责任。一路检查下来，乔洋比较满意。管线已布好，只待水塔蓄水，到时水龙头一开，甜甜的泉水哗啦啦喜人。钟德明有心事，钟传禄、钟传广两家饮用灌溉都没供水，跟不跟乔洋提，钟德明心里没底。毕竟钟传禄兄弟俩是乔家的仇人，法律制裁了，并不一定就消除了乔洋心头的仇恨。进入锦荣自然村，乔洋来到钟传禄兄弟俩倒塌一半的老屋前，说："这地基还要吗？"钟德明说："要，兄弟俩说了，等有了钱就在原址上建新房。"乔洋说："为什么不开口安装三通接头？"钟德明说："我工作失误，工作失误。"乔洋给刘副总打电话，叫他立即派人来补上。钟德明红着脸说："我工作没做好，向乔董事长检讨。"乔洋说："我知道怎么回事，不关你的事。我推测，钟传禄兄弟俩的田地也没开供水口吧？"得到肯定回答，乔洋再次给刘副总打电话，交代清楚。

"你不恨钟传广兄弟了？"钟德明说。

乔洋眼睛盯着钟德明，说："你说呢？我爱人一生都让他们一家毁了，我能不恨了？”

“你大人有大量，大人有大量，一定有好报，好报。”钟德明说。

“能做到乔董事长你这样的，估计不多。”一旁的肖书记说。

乔洋不说话，迈开步子。他脸色难看，伤心往事再次令他的心绞痛。

转眼到了辣椒种植时节。高寒山区春天来得晚，种辣椒时间比山外晚一两个月。晚有晚的好处，同样的品种，与山外形成销售时间差。锦荣辣椒名气大，不成规模，产量低，自然形成“饥饿销售法”，辣椒一上市就被一抢而光。旭日家电公司扶贫组跟村委商量决定，大量种植辣椒，今年上半年以种植辣椒为主，创建辣椒之乡，真正打出锦荣辣椒的品牌和销路。旭日家电公司出资，组织人培育了大批辣椒苗。这些辣椒苗都是本地辣椒，传统种法产量低。当地老农分析，产量低主要是干旱原因，解决了浇灌问题，产量会提高。今年建了水管，及时给水，效果可以预见。计划汇报给乔洋，乔洋基本同意种植本地辣椒，但又提出能不能引进高产量高品质的辣椒。

旭日家电公司出资，刘副总、乔锐与钟德明、肖书记赴云贵川考察，走访多地，经过比较分析，他们选中四川一地的辣椒苗。这款四川辣椒品质好、产量高，市场占有率高，如果能在锦荣这样的高寒山区种植成功，农民增收不在话下。公司决定用一半左右的田地种植本地辣椒，另一半种植引进辣椒。种何品种，农民可以自由选择。结果，有大半农民选择种本地辣椒。多出的外地辣椒苗，被大坪和弄岩两村的村委干部抢走了。四川那边提供辣椒苗，也提供技术服务，他们答应上门服务两次，即最关键的两次。辣椒种下后，后续管理由肖书记等村委干部负责。但旭日家电公司扶贫工作组的事情并没有完，他们一边准备将来的销售渠道，一边设想辣椒之外的多种产业。按照经验，收获辣椒在中秋节后半个月接近尾声，空下来的时间和田地，不能闲着。扶贫工作组挺忙的。刘副总和乔锐都是在城里长大的，这次算深入接触农民农活儿了。成天田间地头行走，他们的鞋和裤脚上沾满泥土。村委为他俩准备了床铺，时间紧的时候，两人就住村里。有时候，肖书记也住下。

在家的钟传禄选择种植引进辣椒。他总躲着乔洋、乔锐。乔锐在村里待的时候多，钟传禄有压力，喘气都不敢用力。他家老屋通水，“牛屋”通水，稻田通水，辣椒地也通水。他没被乔洋抛弃，心存感激。引进四川辣椒时大家因为怕水土不服种不好，不看好，他选择种，他愿意为乔洋、为大伙儿做试验。他以这种方式感谢旭日家电公司。旭日家电公司提供苗、肥料和技术，收购辣椒，为种植户解决了后顾之忧，种植户只需出劳力。但他觉得光在心里感谢还不够，他让钟德明带话，感谢乔洋一家。钟德明不管，说：“感谢的话你当面跟乔洋和乔锐说。”钟传禄不敢接近乔洋、乔锐。乔锐高大威猛，虽然戴副近视眼镜，看上去却凶巴巴的，有股蛮力。乔锐说话总是粗声大气的，似乎并不友好，特别是他知道钟传禄就在附近时，那种盛气凌人，叫人胆寒。这些年，钟传禄心中对乔家的愧意加深，所以惧怕。

种植辣椒的农户积极性很高，白天他们大部分时间在辣椒园里忙碌。乔锐负责随时向四川方面讨教技术，对方电话传授，然后，乔锐传给农户。钟传禄得不到乔锐的亲口传授，但钟德明传给他。

钟德明问乔锐："技术要传授给钟传禄吗？"乔锐不回答，板着脸。问过多次，乔锐生气了，说："你烦不烦啊？"钟德明跟肖书记商量，肖书记笑他木头脑袋。钟德明似乎明白了，他去钟传禄辣椒园悄悄传授技术。有了水，天再干旱，也不怕。上半年，锦荣一带再次遭遇干旱，山上植物的叶子都打蔫儿了，但田地里的庄稼和经济作物却长势良好。村民们抽地下水抗旱。辣椒开花时节，四川那边的技术员过来指导。花开得好，技术员说，这是丰产的征兆。山外辣椒上市时，锦荣辣椒才开始挂果。城里人听说锦荣种植连片辣椒，周末来参观游玩。钟德明在自家地里采摘成形的嫩辣椒丢进火塘里烧烤，吹干灰，丢进大碗，放入大蒜、豆豉、适量盐和温开水，用小木槌捣碎。火烧辣椒搁在路边，供参观者品尝。两个品种都有，游客分辨不出哪碗是本地的，哪碗是引进的。

"有酒吗？"有游客吃了辣椒，勾出酒瘾，开玩笑说。

"辣椒现在卖吗？"

"不卖。等辣椒红了时。"

"辣椒红了，一定要通知我们。"

为了将广告做大，乔锐组织人制作火烧辣椒，让更多的游人品鉴，吃不完的可以打包。钟德明的这个传统吃法给了乔锐灵感，他想先期用火烧辣椒寻找销售渠道。钟德明告诉乔锐，全村火烧辣椒钟传禄做得最好，祖传的。乔锐不信，这么简单的制作还有祖传？钟德明弄来钟传禄制作的，乔锐比较着品尝后，发现真是这么回事。

"用他制作的火烧辣椒做宣传？"钟德明问。

乔锐不表态。钟德明已经摸到他的脾气，不表态就是默许。钟传禄知道自己能为宣传辣椒助力，受宠若惊，跟老婆下地采来嫩辣椒，精心制作火烧辣椒。

旭日家电公司扶贫小组已经在县城租下门面，将来当锦荣农产品实体销售店。火烧辣椒在门面一放，前来品尝的顾客排成长队。乔锐将火烧辣椒带到桂城。在桂城，他们将公司一楼改成锦荣农产品销售点，招牌显眼，里面几乎空着。锦荣还没种出农产品，宁可空着也不能欺骗消费者。店里也时不时有一些来自锦荣的蔬菜，现在有了水，农户将犄角旮旯儿的土地种上蔬菜，吃不了的，委托扶贫工作组带到桂城出售。也有少量的鸡鸭。退休的大爷大妈没事总爱来逛，万一碰上有货呢。乔锐留着他们的电话号码，但是有了货并不通知他们，因为货少，满足不了大家，担心引发矛盾。乔锐带回火烧辣椒，还带回一些农产品。每次回来，他尽量不空手。乔锐的车刚停下，在附近闲逛的老大妈围过来，货还没卸，就被抢购光了。乔锐说："大爷大妈们，还有好货，估计你们从没吃过。"乔锐拿出火烧辣椒，瓶盖拧开，香辣扑鼻。大伙儿用手捏着吃，边吃边点头，说好吃。"好吃的还在后头，等辣椒红了时。"乔锐说。

大妈们信息灵通，传播消息的速度快、面积广。当天下午，人虎食品连锁超市的销售总经理就到旭日家电公司找乔锐，要求预订锦荣辣椒。上午他妈吃了火烧辣椒，还带回去让他吃了，以他品尝食品后的灵感和经验判定，这款辣椒将会畅销。人虎食品是桂城的著名超市，网点遍布，借助这个平台，锦荣辣椒的销售前景广阔。双方一拍即合，签订了供销合同。

旭日家电公司的年轻人跟着去锦荣游玩，拍辣椒种植和长势视频，他们计划等辣椒红了时，制作完整视频在网上多个平台推送，提高锦荣辣椒在消费者中的认知度。

钟传禄很想知道自己制作的火烧辣椒在县城、大城市桂城口碑如何，他生怕给乔锐惹出麻烦。他请求钟德明打听，钟德明反馈说："就那样。"钟德明并不明确知道消费者的反响，乔锐对他也是爱搭不理的。钟传禄问钟德明："我没惹出什么事吧？"钟德明分析说："应该没有。"乔锐竟然爱上了这一口，饭桌上少了火烧辣椒，食欲大减。钟德明就无偿提供，他说："我做的。"乔锐尝后看他一眼，哼了一声。乔锐吃得出，这是出自钟传禄之手。不知道钟传禄掌握了何等秘籍，简单的一道火烧辣椒，竟做得如此绝妙超群。两人心知肚明。钟德明自此只管提供，不再多言。

回桂城前，乔锐准备了当地蔬菜，还有一瓶火烧辣椒。赵铁男还住在父母家，不理乔洋。乔洋有时去看他们，但基本进不了门。他跟岳父母站在门外说话聊天，赵铁男坐在厅里。赵铁男递给父亲钥匙，然后拉上门，把乔洋拒之门外。未来怎么样，乔洋没底。乔锐将蔬菜带到外婆家，外婆手一抓就闻出了老家的味道。外婆想了想，还跟乔锐说："拿去你爷爷家吧。"外婆有顾虑。乔锐说："蔬菜又不是仇人，我妈也不接受？你做好，不要告诉我妈就行了。"外婆就依了。蔬菜上桌，赵铁男闻闻，觉得与众不同，尝一口，菜还在嘴里，说："锦荣带回来的？"乔锐说："老妈你真神，这都能猜到。"

"我不吃。"赵铁男吐出来。

外公外婆也不吃了。赵铁男脆弱，要时刻站在她这边，依着她。乔锐说："我在锦荣扶贫，我不吃那里的东西是不可能的。"

赵铁男说："我没反对你吃，你可以吃。"

乔锐想起了包里的火烧辣椒，他借故背着人掏出瓶子，往嘴里塞上火烧辣椒。香辣刺激了他的味觉。他回到餐桌上。

“我闻到一股火烧辣椒味。”外公说。

外婆吸吸鼻子，说：“我闻到了，又没闻到。”

“可能我们都出现了幻觉。”外公自嘲说。

“不是幻觉，我带了。”乔锐说。他取来，外公外婆看着透明瓶子里的火烧辣椒，犹豫不决。赵铁男丢下碗筷离开餐桌，进入她的房间，并且关上了门。

乔锐拧开瓶盖给外公外婆搛上一点儿，外公外婆想了想，就小心地享用了。他们赞赏、回味、慨叹，却没说话。外公外婆当菜吃，大半瓶不见了。乔锐不敢告诉外公外婆火烧辣椒出自钟传禄之手。但他得到一个启示：来年制作火烧辣椒罐头，鲜嫩的锦荣辣椒一定有它的独特优势，尝鲜的消费者定会追捧。但这个大胆的想法牵涉许多问题，比如如何批量生产、如何保鲜，采摘嫩辣椒是否影响红辣椒产量，经济效益是不是最大化，等等，需要论证实践。今年是来不及了。事后他向父亲汇报了想法，乔洋表扬他点子好，今年不妨做些试验。

乔锐将想法带回锦荣。肖书记认为可行，钟德明及一些农户看好。双方论证了一番，难点在于采摘度上不好把握，在于如何批量制作。乔锐在刘副总的支持下，决定拿出一块辣椒地做试验。农户怕收成受损，包括钟德明在内，不愿提供试验地。钟传禄站出来说，他愿意拿出辣椒地供“科研”人员做试验。乔锐没表态，他不表态就是默认。钟传禄要求参与试验，钟传禄是最佳人选，乔锐又默认了。乔锐不参与试验，他不愿见到钟传禄。乔锐去城里的玻璃瓶厂联系业务，他试着买来两百只瓶子，容量350毫升。这个量正好够一桌人调味食用。钟传禄纯手工制作，采摘，投入炭火，配料，全部一人完成。火烧嫩辣椒，即做即食，味道好，但要保质保鲜，需要多次试验。以前，配料里不放高度白酒，现在他凭感觉往试验瓶里滴上几滴高度白酒。不管滴不滴白酒，存放期限只有六天。从第七天开始，味道变了，质量也变了。试过数十次，都达不到理想状态。保质期太短，如果不能及时销售，就产生损失了。钟传禄不服气，他就是要在不添加保鲜剂、保留原汁原味的同时，增加保质时间，他的第一个目标是能保质三个月。他做了一百瓶，以一周为一个时间点，观察保鲜情况。这里试验还没完成，那边嫩辣椒果肉开始变硬，肉也越长越厚，失去了火烧嫩辣椒的条件。没有科学的手段，试验难度大；但有科技参与，又失去纯手工特色。虽然试验不成功，但有一个发现，采摘嫩辣椒，能让同株辣椒长势更好。最后大家达成一个共识：明年，有兴趣的农户可以在管理好辣椒的同时，制作一些火烧辣椒上市，打个“短平快”。钟传禄的失败并非没有价值，为来年总结经验教训提供了参考。

六

驻村工作队和村委干部按照中央统一部署，开展贫困摸底，为精准扶贫提供有力支持。经综合测评，钟传禄被评为贫困户。不久，一对一的扶贫干部入村。锦荣的辣椒也在初秋时节红了，绿色叶片下火红一片。种植户忙于采摘，乔锐他们忙于销售。一筐筐红辣椒在清晨和傍晚分批装上大卡车。7月1日前完全竣工的水泥公路派上了用场，两辆大卡车相遇，能小心地顺利通过。本地传统辣椒产量创历史新高，从四川引进的辣椒适合锦荣高寒山区气候和土质，产量比本地辣椒高了差不多一倍，而品质不比本地辣椒逊色。种植户用他们辛勤的劳动换来了保护价格，有了一笔收入。进入锦荣的精准扶贫干部感到幸运，别的乡镇贫困户找不到致富方向，而锦荣的农户已有了依靠，有了组织。精准扶贫干部只需要宣传好、用好扶贫政策就行了。锦荣辣椒成熟晚，填补了辣椒销售的低谷，再以它的高品质畅销无阻。县城里来的游客买不到现成辣椒，自己下园子采摘，体验了一把劳动的乐趣。辣椒采摘结束，锦荣农户在肖书记、钟德明等的引导下，拔掉还没枯萎的辣椒，翻耕土地，种上萝卜等蔬菜。种子和菜苗由旭日家电公司提供，蔬菜成熟时，以保护价全部收购。种辣椒获了利，农户种植蔬菜的热情空前高涨，眼下锦荣包括大坪村、弄岩村，很少有荒地，全都被利用起来。

钟传禄家是无房贫困户，他按政策申请了住房贷款和补贴，自筹的部分，他用种植辣椒的收入填补，不够的部分向村里人借。借钱虽然困难，但最后还是借够了。今年留守村里的农户们种辣椒都有了收入，手头不像往年那么紧。钟传禄是村里少数无住房的贫困户之一，别的人家，虽然住房条件也差，但毕竟还有房住着。在锦荣，不外出务工，没人能建得了洋房。按今年这个势头，在农村种植作物，积攒两三年也能建起小洋楼。村民都有了信心，也愿意先借钱给急着建房的钟传禄。从无偿获得供水和辣椒苗开始，钟传禄老婆就用土法喂养了十几只鸡，元旦前，鸡已长结实，钟传禄把它们全部捉到村委会，两只送给肖书记，剩下的送给乔锐。刚开完会的乔锐跟人在村委办公楼里闲聊，钟传禄见到他，勇气又没有了。

乔锐到锦荣一年多来，没给过钟传禄一个笑脸，连正眼都没瞧过他一回。钟传禄自认为活该，儿子、兄弟、侄儿做出那等恶劣坏事，想要得到对方一个笑脸，那就太不要脸了。钟传禄在门外站着，冷风带来细雨，扫过他的身子。

钟德明看到了他，也明白他的意思，却装傻，待在屋里不理会他。后来肖书记请钟传禄进去。肖书记时常入户，他见过钟传禄家的鸡。肖书记早看上钟传禄家的鸡了，他说："这么好的鸡自己不留两只？"钟传禄说："不留了，这十几只鸡远不够人情呢。"肖书记说："辛苦了一年，也不能太亏了自己，要对自己好一点儿。你家新房开建了，春节前就能建好，明年春天就可以住新房啦。"钟传禄脸上堆着笑，又迅速发愁起来。肖书记说："国家政策好，又有乔董他们旭日家电公司帮着，你建房的贷款借款，能按时还上。"

钟传禄说："我不愁还不上贷款、借款，我愁乔洋董事长不收我的礼物。"

乔锐板着脸说："还真说对了，我们家不可能收你的礼物。我们之间没有友情，只有仇恨。"

现场气氛凝固了。

肖书记掏出两百元现金塞给钟传禄说："这两只鸡优惠给我好了，我不能白要你的鸡。"钟传禄不要钱，钟德明说："肖书记给你，就拿着，他哪能白要你的鸡？"

见钟传禄接了钱，肖书记说："谁把这两只鸡宰了，我请客，见者有份。"

钟传禄不知如何处理那些鸡，钟德明嘴巴凑近他耳朵说了几句悄悄话，钟传禄就挑着鸡回家去了。

虽然不是正宗土鸡品种，但由于用土法喂养的，鸡肉鲜嫩。两只鸡把村委干部和公司扶贫干部捏在一起。钟德明提供土酒，另外的村委干部提供蔬菜。这既是新年前的聚餐，也是年度总结会。回想这一年的工作，他们做得顺，得益于乔洋他们公司极大的支持。资金投入、产业种植、销售，都给解决了。有消息说，镇里要评锦荣村委为年度先进，还要上报县里，他们脸上自然有光，心里也有愧。镇里领导前些日子召集相邻的三个村委干部开会，希望他们协作起来，共同打造一艘“航母”。意见容易统一，因为这正是乔洋他们公司的总体战略。

第二天，刘副总和乔锐回桂城，刚到公司，钟传禄送的鸡就到了。钟德明安排的，村里有个包工头要开着皮卡返回桂城，钟德明得到信息，就安排了。乔锐说把鸡卖掉。刘副总说：“别呀，这么好的鸡，你卖给别人，我们为什么不买下呢？”刘副总自作主张，给乔洋留下两只，剩下的都分配到别的副总名下。乔锐打电话问外公：“有锦荣纯土鸡，要吗？”外公跟外婆商量了一下，同意。外婆不敢在家里杀，拿到大儿子家处理。晚上，赵轶男吃到上等好鸡，眼睛扫视父母、儿子，他们都低头不接话。赵轶男喝了鸡汤，对乔锐说：“给你爸留了吗？”

“留什么呀？叫他过来吃不就得了？”乔锐说。

“不行！”赵轶男这一年都没跟乔洋说过一句话，也没正式见过一次面。家里人也没觉得她过分，乔洋伤害了她，她做出正常回应当属有理。

接近春节，赵轶男不声不响地回到家。乔洋推开门，见到正在拖地板的老婆，欣喜若狂，上前搂她，她抄起拖把阻挡他。赵轶男虽然回了家，却仍旧不跟乔洋说话，坐在一张饭桌上吃饭，她低头不语，乔洋谈天说地，她当耳旁风。她收拾次卧，单独住。乔洋心里明白，赵轶男能主动回家，就是良好的开端。年夜饭又恢复了大家庭聚集，由于赵轶男不跟乔洋说话，气氛还是欠了点儿。聚会期间，大家回避扶贫话题，乔洋跟乔锐独处想谈扶贫话题，乔锐不同意。乔锐这孩子敏感，他不想在家里任何时间谈论扶贫的事。旭日家电公司年终总结时，其中有一块是扶贫，一年下来，公司投入很大，光靠销售辣椒蔬菜的收入远不能填平。这一年公司因为扶贫的支出，综合经济效益也只是微薄赢利。肖书记、钟德明分别给旭日家电公司送来感谢的锦旗，桂城的各媒体还有省级主流媒体做了报道，社会效益不小，可是公司员工内心大多还是没那么自豪。大年初四，锦荣村委干部带着五六个村民给乔洋拜年。乔洋说不能只给他一个人拜年，应该给公司拜年。几个副总被召集来。公司在饭店安排大圆桌宴请村民。

“我们村从没给任何单位和外人拜过年，”喝到舌头不好使的时候，钟德明说，“钟传禄要求来给你拜年，我不同意。他何德何能？他儿子、弟弟、侄儿坏事做绝，他有什么脸面见你？”

乔洋轻轻推开钟德明，说：“多吃菜，少喝酒。”

“钟传广和他儿子，还有钟传禄的儿子，今年过年没回，要是敢回，我把他们绑起来送给你处置。”钟德明继续说。

乔洋赶紧岔开话题，离开座位去敬酒。

七

春节过后，乔锐去锦荣上班。扶贫工作也讲究一年之计在于春，春天规划好了全年，科学描绘好蓝图，才有美好的日子。一对一精准帮扶干部聚集在村委，天气不错，帮扶干部们不用全挤在办公楼里，可以在室外阳光下讨论、制订生产计划。国家政策好，发展产业有补助，保水护林有补贴，各种保障措施一应俱全。锦荣穷，贫困户在全县最多，下来的扶贫干部也就多。除去种辣椒，还可以种别的经济作物，养鸡鸭牛羊，办养猪场。只要你想干、敢干，国家就有扶持政策。

小白大学毕业不到两年，她顶替退休的战善金来扶贫。她第一次接触扶贫工作，许多问题不懂，她以为乔锐是大学生村官，就来向他请教。乔锐对填写扶贫表格一知半解，他带她去请教肖书记。两人聊着聊着就熟了。说到战善金，乔锐有印象，因为战善金工作投入，全心全意帮扶。尽管还有几个月就要退休，但他为扶贫对象争取政策，跑上跑下，不辞辛苦，当成自家的事。乔锐受到感动。乔锐如数家珍地谈论战善金，然后说："战善金是你我学习的榜样。"小白说："我被单位点名顶替老战扶贫，当时想不通，我对农村不了解，心有余而力不足。老战找到我，他说中国是一个农业大国，你不深入接触农村，不深入了解农民，你就不能深刻了解中国，容易形成偏激的观点，说得严重点会影响世界观，连岗位工作都不一定能做到优秀。老战说得蛮严重的。呵呵。他将贫困户送他的一只鸡转送给我，还有辣椒和其他蔬菜，于是，我的味蕾'背叛’并收买了我的心。哈哈！”

“你一个城里女孩，能一对一帮扶，难能可贵。”乔锐说。

“你不也一样？你一个城里男孩，还代表公司，主动参与国家扶贫项目，你和你们公司都了不起。”小白说。

“我们公司扶贫，反对意见很大的，如果不是我父亲强势，根本压不住。”乔锐说。

“可以理解，私企嘛，效益一般的话，自身还难保呢。”小白说。小白是桂城的公务员。

“但是，作为一个商人，我父亲并没那么傻吧……”乔锐说。

“哦？”小白惊奇地望着他。乔锐却离开了。

在村委会书记、委员和帮扶干部的引导建议下，这一带农户全面动起来，各种接地气的产业雨后春笋般冒出来。除了国家政策，农户们有需求的资金问题、建设问题、水电路问题，都找乔洋他们公司，乔洋想尽办法帮助解决到位，对农户有求必应。农户把感激记到国家扶贫政策上，也记到乔洋他们公司头上。乔锐和刘副总在锦荣一带备受农户尊敬，邻里间遇上纠纷，年纪轻轻的乔锐一出面，矛盾就化解。他们给乔锐面子，乔锐说怎么解决，矛盾双方便让步，问题很快顺利解决。乔锐作为旭日家电公司的专业扶贫人员，待在锦荣的时间比小白多得多，小白不在，他把小白的帮扶对象当成自己的，对帮扶对象有了更多的关怀。有一天，帮扶对象那户女主人说：“小白是你女朋友吧？”

乔锐承认自己对小白有好感，脑子里时常闪出她的模样。回到桂城，他主动约小白逛公园、看电影。小白还在乔锐的陪同下，去人虎食品连锁店看锦荣农产品销售情况，参观乔锐他们公司郊外正建设的锦荣农产品集散中心，还有旭日家电公司锦荣农产品销售店。自己扶贫的地方，农产品受消费者追捧，小白有成就感。两人频繁约会，关系发展快，随着那晚电影院里两人的手不约而同地握在一起，恋爱关系确定下来。两人去肯德基，偶遇乔锐的外公外婆。外婆偶尔吃一次肯德基，她喜欢这个味道，外公不喜欢，但外公会在外婆的请求下陪同。肯德基里年轻人居多，鲜有老年人，外婆单独来吃，怪不好意思的。外婆必须拉上外公，心里才踏实。遇到外孙，外婆如在沙漠中遇到甘泉。小白、乔锐跟外公外婆坐到一起，外婆豪气地说："我请客。"

外婆知道了小白和乔锐的关系，高兴，比平常多吃了一只小鸡腿，外公也打破常规，啃起鸡翅。乔锐、小白因为在锦荣扶贫认识，有缘。"我外公外婆就是锦荣村下辖的虎山自然村的。"乔锐说。真是巧，小白的扶贫对象就在虎山村。外公外婆分别给小白讲述扶贫对象的过去，同一个村里的人，外公外婆对扶贫对象太熟悉了。"于桂花一家真是可怜。"外公说。于桂花就是小白扶贫对象家的女主人。"于桂花跟老公赵大华经常只有一条好裤子，谁走亲戚谁穿。"外公说。

"她家现在不一样了。我同事给她家捐了许多衣服，一年四季都穿不完。"小白说，"她家去年种植辣椒收入不少，慢性病医疗费也能报大半。再有一年，她家就能脱贫了。"

乔锐说："我去的这一年多，亲眼看到了锦荣的变化。每个自然村都通了自来水，村委间建成了宽四米五的大水泥公路，自然村间公路也在修建当中。"

"真想回去看看。"外公说。

“回呀，我陪外公外婆回。”小白说。

外婆叹气，说：“想起老家我胸口就疼。”

小白想听乔锐解释，乔锐和外公都低下头，不想说话。后来独处的时候，话几次到嘴边，小白都咽下了，乔锐感觉到了。有一天晚上，在公园，在不能清晰地看到人脸的情况下，乔锐给小白讲述母亲的遭遇，他们全家人的伤痛。

“我同情你家的遭遇，理解你外公、外婆、舅舅，特别是你妈妈的感受和处事方式。换位思考，要是我，我也会像你妈妈一样憎恨故乡。”小白说。

八

乔锐约小白周六到郊外游玩，周五晚上小白突然爽约，说第二天有急事。什么急事她不说。乔锐被小白抛弃，担心她，又埋怨她，做着乱七八糟的猜测。原来，小白拉着乔锐的外公外婆回锦荣老家去了。周五中午乔锐和小白才一起吃了简餐，晚上九点，小白接到乔锐大舅的电话，说外公外婆想回老家看看，十多年没回去，挺不住了。小白笑着说：“大舅，不光是外公外婆想回老家吧？”大舅承认，他和小舅也想。回老家的事，不能告诉赵轶男，小白就对乔锐隐瞒了。小白开车，载着外公外婆和两个舅舅回老家。辣椒长势喜人，田地里到处有劳动者的身影。产业做大，种植辣椒也发财，小白说：“过不了几年，勤劳的农户们都能发家致富奔小康。”到达岔路口，小白停住车，说：“这条公路是新修的，比原规划宽出七八十厘米。水泥公路一修好，就派上了用场，两辆大卡车会车基本能通过。乔洋叔叔有眼光。”外公外婆头伸出窗外看公路，两个舅舅跳下车踏在公路上。“好漂亮。”他们由衷地说。快到锦荣自然村，大舅见到路边采摘嫩辣椒做火烧辣椒罐头的钟传禄，心被击打一下，骂道：“畜生！”小舅听到骂声，猜想哥哥看到了仇人。回头时，车过去了。

“你骂谁？”小舅说。

“我骂畜生。”大舅说。

“骂得好。畜生，不得好死的畜生。”小舅说。

小白眼神好，远远地就见到了钟传禄，她有意加快车速，不承想，大舅还是见到了。钟传禄还在研究火烧辣椒能保质三个月以上的课题。经过村委办公楼前，外公说：“村委挂了牌子，我们离开那年还没这栋洋楼。”外婆说：“一路上没见到几个人，都外出打工去了，跟我们十多年前离开时一样，村上人少。”小白说：“据统计，近十年来，数今年留在家乡的人最多，他们搞种养，自己做主当老板。不过，回来的人仍然不理想。在外务工收入比在家搞种养高得多，风险也小，吸引不了他们回乡。我相信，再过几年，农村有了坚实产业，经济发达了，他们在家乡就能上班，回来的人会越来越多。”车行不远，小白停下车，指着左前方那片正在建设的厂房说：“这是酱料厂，马上就要竣工生产，以加工制作锦荣辣椒酱为主。锦荣辣椒的附加值将来就更高了，还能解决当地一些就业问题。酱料厂是乔洋叔叔的公司投资兴建的。再往左进去两公里，有一个大型养猪场，年出栏超过五千头，是个现代化养殖场，乔洋叔叔的公司占大股份。能安排不少人就业呢。”

“变了。”外公说。

行走不远，四级公路的岔路过去就是虎山村，今年扶贫资金下来，硬化了道路。“我们不下车，免得村里人看见。”外公说。

“都回到村里了，不下车，不是白回了吗？”大舅说。

大舅回家心切，他跳下来，大步走向老屋。小舅跟在后面。路上不见人，留守的都外出劳动了。外公外婆只得下车。老屋里有一股霉味，厅堂的柱子也有败坏的迹象。“不能住了。”大舅说。“当然不能住，想回来住必须建新房。”小舅说。两兄弟分有宅基地，老屋边上，一人一半；老屋，兄弟俩也一人一半。地基宽，能建两座大洋楼。老屋内部及周边还是原来的样子，十多年来没遭人破坏。十多年前，外公外婆带着两个舅舅，全家老小毅然决然地离开老家，当时就想过放弃老家，再也不回这个伤心之地。赵轶男差点儿截肢，最后双腿残疾，全家万箭穿心。村里安静，看过老屋，外公外婆催大舅小舅快离开，趁村里无人，快躲到车上。“不往村里走走？”大舅说。“不要给村里人晓得我们回来了。”外婆说。

一家人回到车上。小白发动车，说：“外公外婆大舅小舅，要不要车游老家？”征得同意，小白开着车在大小公路上转悠。尽管恨钟传广一家连带着恨整个老家，但回到故乡，丈量故乡大地时，他们心里还是有股幸福激动的暖流。车继续行走，经过一个山坳，外公叫停车。他指着右前方山岭说：“那里就是我的墓地，你的在左边。”外婆看了左边又看右边，说：“记得，道叔帮我们看好的。”锦荣这一带，有人喜欢生前就请风水先生把墓地看好，有的人生前将自己的墓地建设好，如果能自己抬，去世后都不想麻烦别人哩。

“注定是你们两人的，就跑不掉。”大舅说。

定好的墓地，主人要向全村人宣布，村里人就自觉避让，比如不开垦，不在十米内种植。小白插话说：“听我的扶贫对象于桂花两口子讲，近年锦荣偷盗现象很少了，抢劫事件几乎为零。外出务工的多了，务工有了钱，谁还去偷抢？过几年，锦荣所有人都脱贫致富，社会治安会更加好。”

“是啊，有钱了，还有谁去偷去抢呢？”外公外婆赞成小白的观点。

“有了钱，人的心思大都放在精神追求方面了。”小白说。

“帮助穷人脱贫致富，其实就是在帮助自己。都有钱了，社会就稳定，大众消费水平提高了，干任何行业都顺畅。”小白又说。

回到桂城时已到了傍晚。乔锐这一天不断给小白发微信，询问她在干什么。他着急、焦虑，小白开车忙，陪外公、外婆、大舅、小舅忙，没能及时回复，回复也只是简单一两个字，这让乔锐更加猜疑。乔锐在小白家小区凉亭等候，见到她的车，猛扑过去，然后劈头盖脸地埋怨、指责。小白问心无愧，始终面带微笑，她说：“我干什么去了，总有一天我会告诉你的，你着什么急嘛！”

这一年，锦荣及相邻的大坪村、弄岩村村民们，收入比上一年翻倍，实现了整村脱贫。春节前，外出务工的陆续回乡，回来的大部分人决定来年不再外出务工，准备留在家乡创业。钟传广和儿子钟小虎、侄儿钟小龙也随回乡过年的人流回到老家。钟传禄的新楼建好了，与之相邻的钟传广的宅基地杂草丛生。老屋差不多倒塌，之前钟传广一直没回来，钟传禄也无法跟他商量如何处置。现在钟传禄住进新的二层半楼房，钟传广一家暂时住在钟传禄家。

“明年开春后，启动建新房计划吧。”钟传禄说。

“我钱不够。在外这么多年，没技术，年纪大，体力不如人，没挣到多少钱。”钟传广说。

钟传禄看看儿子和侄儿，两个小子低头不语。钟传广说：“他俩也没挣到钱，开支又大，哪里存得了钱？”

“春节后，我和小虎还得出去——小龙你出去吗？不然，没有活路。”钟传广继续说。

“在外闯荡不出名堂，不如留下来。外面就那么好吗？”钟传禄说，“留在家，种你自己的田地，我跟你嫂子种不了那么多。按你们三人这能力，在家种经济作物强过在外漂。”

“锦荣没有我们三人的位置，自从抢人家钱财，逼人家跳崖，我们就成了过街老鼠……”钟传广说。

“乔洋一家容不下我们，他们在锦荣威信高，我们会受排挤，受打击报复。”钟小虎说。

“容不下我们，很正常。”钟传禄说，“容不下我们家，我们不能记仇，相反要感谢乔家。你们不能再往外跑了，该把根扎在家乡了。”

钟德明听说钟传广带着儿子、侄儿回村，过来看望。同宗同根，钟德明了解这一家人的处境，也建议钟传广三人留在家乡发展。过年前一天，钟德明引路，钟传禄一家两代四人来到桂城，来到乔洋家楼下。钟德明给乔洋打电话：“乔董，你们全家都下来吧，钟传广一家请罪来了。”

钟传广、钟传禄、钟小虎和钟小龙跪在单元门前，他们每人背一根荆条。邻居围观，问他们什么意思。“我们全家犯下大错，来向乔家请罪，请你们劝乔家人下来惩罚我们。”钟传禄说。

“你们犯下什么大错？”

“一言难尽，是永远也不能弥补的大错。”

“既然不能弥补，你们负荆请罪就弥补上了？”

“不能。任何方式都不能。”

围观的邻居掏出手机拍照拍视频，然后发到小区邻里微信群。乔洋一家通过邻居在群里的“现场直播”看到了楼下发生的一切。他们不准备下来见钟传禄一家。乔洋担心乔锐冲动，冲下楼去揍人，警惕着他的动向。小白也担心，她紧紧搂着乔锐。赵铁男不停流泪，然后说：“让他们滚，不想见到他们！”乔洋给物业经理打电话，叫保安将他们请出去。

春节过后，有一天大哥来跟赵铁男说想回去建房子，老家空气好，又安静，适合养老。赵铁男平静却咬着牙说：“我早料到你们会这样的。都回去，回锦荣回虎山去吧！”大哥欠着身子离开。他知道回老家扎根，进一步伤害了妹妹，可是自从上次回了一趟老家，他的魂又回到老家。大哥选择了一个妹妹心情略好的时间，正式跟妹妹提出回家建房。赵铁男没有表态。大哥怀着内疚的心情回乡寻找乡村建筑队去了。二哥受影响，也动了回乡建房的心思。在桂城这样的大城市，兄弟俩在妹妹、妹夫无私的关怀下，小日子过得不错，但他俩始终认为，锦荣才是他们真正的家、他们的根之所在。乡村建筑队同时为兄弟俩建楼房，资金到位，建得快，三个月就竣工了。房子建好，装修好，兄弟俩并不想立即回去住。有了新房，他们就有了对故乡的牵挂，根也开始紧扎在故乡。

锦荣村民又经过两年辛勤劳作，都走向了富裕。国庆过后，乔洋组织公司人员把生产的家电送往锦荣。村民富了，家家户户都新购或者更换了家用电器。这一带人与公司结下了深厚的友谊，公司倾力帮扶的品行，让村民们十分信赖公司。公司家电产品价钱公道，一批又一批家电产品销售一空。不止这一带，镇里别的村委也前来抢购。公司声名远播，全县乡村都知道。公司服务跟上，村民订了货，他们送上门来。这年，公司综合利润翻番。

2020 年 7 月，赵铁男对小白说："时常听到你们说锦荣如何如何，我才不信！你就快成我家媳妇了，不应该拉我回锦荣看看？"小白爽快应允。消息走漏，小白的车行进到村委会路口时，路两旁站满当地村民，他们向赵铁男鞠躬致意。钟传禄兄弟俩和儿子、侄儿四人跪在人群中向赵铁男磕头谢罪。赵铁男悲喜交加，对小白说："场面太吓人了，加大油门，全速前进！"小白似乎没听见，反而松开油门。小车渐行渐缓，几乎要停下来。

报君知

/王方晨

铜铁也老。光子颈下的铜铃声，听在耳中，就明显锈滞了。

从水岸到五合，七里多路，金老贲步步行来，既悔应下了八十做寿，又痛光子君再遭劳累。他的那个小心，似看护待产的孕妇一般。

天地间夕照汪洋如静海，使人相信他们走过了一个极为漫长的下午。

谁说光子君不是一方土地上的唯一？跨过鲁豫苏皖四省边界，难得见到这苦生灵！五合社区子午街金老贲的八十大寿，实为光子君而举办，恐怕后无来者。

上推二十年，玉子尚在，那是在葛老东的手中。再推十几年，还有葛老东的轩子。光子、玉子、轩子，妥妥一家。

先是葛老东从高河镇牵回一头雄赳赳的大叫驴，黑乌头；隔三天，金老贲就从鱼山镇牵回一匹欢腾腾的大骒马，白似玉——只因两人酒后相约一起去野地做大把式。

大叫驴让人诧了一回，大骒马又让人惊。大叫驴那骨架！在生产队当过多年饲养员的张老普说：

“能做马！”

一个叫了“轩子”，一个唤作了“玉子”。世间真有那样的白马，让见多识广的张老普给遇着了。从头到蹄，找不出一根杂毛儿也罢，那白却是出奇，不说盖世无双，也是人间少有，更兼玉雕般俊秀可爱，不怪人们议论金老贲看白马总像看婆娘。

金老贲三十大几了，看婆娘却还羞答答地脸红。他去葛老东家，几十年都像没抬头看过葛老东的婆娘一眼。

葛老东的婆娘姓劳，偏也生得白。人们就像忘了她的名字，背后一律称作“劳氏”。

在大古马村，葛老东、金老贲向来交情深厚。二人要去野地做大把式，引得全村人拥来围观，像是在为他们举行隆重的出车仪式。事过多年，还似有人记得当时的盛况：

秋高气爽，祥云朵朵，满街飘飞着清脆悦耳的铜铃声。

二人各自一架的排车，为西周庄同一木匠所制，正发出木头的清香味。二人分别从鱼山、高河买来的铜铃，乡人唤作“报君知”，却也像同一个老匠人的手艺，形状、材料、纹路无异，而穿起的红丝绳，确乎出自劳氏。金老贲的婆娘则剪了两团布花，佩在牲口额上，新簇簇、花绿绿，谁见谁忍不住笑：端的一对好夫妻！其他诸如套脖、肚带、背褡、秋襻皆备。

两根桑秆长鞭，洒脱地向空一甩，齐齐“嘚儿——喔！”两声，辕下轩子、玉子就呼地并排向野地奋蹄蹿去，而两人紧跑几步，也麻溜一蹿，侧身坐在了车上。

但见野地里一白一黑，时而白在前，时而白在后。

铜铃声一直响，从村里响到野地，又从野地响到村里，似乎再不会消失。

“嘚儿——喔！”

“喔！喔！”

“吁——”

“吁！吁！”

广阔的野地，吆喝牲口的声音也未息。

当时尚在大古马村，而今则在五合，但声犹绕耳。

大古马已不存。五合是由包括大古马在内的附近五个村子组成的超大社区，家家楼上楼下，最长的街叫作子午街。

在子午街，金老赉与劳氏各分得同栋楼底楼的一套两居室，仅相隔一个单元。为着光子君这人间孑遗，金老赉被上级特许在水岸现筑了两间小泥屋。

金老赉来子午街，主要是来看劳氏。来了也不是看，是在劳氏跟前坐坐，像葛老东活着的时候一样。坐在那里，他会默想玉子、轩子。

他是真没看，越想细看越不去看。眼皮子似含铅，抬不起来，觑着。但他眼见黄土淹顶，还是好身量。瘦干的脸，自少壮就有的黄胡须，尚未全白，就像左颊上那几颗大麻子，不会被岁月填平。

寿筵很热闹。金老赉心似明镜，单凭一介老朽，招不来许多人。

子午街金老赉要给光子君做寿，从三皇五帝起，历经了孔夫子、孙中山，何曾有过这等事？光子君是哪族寿老儿？

光子君是轩子、玉子配下的。

马配驴就是驴骡；轩子、玉子配下的，只能是马骡。

去大古马看骡子的，搬来五合之前就有。尽管那时光子君就是一头老骡子，人们赶来看了也会好奇地说：

“岂不是马？”

对人们的少见多怪，金老贲不屑开口，顶多鼻孔里“嗯”出一股气。实际上金老贲心头难掩自得。

金老贲心里说，你是没见光子生下来。

当年春三月，夜寒料峭。骡驹从母胎一露黝黑的头顶，马棚里就似腾起一团明光。等小骡驹东跪西倒拜了四方，金老贲心头早已融了一汪春水。

金老贲从没说出口，自己长子的出生也未让他如此心动。这哪里是骡驹，就是一匹马！不单别人，他自己就常疑惑。

这么光彩动人的生灵，在以后的岁月中，实在是为他赢得了数不尽的赞赏。

轩子、玉子都正当年，骡驹子就卖了吧。金老贲一口回绝：

“不卖！”

金老贲叫它光子，听起来像叫儿。儿能卖？骡驹子天性好奇，一眼不见就跑上街，哪里热闹就往哪里凑，招灾惹祸也难免。

不愧是马骡，长到三岁，身量跟玉子就不差什么。外人见了，就说：“牲口跟人一样，谁养的随谁。”

金老贲说不出地得意。让它给玉子拉边套，母子俩能把车拉飞。四岁口，驾辕了。在野地里疾驰起来，像条蹿动的黑龙。

人又说，玉子享福的时候到了。这就是生育的好处。金老贲不想分开母子俩，葛老东就只有疲于追赶的份儿。看葛老东在后，金老贲想不起来轩子会是光子君的亲爹，一时忘情还会放声大笑。

又过一年，葛老东独自下兖州，归途遇雨，惊雷中连驴带车掉进水流湍急的万福河……葬了轩子，葛老东一下子老去十岁。

一天，金老贲把玉子牵到葛老东跟前。

在葛老东的家，金老贲不看劳氏，好像劳氏不是给他看的。他嘴里支吾半晌，也没说出什么，但在他的心里，他一板一眼地对劳氏说：

“不是说好了一起去做大把式的吗？”

葛老东收下了玉子。在野地做大把式，都还没做够！葛老东、金老贲约定了一辈子去野地当大把式。既有前约，便永不更改。

跟葛老东在一起，就等于跟玉子在一起……马无夜草不肥，一夜三合草。喂马，讲究寸草三刀。金老贲一有空就到葛老东家来。葛老东没亏待玉子，草料袋子里永远丰盛，不是料豆，就是马糁。三次来，两次见他傍着骡项梳骡鬃。

光子君一直跟娘吃马草，以后也还吃马草。光子君长得膘肥体壮，身上像披着一匹精细的绸缎，不奇怪。

“好马！”

不时的赞美，金老贲听在耳里，却是美在心里。

大古马金老贲的那头大黑骡子呀，这块土地上，谁人不知？

本来是儿女为表孝心，为金老贲举办的八十寿筵，众口相传，就传成了给大黑骡子做寿。那有什么不对？！

给大黑骡子做寿，轰动的不光是子午街，也不光是五合社区，是整个塔镇，整个金乡县境。从早上到中午，人是源源不断地来。

听口音，邻县的都有。

人人皆赞那铜声悦耳，指着骡颈下的报君知：

“喏，那里有个铃铛哩。”

大黑骡子头上佩了团大额花！

那额花前所未有地大，从额上纷披下来，好像大黑骡子长了道繁盛而绚丽的奇眉，不是用布剪的，是用五颜六色的绒线攒起的。

这是劳氏的手艺，看来劳氏早有所备。

从来不曾预料的事情，就这样发生了。细想，却一点不突兀。子午街居民次日一早发现劳氏家门未关，绝未想到她已身在七里外的水岸。

五合社区的底楼住户，皆习惯由前门出入，进了前门就是客厅。这栋楼的底楼住户也都是像金、劳一样的老人。一到白天，老人们纷纷走出房门，坐到门前台阶上，侍弄花草，闲聊打盹儿，消磨时光，只有金老贲的门前空着。

住在后楼的葛家大儿媳来给婆母送早饭，见房内没人，以为她去了街上，回家顺口说给丈夫兆路。兆路不放心，随即赶来，路过金老贲家门，就怔在了那里。

葛、金两家亲厚，原有历史，金老贲的婆娘和葛老东都已去世多年，尚存于世的两个老人经常走动，虽男女有别，从不避讳，却少有闲言碎语，各家子弟也不作多想。

金老贲大寿，劳氏迎来送往，言语周到，举止得体，像半个管家婆。葛家子弟也都拢来帮衬，几日来没一个闲着的，特别是这个兆路。

兆路是个经验丰富的泥瓦匠，没做过大把式。

在金老贳家门前，兆路心头陡然掣过一道光，照亮了世上的两个人。他们像是终于从神秘的幽暗中走出来一样，在他眼底清清楚楚。

莫说怔了，泥瓦匠被打得措手不及呢，他闷着头，回转身，不知怎么忽然坐在了自家楼上。满耳嘁嘁喳喳，好像金老贳的寿筵方兴未艾，好像子午街上正站满了好奇的人。他婆娘问婆母回了没有，他才缓过神来。过了一刻钟，他借口去塔镇，其实是要去水岸。

这才是正月初九，冬寒还很硬。泥瓦匠有意绕到东北方向的桃渡，再从那里沿河向南。河面上的冰甲，发出灰白的寒光。越往前，越觉胆怯，终于放弃了前行。接下来，在野地游荡到电瓶车显示电量不多，才选择了返回子午街。

如果他去他娘家，就会看到他娘正独坐床榻。

在兆路沿河行走之际，他娘在泥屋门前帮金老贳筛马草，忽然想回子午街拿些东西。走在从水岸到五合的路上，他娘不像高龄老人，倒像个新婚的年轻媳妇，在以脚为马。

如不是光子君已老，金老贳一定会赶着光子君送她，那该多么风光！

在街上看到她的人，不禁惊奇呢。哪是寒冽的正月，是伴着温暖明媚的春色，从另一个世界来的！像昔日俊俏的劳氏回到了身上。身后野地，万物生长，万马奔腾。

细听，空气里响起了布谷和鸣。

再次走出家门的劳氏，臂膊上扤了个花包袱。

即便亲生儿女，也不认得那花包袱是她出嫁的陪送，因它一直被压在箱底。包袱皮上绣着几朵大牡丹，四角各有一个绒线结成的杏黄穗子。花包袱鼓鼓囊囊，容纳着她多年的珍藏。

不像昨晚，一天的喧闹已过，走过沉寂的子午街，连个人影儿也没撞上。

那时候的劳氏空身一人，眼前的道路好像布满黑暗的陷阱。现在，劳氏心情明快平静，花包袱鲜曜。子午街上各处是人，还有一些走亲戚的被吸引住了。

劳氏可以叫人把自己送到水岸，但她只想一步一步地走出子午街。家门也仍未关上，就为了显示她可以随时从水岸回来。没人问她要去哪里。若有人问，她也会大方说出自己的目的地。

野地重又铺在面前，劳氏才想到子午街拥挤的人群里没有兆路。

一看到金老赉和光子君在泥屋前的影子，劳氏心头就重新充满年轻的欢乐，但金老赉没有走过来。他在看她，没等她走近，他却若有所思地默默地把脸转开了。

这天晚上，听着床头畜栏里轻轻的铜铃铛声，劳氏就对金老赉说：

“哼，随他们怎么高兴吧。”

昨晚，过完八十大寿的金老赉，好像刚刚返回水岸，一扭头就看见了从夜幕中款款走出的劳氏。那无疑是老年人的面容，但他丝毫不觉得，而且马上又像抬不起头了。

几天来的忙乱中，没有人比劳氏更有用。

寿筵前夕，担心拴在窗外的光子君受寒，劳氏就从家里拿来棉被，给光子君搭上。

社区颁行民俗新规，禁止铺张，但总得有个仪式。金老贲本来勉强，给他做寿倒像惹他不高兴，儿孙面前一问三不知。劳氏是经历过的，能出主意，还暗地劝他知趣。对于金家亲戚，她倒比金家后辈还熟悉。在她的操持下，宾客盈门也没让一个人找不到板凳坐。

筵席分设在同幢楼的邻居家里，预订的菜肴由社区酒店做好了送来。祝寿的时刻客人们纷纷走到楼外，聚到寿老儿门前，行礼跪拜。散了筵席，恐寿老儿年高易乏，客人们也便早早告辞，劳氏还亲自参与把最后一批客人送到十字街口。

等这位好邻居回到自家坐下，金老贲与光子君已缓缓行进在了暮色苍茫的野地里。白天，她家客厅自然也是待客之处，但她不想收拾，也一直没开灯。其实在黑暗里她什么也没做。

站在金老贲面前，劳氏是个镇定自若的老妇，但身板硬朗，腿脚也还结实，像年轻人一样胸怀似火。

事实证明，头一次躺在金老贲的床上，劳氏也比金老贲更有用。他们相互紧握对方的一只手入睡，醒来后也还在握着。

可以说，这是很多年来他们各自睡得最好的一觉。

泥屋里马草和骡粪的气息，闻起来那么温暖。劳氏感到了金老贲那只手的温和与放松。终归老了，身上因为几天的劳累引起的酸痛仍未消尽，但并不影响她静静回味熟睡前金老贲对自己全身的抚摸。那时候，他的手急切贪婪，而又不失温存。

泥屋外冰冻的河面，也没能把河水清冽的气息完全封住。这就像从劳氏的迷醉中透出的理智之光，使她决定把一句压在心底的话说出来。

听着畜栏里的光子君轻轻摇响了报君知，劳氏刻不容缓似的说：

“你呀，明知道我家养的叫驴。”

在她侧身之前，金老赉已经及时合上了眼皮，好像还在睡着。但此言一出，金老赉就立马把眼睁开了。

当年，玉子怀驹才显形，就有不少人故意跟他开玩笑，让他觉得有些窝囊。即便现在，子午街一些知情的老人闲聊时，还会把那件事当笑话来讲：

葛老东、金老赉一起在野地做大把式，他们养的畜类，不用主人操心，可就自己个儿配了对，结果生了头大黑骡子！

怪谁呢？在金老赉看来，葛老东眼里分明暗含了得意。

死去多年的张老普不是说过吗？轩子能当马。可轩子再能当马，也还是一头驴。

金老赉从鱼山买来的玉子，那才是一匹真的好马！金老赉看它就像看心爱的婆娘。金老赉看它会害羞，但它被一头驴给配了种。

劳氏的那话，葛老东也说过。对此，金老赉耿耿于怀了多年。而如今，在水岸的这个早上，金老赉听起来，感觉大不一样了。

躺在身边的那个婆娘，是金老赉几乎一辈子没能认真看过的劳氏！

金老赉活了八十岁，到了这一天，才用眼睛把劳氏真真切切看了个够。

这婆娘还是那个样儿，跟黑夜里他的手大胆摸到的，不差分毫。那时候，他的手也能“看”出来她身子那样白。

在他掌下，“玉子”奔腾。

快一辈子啦，冬天的雪、天上的白云、棉花、水花，甚至一张白纸，都会让金老赍想到玉子。一想到玉子，金老赍的世界就好像没有了夜的黑。

他们一起从床上下来，就是恩爱已久的老夫妻了。显然劳氏照顾金老赍要多一些。金老赍看她的眼睛，已经不亚于生龙活虎的年纪，也一刻没从她身上离开。

金老赍是要把劳氏好好看看了，再不看，就没机会了。实际上，摊在两人面前的来日，实在太短。

像光子君，活着的每一天，都是天地仁慈。

在水岸能让金老赍和劳氏分开的，也只有光子君了，但顶多相隔光子君的身体。这边一个拿一把磨得晶亮的铁制小梳篦，给光子君刷皮毛。那边一个就用手掌在光子君身上按按、揉揉。你看我，我看你，不时地，两只手就又牵在了一起。

在人们的记忆中，光子君的皮毛从来都是干净的。

早说过，金老赍把光子君当马养。吃马草还罢，炎热的夏季，金老赍每天都会给光子君洗澡，要么汲来井水，要么直接来水岸。

两个老人一同清理了骡槽，又一同弄来干土、草木灰，给光子君垫圈。他们做一切该做的事情，慢悠悠的，不急不躁的。

人老动作慢，想快也快不了，那就做到什么时候算什么时候。一切都像顺手在做，什么也不用多想。

闲了，一同坐在泥屋前晒暖阳，当然不能把光子君独自留在屋里。哪个人被冬日的阳光照射着都是一种享受。时光显得格外悠长，两人尽可以放心地打个盹儿，不怕睡过去。

劳氏身上一激灵，随之抬起眼皮，目光逾过冰封的河面，落到对岸，疑心地看了一阵，也没发现什么。金老贲也醒了，在静静看她。她下意识地把目光转向了一旁的光子君。

多好的一头牲口呀，谁见了不赞呢?

劳氏却不由得叹了口气。

“苦生灵。”她的声音很小。她很想告诉金老贲，当年知道玉子怀驹，自己颇觉怅然。其实她从来没像葛老东那样得意过。

金老贲偏偏听到了，温柔的目光里含着对她的问询。

“这是什么命啊！”劳氏声音大了一些。

一切在大地上劳作不休的生灵，什么命呢?金老贲惯于举鞭的右臂，禁不住瑟瑟发抖，又像举起昔日的桑秆长鞭，却怎么也不舍得朝奔腾的光子君打下来。

此刻的劳氏，宛如沉浸了在无限哀怜之中。“就不该生。”她又叹一声，声音又低下去。

金老贲不敢看她了，她会更白，白得人间绝无仅有，会像气泡消失。金老贲就去看河面上的冰，只觉魂儿一荡，就像置身在了冰层下面，阳光也是透过厚厚的冰层照下来的，有了铁的重量。但他竭力稳住了心神，勉强笑道：

“瞧你说的，那你为什么还生？”

金老赍佯作很轻松地抬起眼睛来，脸上的神情认真而又调皮。

“你怕忘了自己生了几个。兆路、万全、千贵、大梅子、小兰子，五个哩。不是老东心怯，主动结了扎，你还会生下去，生个没完，子午街一栋楼不够你家住的。大古马可没人说你命不好。”

金老赍所言极是。劳氏身后，那可是红火火烈轰轰一大家子人，数下来几十口子。看她一时好像无言，她却这样幽幽地说：

“不生怎叫‘生灵’？”

夜里睡觉的时候，金老赍把劳氏搂过来：

“我从此叫你‘玉子’吧？要不，叫我‘轩子’？”

未等劳氏作声，金老赍就抻抻脖项，接着说：

“我想过了，明天上午你在水岸照看，我去镇上找方民政，先问他能不能把那张证给办了。我要与你好好做一场名正言顺的半路夫妻，不管是做十年八年，还是做十天半月。你既行得出，我金老赍不做缩脖子王八，再老也是男人。”

方民政常常下乡走动，还曾当过大古马的包村干部，村子里大人小孩都认得他。

停了一会儿，劳氏就把头往他怀里拱一拱。

“老轩子，勾人心的老轩子。”劳氏说。

“玉子，玉子。”金老赍喃喃地说，“老玉子，小玉子，我可人疼的好性儿小玉子。”

晚上说到方民政，第二天上午方民政就来了水岸。

要去办终身大事，总得穿得像个样子。

劳氏正帮金老贲换干净衣裳，就听院子里响起了嘹亮的彩声：

“好马！”

金老贲出门看见方民政推着辆自行车走上前来。方民政当然知道怎么哄金老贲高兴。那张苍老皱缩的面孔，眼见得舒展了不少。

“老骡子。”金老贲本来不用多说的，就像方民政是在夸他，又补一句，“老啦，不中用啦。”

方民政给金老贲和劳氏带来一盒上好的安徽红茶、两包本地老字号点心。他早看见了有些害羞的劳氏，不动声色地点点头，算作招呼，从车把上取下礼物，有意往她手中递过去。她摇手不接。金老贲在旁说他太客气，他就诚恳地说：“大年下的，怎么好意思空手见长辈？”金老贲跟劳氏对视一眼，劳氏也就接了，并请他进屋，而他显然要让这次会见自然、随意，放好自行车就转头又去夸光子君。

“谁见到光子，谁有眼福。”

他像个懂行的牙子一样，围着光子君转，看头，看尾。毛色、臀肚、蹄腿、脖肋，都看。光子君左胯部有个“泉子”，他张开手去量。骡子胯部的“泉子”越长越好，是忠厚仁义肯出力的象征，他一大拃量不到头。

“老贲叔对光子好，可没说的。”他又夸，瞥一眼劳氏，“对人也错不了。”

“有什么好嘛。”金老贲反觉不好意思起来，“它活这几十年，没发过病。能干，吃得又少，比马好养。才三岁口就拉边套了，四岁口驾辕。你再看它熬下去了多少牲口，骡子泼实、命长，就是脾气有点犟。老喽，犟不动了。”

方民政往院中的板凳上重重一坐，向两个老人招手：

“老贲叔、劳婶子也都坐下，听我从头说来。”

老人们马上就有了预感。金老贲皮糙面黄，看不出什么，那劳氏两颊却早飞起了动人的桃花。

“我是专来跟老贲叔、劳婶子道喜的。”方民政朗声笑道，“老人相好，枯木逢春，夕阳红，夕阳更美，在这个年代，哪会有人看不过去？把二老分开，才叫不仁。我就直说吧，这一趟，是兆路去镇上请我来的。之前兆路也跟老贲叔家的人商量过了，都不反对！二老再不用多心，当我做了媒。等个好日子，我来现场给你们办理结婚登记。不过，我早说下，你俩好，那就合法！安心了吧？”

金老贲不由得咧咧嘴，像笑，但没声。劳氏格外矜持地站起来，到底还是没在方民政跟前站住，脚下挪动着，躲去了屋里。

方民政见状，也便告辞。“兆路不知道该怎么当面给你们提起这事，我等于把话传到了。”他又特意叮嘱，“以后小辈儿们来看你们，他们若不说，你们不问就罢了。喊爹、妈，喊大爷、大娘，你们老两口只管答应着。”

水岸又只剩下了金老贲和劳氏。

好日子还得等多久？初八过去才三天，出正月还得再过十九天。非得春暖花开才算好日子？

天晴得这么好，满世界除了大地，都是响蓝。高旷的天空，能把人的目光送到天外。阳光也比昨日暖和，吹过水岸的微风，隐隐透出了春意。

金老赍在对劳氏看，看了好一会儿。

“老脑筋啦！”金老赍慨叹一声。

“是哩。”劳氏神会。

不是因为老脑筋，好日子不早就降临了吗？还会等到生命的余火将熄？而在方民政来水岸之前，两人嘴上不说，终究掩不住心底的忐忑。

“怎么就老了呢？”

金老赍又说，那几乎是快乐的，声调里寻不出一丝忧伤。

“可不，做梦的工夫。”劳氏附和。

“真想再骑上大白马。”

金老赍脸上浑然有了向往之色。

“瞧你这身老骨头。”

“套上车，我要再去野地跑一圈。”金老赍说，“大马路多宽啊。信不信，我要一口气跑到兖州去！”

光子君扭头看他，眼神幽幽，好似在发出召唤。不知不觉，他的腰板儿直起来了。他慢慢站了起来，走向光子君。

那苦生灵拉着车，活龙一样向前蹿去，无边的野地随之展开。一路上，报君知的声音飞入云霄，男人们在歌唱似的随声吆喝……当年，这样的场景为劳氏所熟稔，每一次都是她扶着门框所看到的。那时候，她心头柔软，脚下也像软软的。

大把式们去野地飞奔，但更是为了给全家带来足够的口粮。靠着这苦生灵，这情投意合的俩男人把各自的儿女养大成人，并帮助他们成家立业。

劳氏又觉得脚下软了。她也慢慢向光子君走去。

金老赍握了她的手，而他的手心竟滚烫。

就这样，两人牵了手，他另一只手牵了光子君，在水岸慢慢来回走动起来。走几步，歇一歇。

“嘚儿，喔。”金老赍对光子君说，“别偷懒。”

走着走着，劳氏突然捂住了嘴。

“啧！这是干啥？”金老赍责怪她，“叫人看见笑话。”

“又没有人。”劳氏说，“有人也不怕。我哭光子，不丢人。光子死了，我再痛痛快快哭一场。我也哭自己，怎么就活老了？”

“说这话不吉利。”金老赍说。

“有啥不吉利？谁能不死？”劳氏擦一把脸，也对光子君说，“别偷懒，能多活两天就多活两天。别怕，我和老赍给你送终。你不死，都不死。你多活两天，我高兴。”

“这话有理。”金老赍颔首笑道，“吆，吆吆。”

金老赍弯下脖子，把嘴附到她耳朵边儿上说了句什么，她就举拳头要打他。

才过了两天，劳氏就对金老赍说：“老轩子，我去趟子午街吧。”金老赍知道她在水岸坐不住了，但他说：“不去。”

“还敞着门呢。”

“值钱的东西不都在你包袱里吗？”他说，“后天就十五了，过十五他们才该来。哼，不来就不来。”

没等来兆路他们，倒等来了几个闲人。他们佯装从水岸路过，并不走到泥屋前，远远站着看光子君，有意叫上一两声“好马”。

金老赉不但不生气，如果他们走过来，他还会说句“老骡子，不中用啦”。

从什么时候起，跟过往的岁月不一样了？

照顾光子君之余，金老赉去收拾光子君用过的那些东西。从远处看，不知他在干什么——即便在近处，也不一定认得出来。

光子君拉过的那架地排车，不记得哪年弃的。

弃了的，多了去。耕地的犁铧、播种的耩子、浇园的水车、磨面的石磨、汲水的辘轳，都成了百无一用的老古董。金老赉收藏的撇绳、鞭子、骡马套、夹板套、笼嘴、捂眼之类，不过是些小物件。两间泥屋，放不下更多。

金老赉细细摆弄这些东西，就像还有用处似的。

“你说什么‘好’？”劳氏问他。

“没说什么呀。”他说。

“你说‘倒好’。”

金老赉刚说的话就忘记了。这些役使的工具用不上，不好吗？野地上的奔驰，那可是使了苦力的。世上不光是平坦顺畅的大道，不光是风和日丽的天气。下雨天车轮陷入深深的泥泞，一人一牲口的力，有时就不够使，也正见出葛、金二人结伴而行的好处。他们只是偶尔分头出车，才有了葛老东暴风雨中连驴带车掉进万福河的遭遇。

“嘚儿，喔。”

像要掩饰自己的健忘，金老赉吆喝了一声。眼睛像又看见了疾驰如风的光子君，透出了喜悦的闪光。

“这小骡驹，欢实着哩。”

“眼里就只有光子。”劳氏说着，像埋怨。

她在打谱给金老赍纳双新布鞋。幸好这双老眼还不怎么昏花。过去她从没想到给金老赍做鞋。算起来，十几年没做大人鞋了。买来的机制鞋结实耐穿，连牛鼻子鞋都能买到。她要先给金老赍做双圆口单鞋，天气转暖就能穿。

年轻时的劳氏，可是大古马有名的巧手婆娘，扎朵额花也比金老赍的婆娘扎得好看。葛金第一次出车，金老赍婆娘扎的那额花，叫什么呀！

金老赍八十大寿，光子君头上的绒线额花，才叫灿烂！若不是她有心积存下来一些上好的绒线，想找，哪儿找去？

劳氏的眼里也像金老赍一样喜悦了。

到这个年纪还能拿得起针线，终于又要派上用场。自穿且不说，怎么着也得给金老赍缝件夹袄，做件单布衫。

看他身上是件深黑羽绒服，等她做了棉袄，他爱穿不穿的，是她的情意。做件肚兜，不绣艾虎克毒，就绣刘海戏金蟾，反正穿在里面，他穿也得穿，不穿逼他穿。

天上响起了无人机的嗡嗡声，劳氏只抬头看了一眼。

水岸西曾是大古马世代耕种的土地，现已归属塔镇五合智慧种植园，成了金乡县现代农业生产的样板。

才活六十五的短命鬼葛老东，肯定想不到自己驰骋过的大地上会发生如此之巨变，种庄稼用上了飞机。

劳氏轻叹，摇头，却听金老赍也叹了一声。莫非两个人想到了一块儿？

“老赍。”劳氏叫他，“老轩子。”

金老赍没反应。

“来不来的吧。”劳氏说。她在想兆路他们还没来。

河对岸似乎发生了骚动，同时，天上那架无人机开始摇摇晃晃地滑落。

金老赍和劳氏抻长了脖子，朝对岸看了好一阵，只看到有人在狂奔。天上的嗡嗡声消失了，又有一些人加入了跑来跑去的行列。

“跑得够快的。”

金老赍不由得赞道。

“这帮走将。”劳氏不以为然，“去当大把式啊。”

金老赍终于看出来是一群人在追打，领头的像是兆路，就说：“那不是兆路吗？”劳氏也留神，果真感觉像是兆路。

光子君不安地摇动一下脖项。

金老赍要站，但没站起，劳氏猛地站起来了。

那个被追打的人无路可逃，一转头，张开双臂，纵身跃入河中，来不及站稳，就打着滑往泥屋这边跑来。空气里似乎传出了寒冰的坼裂声。

兆路他们站在岸上，眼睁睁看那人越过更加危险的河心。突然，他们好像受惊的鸭群，也纷纷拥下河岸。

河道里的咔叭声顿时响作一片，头顶的天空也像玻璃一样砉然碎裂。被追打的人扑倒在岸边，手脚并用，向着泥屋连滚带爬。

无人机不知从哪里冒了出来，突然落在劳氏面前。

劳氏颓然坐下。兆路他们也气喘吁吁地随后赶到，只听她反复嘟囔着“你们这些走将”，看也不看他们一眼，兀自起身去了屋里。

被追打的人土头土脑，脖子上竟挂着一台照相机！“好马呀！”惊魂未定，还不忘对着光子君按下快门，一边为自己辩解，“我只是要拍‘马’，没想打搅老人家。”

不光是泥瓦匠，这些日子在水岸泥屋附近徘徊的，还有葛、金两家的其他子弟。尽管方民政已受托传话，他们也依旧没能从容地走到泥屋跟前。今天无疑是距离泥屋最近的一次，也就让他们撞上了这个来自东北冰雪之地的摄影家。

原来他从家乡启程，像个流浪汉，徒步向南，边走边拍，整整走了五个月。他在对岸垒起仅可容身的地堡，这样偷拍光子君，已经好几天了，算起来正是从金老赍做寿那天起。在子午街，他目睹了那场被人口口相传的寿筵。

面对金老赍，兆路他们当然不敢放肆。怎样处置偷拍者，也只能听任金老赍。

“拍就拍吧。”出乎意料，金老赍若无其事，还说，“不过是头老骡子。”

看得出兆路他们跟摄影家一起，全都嘘了口气。

随后，又见两个家庭的其他成员从不同方向朝泥屋走来。他们各自携带着干草和新的食物。

元宵节金老赍和劳氏都没离开水岸。说好了不去子午街，兆路他们也不用晚上到水岸来，自去镇上观灯就是。

泥屋门上挂两盏灯，再煮上两碗芝麻馅的元宵，节日就算过了。临睡前劳氏却向金老赉埋怨兆路，说儿孙里面数他年岁大，还这么莽撞。金老赉知她在提兆路他们追打摄影家的事，就说："谁心里会老呢？人活多大，心里也有个孩子。"接着又说起对岸的东北人，万家过节，他独在野地睡地堡。

金老赉说要把草料盆从屋檐下拿进来，就披衣出了门。对岸黑灯瞎火，悄无声息。回到屋里，他忙钻进被窝，对劳氏说：

"方民政也快来了吧。"

金老赉有了一个让他全身热腾腾的想法。那个摄影家，不就是老天送来的一份贺礼？他一定会拍出这块土地上最令人满意的结婚照。

好日子接踵而至。在他把摄影家从对岸招来拍下结婚照的第三天，方民政没有食言，带着助手来了水岸。

摄影家去镇上洗出来的，不仅有结婚照，还有各自的单人照，有光子君的，以及老两口跟光子君的合照。果不其然，老两口那叫光彩，而佩上大额花，照片上的光子君极像了新郎官！

方民政竟与摄影家一见如故，走过了登记程序，只管无话不谈。

从他们的谈话中，金老赉得知这摄影家长途跋涉、风餐露宿，就是为了寻找古老大地上那些即将消失的事物，并用镜头把它们真实地记录下来。

"我懂。"旁听者嘟囔一句，心头莫名其妙地有些郁闷。

他们仿佛聋了，但他们听到河里的冰层突然发出一声脆响。方民政背了手走去看看，然后回头高声告诉水岸上的人：

“开化了！”

从这天起，摄影家获了特许一样，不再隔河遥拍，也基本不再借助无人机。

在水岸，他有能力把自己变成透明的影子，让那对不寻常的老夫妇视若无睹，不受影响。

来看光子君的人，陆陆续续，每天都会有一些。对摄影家的好奇，已经压倒了对光子君的兴趣。

直到有一天，有人拜访他的地堡，无意间撞上他蜷缩在没水没电的地堡中低声抽泣，极像冻饿，又像因为羁旅他乡，才认定他是一个当代怪人。

很快，这事就被告诉给了老夫妇。

“我懂。”金老贲嘴上自顾自地说，让劳氏听来也觉得没头没脑。他曾不止一次突然对着空气幽幽说出这两个字，而且还时常独自出神。

只有老夫妇和光子君的时候，金老贲受到了劳氏的盘问。

“你有心病。”劳氏断定。

他不承认。半夜里醒来，报君知的声音静息，槽头的光子君也在安眠。他摇醒劳氏，不管她是不是真的醒了过来，对她耳语道：

“我想玉子了。”

泥屋里极静。

“我想哭一场。”金老贲又说。

玉子死前，瘦得皮裹马骨。玉子染了瘦虫病，百般医治也没能救过来。死后更可怜——埋在了金老贲家的麦田，隔两天去看，墓坑空着，马尸不翼而飞。

苍天作悲，这么瘦的马尸竟还被世人惦记。

一声呜咽像水泡，从夜色深处飘摇上来，好像光子君在哭。金老贲伸手从劳氏脸上摸了满掌潮湿。劳氏把他的手按住。

“你把心病都说出来。”她哀伤地劝慰他，“说出来就治好了。”

金老贲又沉默了。他忽觉头脑昏沉，心里却长长地慨叹一声：“天，真是老了呀。”浑不知睡了过去。

睡梦中，分不清躺在身边的是劳氏还是玉子。

劳氏被阳光叫醒的时候金老贲不在屋内。她睁眼看到光子君“长”出了白玉似的耳朵，因为正巧有一道雪亮的阳光照在了它的头上。

好像受到了这灼人的亮色激励，劳氏心头无一丝阴霾。她不慌不忙地起床穿衣，既不为晏起而生愧意，也不担心金老贲去了哪里，就像一只刚刚破茧而出的蝴蝶，翩然飞入晨光。

在金老贲回来之前，劳氏做好了早饭，喂了光子君，并打扫干净了畜栏。依照惯例，这样的天气，等到九点以后，才更适宜把光子君牵到户外。

屋内静谧，劳氏端坐在门后的灶台旁，默默注视着光子君，心中一动，起身走到它的跟前。衰老体弱的光子君异常乖顺、安静。劳氏被自己的话吓了一跳。

“我是玉子。”她说。

光子君动动蹄子，眼里发出了星状的闪光，那无疑是听懂了她的话。“我懂。”它像金老赉一样在说。

紧接着，老婆娘几乎是猛扑在了光子君身上，竟将那厚重的身躯冲击得往后一趔趄。

铜铃声乍起，老婆娘胸脯胀鼓鼓的，热脸紧贴光子君的脖颈，只觉领口下面奶香漫卷。

一股力不知从何而来，既让她心碎，也让她陡然成了一位年轻母亲，庞大无涯，完全可把光子君像个婴孩一样，轻轻拥入浑圆的怀抱。

屋外一声呵斥，打断了劳氏与光子君移情共处的美妙过程。劳氏赶忙镇定下来，离开畜栏走到门口。那个摄影家正在屋外惊慌躲避。

整个水岸，摄影家唯一的禁地就是这两间泥屋，今天第一次把镜头探到屋内，就被刚从野外归来的金老赉撞着了。

此刻，那个不定期来水岸给光子君送干草的泥瓦匠，也正在骑车走近。

摄影家脸上愧色如霜。如果他能就此走掉，事情定会是另一种结局，但他觉得有必要做出交代，特别是在第三者在场的情况下。

“我只是要拍‘马’……”

“走！你他娘的走！”金老赉凶悍的样子，让劳氏母子也惊住了。那老迈的身躯，像根光秃秃的高粱秆，在水岸摇摇欲折，瘦干脸上一片青紫，黄白稀疏的胡须，也要被突然灼热起来的阳光烧焦了，左颊的麻子坑里，风箭嗖嗖四射。

"'马'，'马'……"他说不出话来。也许累坏了，他一大早出门，寻找玉子的坟墓未果。那是一片广大的智慧田野，已无从找到任何往昔的标记。

一只骨节嶙峋的手，抖索如枯叶，朝着远方的道路，抬了几次也没抬起来，却听他一字一字地说道：

"就是骡子。"

正月底水岸上光子君的盛大婚礼，闻所未闻，但至少半年内，作为最重要的客人，方民政都有个不小的遗憾，那就是摄影家的缺席。

其实围观者居多。光子君这回披挂了红绸，人们窃窃私语："能生吗？"不免被金老贲听入耳中。

"你们知道什么？" 金老贲心里说。是夜，他和劳氏上床格外早。

没谁知道他们双双携手奔赴到了姹紫嫣红的大野地。

报君知声音悠扬，眼前蹿动着无尽的活龙般的影子……哦，生灵！天地翕张，金老贲确乎连本尊也分不清是哪个了，既健步如飞，又茂盛肥沃。

稻菽千重浪

/余一鸣

上

上了年纪，我回老家茅儿墩的次数有些多了。再怎么说，人老了都惹人厌，别人没有放在脸上，只是在心里掖着。何况，我一旦进村了，三拉子就不会放过我，一嗓子喊出去，就得喝大酒，喝倒了不敢开车，我就得留一宿。留一宿，第二天喝酒的日程表就安排下了。三拉子说，都什么时代了？新农村谁家还缺你一顿酒的钱？我说，就因为大家都过上好日子了，我还想多来几回，多喝几顿，不能今天把这条老命就地喝“报销”了。我回村，车不进村，人也不进村，我就绕着村子在田野里转悠，转累了，在田埂上坐一坐，闭上眼，听河里的水流，听草里的虫鸣。

大爷，你为什么不趴在田埂上？一个稚嫩的声音在我耳边响起。

我睁开眼，是一个十岁左右的小姑娘，她戴着草帽，穿着碎花小裙子，手里拎着一个草篮，草篮里有一把小小的锯镰。

你出来是割猪草？为什么没有上学去？

小姑娘说，今天星期天，我割的是兔子吃的草，我有一只宠物兔，叫小白，可让人喜欢了。

我有些恍惚，同样是出来割草，我们小时候是为了喂猪，人家是喂宠物。看那小苹果脸，看那美丽的小裙子，还有那把小锯镰，分明不属于我们那个时代。

我为什么要趴在田埂上？趴在田埂上做什么？

小姑娘说，不做什么，什么也不做，一个劲地淌眼泪。

我说，你见过趴在田埂上淌眼泪的人？

小姑娘点头说，不止一次见过，一位没有头发的老爷爷，每回都是哭成花脸才走。

该是谁呢？我一下子就想到了桑田。我面前的这块田当年是生产队划给他家的自留田，当然，这块大田被分割成了许多块小田，每户人家也只能拥有几分田。尽管他家不缺钱，但让田地抛荒，那是态度问题，在那个时代是绝对不允许的。我们一直不能理解，这田是分给全家人的，但在这块地上劳作的只有桑田和桑海红。桑田说，他爸逼的，不劳动者不得食。可他爸不劳动呀，吃得那么胖，比茅儿墩村其他所有人都胖。看姐弟俩在田里的熊相，我带领同村的小伙伴也帮着他俩在这田里春插过秧、秋割过稻。

我说，那是因为那人腿不好，他扔了拐杖就立不住，只能趴在地上，伤心了。你看，我也站累了，坐在田埂上。

小姑娘说，可是，你不是他，你不淌眼泪，而且你有很多很多头发。

我摘下帽子让她看了一眼。是的，我还有很多头发，不过大半都白了。

都说人之将死，其言也善。其实未必非要等到那一刻，当我老了，我才觉察到自己的软弱和伤怀，一草一木总关情，感时花溅泪，那些文人墨客的骚情悄悄钻进我衰老的毛孔，浸淫了我曾经冥顽不化的情绪神经。而那个光头，我判定他百分百就是桑田，他面对这片土地，为什么要悄悄地肆意挥洒他的泪水？

我在田埂上仰面倒下，蓝天白云，像许多歌的唱词。我知道，如果用无人机拍摄，我只是一个圆圈中的一点，历史倒退一千年两千年，我就是大湖湖底的一棵水草，或者是活了六十多年的一只湖底老龟。如果无人机再升高，镜头再拉远，就会出现四十几个圆圈。这些圆圈，犹如荷塘水面上的一朵朵荷钱，环环相邻，彼此相守，那我在镜头中就只是大湖里的一粒虫卵，或者是一粒掉入湖底淤泥中即将沉睡的黑色莲子。这些圆圈，就是圩子。所谓圩，就是我的祖先们用肩挑，用手提，在大湖的边缘筑起的圩堤，围成圈，挡住湖水的入侵。在圩内，祖先们挖泥成河，堆泥成田，这些大田土地肥沃，春耕秋收，被称为“粮仓”，养育了我的祖祖辈辈。

这是暮春时节，我躺在田埂上，稻苗已经抽穗，我的视线中是稻叶的墨绿和新穗的浅嫩。往上看，它们指向天；往下看，有枯黄的老叶倒向稻桩。风吹来，我能闻到稻花的清香，那种耸耸鼻翼能扇动的清香，仿佛穗子渗出了液，仿佛那穗子淌出了汁。其实它们好着呢，只是怒放着自己的青春。闭上眼，我能听到叶和穗碰撞的低语，能听到浅水中虫的游弋，还有蛙的激越的陡鸣。我伸出手，插进水面下的田泥，有熟悉的凉快爬上我的指尖，弥漫了我的全身。

我的生命属于这块土地，而桑田，他只是这块土地上的过客。

我面前的这块土地，曾经是生产队分配给桑田家的自留田。他曾在这里披星戴月，流过汗也流过血。而我和我的小伙伴们也曾经帮他和他姐插秧，帮他和他姐收割。五十多年过去，他的眼泪是源于对这块土地的控诉，还是对这块土地的怀念和感恩？

想到他那条在茅儿墩瘸了的腿，我猜不出。

桑田到我们班插班时是读初一，冬天，他穿着一件毛领灯芯绒半长大衣，戴一顶花格鸭舌帽，脚上是一双贼亮的棉皮鞋。班主任领他走进教室，我们都惊呆了，仿佛走进来的是个外星人。桑田用普通话说，我叫桑、田，桑，桑树的桑，田，田地的田。讲普通话的人我们已经不稀罕了，村里来的知青人人都说普通话。早先，只有广播喇叭里的人才说普通话，连我们固城中学的老师都说方言，他们的普通话不伦不类，老师说得累，学生听得累，干脆返璞归真了。桑田这姓名接地气，与我们茅儿墩子弟气息相通，除了几位跟着时尚改名的同学，我们大多数同学的姓名都与村里的事物相关，名字中有麦有稻，有狗有羊，五谷丰登，六畜兴旺。桑田被老师安排与我同桌，第一节课后他塞给我两粒大白兔奶糖，我拒绝了，尽管几秒钟后我就恨不得再跟他要回来。那是大白兔呀，知青们说到这奶糖都情不自禁地吞口水。但是，我得端着，我是谁？我爸是李刚刚，李刚刚是茅儿墩生产队队长。我本人，是初一（四）班班长。你是桑田，不管从哪里来，现在都在我地盘上，我才是一方土地。何况，他那一身打扮，像极了连环画上的资本家崽子。我那时就留了心眼，拒腐蚀，永不沾，不能输了气势。不过，想是这样想，做是做不到的，我那时毕竟还只是十几岁的孩子，一个星期后我就接受了大白兔奶糖，放弃了阶级斗争觉悟。日子久了，两人沆滏一气，抱成一团。当然，这是后话。

桑田的父亲是不是资本家，这是我们全班同学最关心的事，尤其是王春笋，王春笋他爷爷是我们村上唯一的地主。地主属于剥削阶级，王春笋家在村里分东西——夏天分瓜，冬天分鱼虾，都是最后一户，留给他家的是挑剩的那一小堆。我也不敢坏了规矩，与隔壁杨树村的男生打仗打赢了，论功行赏，或者成功偷到了生产队的菱角茭白、西瓜香瓜之类，有福同享，王春笋也只能排在最后一位。每次行动，王春笋都是冲在最前面，战功最大，是我的得力干将，但在我的战队他只能排末位。他也认命，他爷爷是地主，他爸是地主崽子，鱼找鱼，虾找虾，乌龟找王八，他爸找不到成分好的老婆，找的是杨树村富农的女儿，真要追究，他是地主加富农的后代，双料货。我能带他一起玩，他已感激涕零。王春笋是第一个发现桑田说话结巴的人，桑田在教室前面自我介绍时，一字一顿，我们都以为他用重音是为了强调，为了隆重推出自己。下课后王春笋凑在我耳边说，桑田是个结巴。我不相信，说，咱俩打赌，一分钱菜票。王春笋欣然同意，但是桑田那天再没开口说过一句话，你问什么他都是点头或摇头，三巴掌也打不出一个哼哼。我知道我输了，一分钱菜票于我是小事，于王春笋是天上掉馅饼的喜事，他中午的饭菜都是自带，米可以上食堂蒸熟，菜永远是一勺黑豆瓣酱。在食堂一分钱菜票可以打一勺青菜汤，运气好里面还漂着一片肥肉。李刚刚宁愿上学校会计室给我买菜票，也不肯直接把钱给我自己买，原因很简单，我曾经中午饿肚子一星期，把菜票钱买了橘子糖与战队的“战友”分享。李刚刚发现我平时晚饭吃两碗，那几天饭量大增，三大碗米饭外加一大块锅盔。人家是生产队队长兼民兵队队长，及时发现了我的新动向，三审二审把我的猫儿腻审清楚了，断了我们战队的资金链。王春笋其实也能隔三岔五吃上食堂的菜，他得到菜票的途径就是跟人打赌，赌赢了他得一分钱菜票，赌输了他帮人家做一天作业，事实上他只赢不输。输给王春笋不算多大的损失，但桑田是不是结巴，桑田家是不是资本家，这于我与我的战队是个大是大非问题。

我们村上来的四个知青是李刚刚用一条四舱小船接回来的，基本上每人是一个背包一个拎包。我奶奶说，这点行头也就跟旧社会外出逃荒的人差不多。这怎么能比？我奶奶被李刚刚狠狠地瞪了一眼。但是，桑伯承一家来的派头就大了去。桑伯承是桑田的爸爸，又白又胖又高大，那么多的肥肉掉在水里也不会沉，茅儿墩的老老少少后来都喊他桑不沉。桑不沉是全家下放，一家五口，有老有少，这很不一般。知青来了，李刚刚领他们去了生产队队屋，把三间屋的农具归拢了一下，女东男西，中间一间砌了个土灶，知青们就过上了接受贫下中农再教育的日子。而桑不沉一家来之前，李刚刚召集男劳力专门盖了三间大瓦房，青砖青瓦。要知道，这种正儿八经的瓦房，村里原先只有一幢，就是王春笋那个地主爷爷剥削人民所盖，后来当然回到了人民手中，被分给了村里三户贫雇农。茅儿墩属圩区，而且不是依附在圩埂坝上的村子，在圩内，是低洼处，一旦遇上洪灾，不论是内涝还是外涝，首先被淹的都是茅儿墩。村里人家大多是土坯墙稻草屋顶，水一过，土墙坍塌，稻草屋顶随水漂荡，好不容易添置的家当付之东流。倘若是砖瓦房，遇了洪涝，是能抵挡一阵子的，水过后，砖墙还是砖墙，瓦屋还是瓦屋，站梁还是站梁。砖瓦房当然好，但是砖瓦窑都在山区，贵不说，光是运费就让茅儿墩人承受不了。李刚刚带人建这砖瓦房时，就凭公社的一张盖章纸条，砖瓦厂供砖瓦，水泥厂供水泥，木材厂供木材，拖拉机站还派出了运输的大拖拉机。砖瓦房盖好，公社来人专门验收，又提出，还得拉一圈院墙，供这家主人院内散步；还得在房子前建一个水埠口，方便这户人家洗衣淘米。散步不就走几步吗？在垛田上走几步不比院子里飒爽？水埠全村人世世代代共用一个，为何要独独替他家专弄一个？李刚刚当过兵，理解的执行，不理解的也要执行。何况，公社干部直接给生产队队长李刚刚布置重要任务，把大队干部晾在一边，李刚刚受宠若惊，自然不折不扣完成。桑不沉家搬来茅儿墩那天，令全村人大开眼界。公社出动了一艘轮机船，李刚刚带领本村劳力出动了一条六舱船，才把桑不沉一家人和家当载回村。可惜那天是我们上学的日子，我无缘见识轮机船驶过村前河面的壮观。轮机船，喷着一团团黑烟，像野兽一般低沉地吼叫着，把村里睡在摇篮里的婴儿全惊醒了，集体大哭，哭得村里鸡飞狗跳。那犁过水面时劈开的浪，有六尺高，将站在蛋壳舟上捞水葫芦的阿三推进水里，露出脑袋时，头上、脸上、嘴巴里都披挂了水葫芦草；将水埠边洗衣裳那新过门的阿四嫂淋了个透彻，男人们看见了阿四好羡慕嫉妒！我只见过码头上停泊的轮机船，没见过那行驶的大物，很是懊丧。不仅仅我，懊丧的还有全村那天在上学的小伙伴。不夸张地说，那时轮机船在我们心中的位置，不亚于现在孩子们心目中的航空母舰。

搬家具是男劳力干的活，生产队给记工分。女人们只做看客，手上剥着豆，或者纳着鞋底，从水埠口到院子的大门外站成一排，组成一列人墙。有不老实的手掌瞅个空子袭一下女人的胸或屁股，惹起过节般的笑声。但笑闹只是一阵子，茅儿墩村的人都渐渐不出大声了，这家人的家具太多了，箱子、柜子、大橱，红彤彤，死沉死沉，压得男人们喘不过气。这大概就是传说中财主家的红木家具了，大城市老财的财富，当然甩本村王家老地主十八条街。有人手上吃不住了，对看热闹的女人说，搭把手，立即有几只手臂插了过来。在茅儿墩，要了解某个女人的家底，主要是在晒伏的那几天。江南多雨，黄梅天一过，箱子底下的衣裳都快长毛了，于是三伏天的太阳出来，家家户户都赶着拿出箱底的衣被与太阳照面，其实这同时是一个展览。谁家有毛线衣，谁家有灯芯绒，谁家居然还有呢子服，村里的女人尽收眼底。但是现在，女人们不满足了，这箱子、柜子、大橱里装的都是什么货色？这个问题像猫爪挠心般使人心神不定，好奇心害死猫，也让茅儿墩的女人们害了心病。几个女人使个眼色，那衣柜就翻了，那柜门的搭扣就及时地被解开了，从那柜子里掉出的东西不是衣服，是鞋子，几十双女鞋，有黑有白，还有花色的，有高帮低帮，还有不高不低的帮子，有高跟有平跟，还有无后跟子的。专门有一个柜子放鞋，什么样的女人才有这么多鞋子？女主人早进了院子，再没出来露个脸。在别人啧啧的赞叹声中，村里几个平素骄傲的女人，如队长夫人，如美丽的阿四嫂，都悄悄撤离了，走的时候眼眶含泪。女人和女人比，这差距也太大了，太伤自尊了。她俩错过了最后一场压轴戏，搬运沙发，一长两短，笨拙得像这家当家的那个白胖子。这东西笨，却并不重，比那些木器轻许多，阿三和阿四有多余的力气争论。一个说，猪皮的，摸上去软；一个说，牛皮的，牛皮的才这么厚实。这对话已经很高级了，村里的猪皮和牛皮都是剥下来，然后送到收购站换钱，那血糊毛粘的肮脏一捆与这漂亮的沙发皮，让村人怎么都想象不到是同一物。但队长李刚刚说，错，这是人造革的，人造革的才是高档货。这话放在今天，没有人相信，但在神州大地上曾有那么一阵子，人造革比真皮牛。说这话的李刚刚，当时上身穿白色的确良衬衫，下身穿一条日本化肥袋改制的长裤，屁股上是繁体的两个汉字：尿素。这是当时有头面的乡村干部的标准穿着，化纤衣裤，看上去挺括、时尚，走起路唰唰带着响。

桑家人很少出院子门，出门的多是桑海红，上代销店打个酱油称个盐，上水埠搓衣拎水，见人先露出三分笑。桑不沉只在黄昏时，偶尔出门在田野里走几步，见到男女老少也立即堆出一脸的笑。这让茅儿墩人很是困惑。看这家人的姿态，那是低到了土灰里，知青们刚来时城里人的傲慢，他们脸上丝毫没有，这肯定有什么地方不对，那桑不沉的笑容与村里王家老地主的笑容一个成色，要不是被打倒的阶级敌人，他的笑容能如此谦卑？但是，县里和公社的领导又把这家人当祖宗供着，这砖瓦房这院子这独家水埠就是明证。上边的人对李刚刚说，这家人不需要参加生产队劳动，不需要挣工分，桑不沉每月在公社领工资。桑不沉一个月的工资是多少？李刚刚打听了一下，一百零八元。李刚刚觉得不可能，公社革委会主任的工资才三十六元。桑不沉对李刚刚说，本来还多，我主动要求减了一半，否则太对不起人民对不起党。李刚刚心里说，你不下车间不下大田，白拿这么多工资，还是对不起人民对不起党。但是，他不敢说出来，这人他肯定得罪不起。春节慰问，县里和公社的领导在桑不沉面前都客客气气，高调不起来。

李刚刚头痛桑不沉家在茅儿墩村定位的问题，我其实也同样头痛。桑田显然不属于工农后代，但又不能像王春笋那样被列入地主资本家崽子之列。李刚刚其实大可不用烦恼，桑家户口落在生产队，人却不与社员抢工分，不像那些知识青年，叫花子碗里扒冷饭，靠生产队工分养活。桑家掏钱买口粮，不打白条不赊欠，与村里几无瓜葛，平时，李刚刚与桑不沉也难得一见。不像我，上课与桑田坐一张桌子，下课桑田也尾巴一样跟着我，我待他时冷时热。许多小伙伴都盯着我，我待桑田的态度决定了他在本战队的地位。没头绪，我只得向知青小汪请教，小汪见多识广，据说知青中只他一人读完了高中。但小汪烟瘾大，扯《山海经》，讲世界上三分之二生活在水深火热中的劳苦大众时，他必须嘴上叼根烟，烟蒂子一扔，他就翻脸，把我们赶走。小汪抽着我从李刚刚那里偷来的“大生产”，心情不错，他说，这桑胖子，其实是资本家，而且是大资本家。早先他家在省城有银行，有几十家工厂，但是，一到新社会，他就把银行和工厂交给了党和人民，他这个资本家有说法，是民族资本家和红色资本家。关键是，桑胖子是老大，他家的老二、老三一个比一个厉害，桑老二在台湾做蒋介石的秘书，桑老三在美国研究原子弹，所以桑胖子是统战对象，是大领导眼里的香饽饽。我觉得小汪胡扯淡，照他那说法，桑不沉不就是美蒋特务？早被枪毙八百遍了。我将这套说法搬到李刚刚面前，李刚刚也是丈二和尚摸不着头脑。李刚刚说，反正咱们听上面革委会的，不热乎也不冷落这桑家。我可做不到，一不小心让桑结巴做了我的左右臂。

桑田是结巴子，成了秃子头上的虱子——明摆的事，是在那天的地理课上。那位高中毕业的代课教师还是个黄毛丫头，她指名提问桑田欧洲最著名的一条山脉。桑田回答，阿……阿……阿尔……

阿尔卑斯……阿尔卑斯山……脉。外国的人名和地名本来就曲里拐弯，读不顺溜很正常，偏偏黄毛丫头老师说，连贯起来读一遍。这可真是哪壶不开提哪壶，快把个桑田难为死了，足足五分钟，桑田就在这六个字之间忙活，按下葫芦浮起瓢，顾了这头顾不了那头，引起全班同学阵阵窃笑。我怕这样下去那条要命的山脉真的要被桑田读断了脉，大声说，阿尔卑斯山脉。于是全班男生都跟我一遍遍重复，阿尔卑斯山脉，山呼海啸，震耳欲聋。黄毛丫头老师满意了，放过了大汗淋漓的桑田。老师放过了桑田，但王春笋不会放过，一有机会，他就逗桑田说话。比如说，早上第一节课课前要领读领袖语录，中午食堂开饭前要领读领袖语录，王春笋都阴阳怪气地推荐桑田，理由是桑田是城里人，普通话比大伙标准。老师们已晓得桑田有结巴的毛病，才不会上他的当呢。

其实王春笋也可怜，这地主孙子，所有人都可以作弄他，他却从来不敢作弄别人。终于来了个资本家崽子，他觉得自己不应该再做垫底的了。人活着都追求个心理平衡，别人他欺负不了，如果有一个桑田结巴可以让他欺负，他黑暗的日子也泛出些微亮光。

有一天王春笋急急地向我报告，说，桑田用糖衣炮弹进攻贫农瞎大娘。这事有出处，李刚刚出去参观学习，发现有一个五岁的孩子能全篇背诵领袖的三篇文章，俗称“老三篇”，从头到尾，一字不落，轰动全县。李刚刚回来后，夜不能寐，食不知味，想活学活用，也弄出一个典型。当他的死鱼眼突然灵动地投向我时，我像一条被渔叉扎中的鱼，怎么办？我奉劝李刚刚，我已经十二岁了，即使背下“老三篇”，也没人稀罕，你要想弄出动静，必须有新噱头。再说，小的典型有了，你不能穿新鞋走老路，你不妨弄个老的典型，比如瞎大娘：贫农，“五保”户，还是个瞎子，不认得一个字，论政治条件哪样都过硬，论培养价值明显超过我，论轰动效应比那五岁小孩还要爆灯。急中生智，我说服了李刚刚。李刚刚表达对儿子的喜爱，就是夹起儿子的臂膀转一圈，相当于渔民撒旋网，撒个欢。小时候我会要求再来一个，再来一个，但其时我已是半大小伙子，我坚决地抗拒，让李刚刚扑了个空。教瞎大娘背书，李刚刚把这革命任务交给了我，我把这革命任务交给了桑田，理由是桑田会讲普通话，瞎大娘将来用普通话背诵伟人著作，更是震撼。我担心桑田的结巴，万一将来瞎大娘背书时结巴，那效果就打折扣了。瞎大娘出门不便，桑田送教上门，前两次我都陪着，好在桑田说话结巴，读书却流畅。瞎大娘是个文盲，但对李刚刚布置的革命任务一丝不苟地执行。年纪大，记性差，但她勤奋，她觉得“老三篇”已让那毛孩子背下了，她要超过他，背整本的领袖语录。她不分白天黑夜地琢磨，反正她也弄不清白天黑夜。瞎大娘的刻苦感动了桑田，桑田给瞎大娘的奖励是一把碎糖，那天正好王春笋在场，也想要尝一口那糖，没得逞，王春笋恼了。

其时我正手握锯条骑在杨树上，寻找做弹弓的树杈。制作弹弓，选材十分关键，倘若用的是主干和分枝，两侧不均衡，往往要在分枝上绑上木条加重，但是，绑上后弹性还是不足，射出的弹子往往会因为左右弹力不均而走偏。最好的是树枝上同节分叉的部位，伸出的分枝粗细相等，握柄厚实稳健。这当然需要众里寻他千百度，难得一遇。杨树树叶茂盛，枝叶上栖息着不少辣毛毛虫，色彩鲜艳，树干一抖，它们就往下掉，掉到你的手上臂上，能让你几个钟头痛苦不堪，倘若掉进脖颈里，那简直要人命。我当然是全副武装，大热的天穿着李刚刚退役时带回的军用雨衣。王春笋打小报告时，我一不小心，腕子上还是被辣毛毛虫“亲密接触”了一下，辣痛添怒。我跳下树，扒了军雨衣，嘴里提着丝丝凉气，让王春笋一一道来，说个明白。

王春笋说，你知道的，桑田一贯以糖衣炮弹拉拢腐蚀革命群众，他为了提高瞎大娘的背诵积极性，又用上这一套。我心里明白，王春笋说的被拉拢腐蚀的革命群众，主要指我，如果开展批评与自我批评，其实王春笋也吃过桑田的大白兔奶糖，只是次数不多，大多是两人分一颗，他还为别人分糖时咬了大半截愤愤不平过。桑田给瞎大娘的奖励品不是大白兔，是一种叫“麦乳精”的颗粒糖，这玩意供销社柜台里有卖的，茅儿墩一般是干部去看望重要的病人才舍得买，装在小玻璃罐里，金黄金黄。桑田随身带着，放在一铁盒里，有病没病有事没事他都往嘴里扔几粒。大家都说，你有病？有病的人才需要加营养，而且，病人都兑水喝的呀。桑田把铁盒子牢牢攥在手中，把那些咒人的话当作耳边风。很多年后，我看到年轻人干啃方便面，就会想起嚼麦乳精的桑田。都说小孩嘴馋，其实老人也嘴馋，只不过隐藏得深一点。瞎大娘眼瞎，看不见桑田嚅动的嘴巴，但是瞎大娘的鼻子灵敏呀，那麦乳精的香甜沁人肺腑，挡不住。于是，瞎大娘向桑田提要求，背一段，奖励几粒麦乳精，桑田想了想，答应了。瞎大娘是学生，他桑田是老师，学生学习进步，向老师要奖励名正言顺，桑田上小学时就得过老师奖励的练习簿、文具盒。现在他的身份是老师，只要瞎大娘这学生能完成背诵任务，当老师的花费这点奖励品完全应该。

我将弹弓对准王春笋，说，我给你一颗糖豆吃，要不要？其实根本就是个树杈，还没装上皮子，更无弹子，王春笋吓得撒开腿就逃。

桑田从此对我忠心耿耿，但是，他死不承认自己是个结巴。他说，我就是见了生人，或者恼火的时候，有点激动，断句多一点。他说这句话的时候，确实不结巴。

王春笋这一次弯道超车没有成功，对排序压倒桑田不再抱希望，但是客观地说，初来乍到的城里人桑田真是个让人嫌弃的累赘。我们的乡中建在圩堤坝上，茅儿墩上学的中学生上学是划船，放学也是划船，反正家家户户都有船，人人会使桨。但是你别忘了，茅儿墩人人都会水，家里大人下田把船划走了，上学的孩子就只能一路游泳。当然，主要是男生，胆泼，水性也好。女生往往找别人去拼船了。俗话说，淹死的都是会水的，有几年，几乎每年都有男生在河里成了淹死鬼。在圩区，淹死人的事是经常发生的，但有一个神秘的传说在家长中流传开了，说这条河里的淹死鬼难以投胎，阎王给他发了一只竹篼，让他捡螺蛳装满，装满才可去排队投胎。问题是这竹篼没有底，他捡了一年也捡不满，只能来年找一个替死鬼替他去捡，这就是这条河里每年淹死一个学生的原因。家长慌了，向生产队队长施加压力。李刚刚为了本村的革命接班人一路平安，只得派出一条四舱船，配上前后双桨，让中学生们自己划船来回。同样，杨树村生产队也给本村中学生提供了同样的船和桨。问题来了，你想，两条船在同一河道，划船的是两帮半大小子和丫头，能相安无事吗？刚开始还好，大河朝天，各走一边，最多也就是两条船互相压浪，也就像摇吊桥那样晃荡船，吊桥在空中，船却在水中，船颠簸中压出的浪其实也打不翻左右的船只，不过，惹出疯丫头们阵阵尖叫倒也刺激。不过瘾，于是就比赛划船速度，上学时有早有迟，有先有后。放学时返航基本是同一时间点，看哪个村的船先到三汊河口，到了那里两条船分道扬镳。共同走的这一条河道不长，也就三公里，茅儿墩村和杨树村的中学生都将本村的光荣和骄傲系于这三公里河道。今天我赢，明天你赢，胜败本是兵家常事，但是赢了能让人扬眉吐气，输了让人垂头丧气，这是不争的事实。我动过脑筋，比如趁杨树村的学生上课时，我和王春笋旷课，用破兜兜了一堆石头，挂在四舱船的船底，接连赢了他们一个星期。杨树村的那帮人划船时觉得桨变沉臂变重，换了几拨桨手也没改变劣势，你怨我，我怨你，起了内讧。是我得意的大笑引起了他们的怀疑，他们当然明白是谁干的好事。那天在返回的路上，杨树村的船突然靠上来，一拨人冲上我们的船，手中拿着木棍和砖块，看来是早做了准备。他们不分男生女生，见人就出手，连白天同座位的同班同学也不放过，吓得我们船上所有人落“水”而逃。我们游到岸边，爬上垛田的田埂，眼睁睁看着他们掳走了我们船上的桨拐和桨。船没了桨，就像枪没了子弹，鸟没了翅膀，那天，茅儿墩村的四舱船是我们浮水或推或牵弄回村的。回到水埠口，一村的男女老少都站在那迎接，放学放得太迟，可以撒谎，不失为一个借口，但桨和桨拐没了，这瞒不过去。我们落汤鸡般耷拉着脑袋上岸，我坦白交代，求李刚刚今晚去杨树村交涉，替我们要回桨和桨拐，否则，明天一早我们怎么去上学？李刚刚说，老子可丢不起这个脸，到杨树村去觍着脸求人，你问问有谁肯去。大人们都团结一致地用鄙视的眼光睥睨我们，好像我们是一帮被释放的俘虏。李刚刚说，头可断，血可流，革命斗志不能丢。明天，你们用生产队的另外一副桨和桨拐去，但必须用原来的桨和桨拐回，听清楚没有？这就是说让我们从杨树村那帮家伙手中把桨和桨拐抢回来。难得大人支持我们干一回仗，我大声说，听明白了。外人有所不知，茅儿墩村和杨树村向来不和，以前是为了争垛田和水面，一切土地和水面归人民政府后，按理说没有利益冲突，但两村的人们那口气在肚子里憋着，没变成屁放掉，一不小心还是会闹出事端。历史上两村划龙舟，竞舟是假，干仗是真，不论茅儿墩村和杨树村谁输谁赢，结局总是两村的划手打得头破血流而归。幸亏后来公社领导英明，把划龙舟列为“封资修”，取消了端午节赛龙舟的活动，两村的男劳力再无用武之地。想不到历史的重任落到了我们的肩上，原来我们输掉的是全村的颜面。王春笋主张偷回来，趁他们上课时把桨和桨拐偷回来，顺便把他们的桨和桨拐一并掳走。我反对，今天你偷来，明天他偷去，成了无休止的游戏。我们要光明正大地夺回来。群情激愤，我吩咐，所有同学明天上学带书包不带书，反正书都浸了水，不晾几天也晾不干，明天书包里只准带弹弓和石子，女生没有弹弓，那就带满满一书包石子，为男生提供充足的子弹。那一仗，我们是有准备之仗，杨树村人应声而倒，舟漂泊，人漂泊，我们大获全胜。双方坐到了谈判桌前，我和对方头目口头约定，从此井水不犯河水。但是，小孩子玩过家家，谁会把落地的唾沫当成钉？说不定哪天战火重起。而现在的茅儿墩，多了一个桑田，一个不会游泳的旱鸭子，一旦人仰船翻，桑田说不定就做了落水鬼。因此，教会桑田游泳，就成了迫在眉睫的大事。王春笋自告奋勇地接下了教桑田游泳的任务。实事求是地说，王春笋的水性确实是我们这帮人中最好的，他的游泳速度奇快，在水上能撵上麻鸭，潜水能逮住水底的黄花鳜鱼。我知道，比鬼还精明的王春笋是看上了桑田的吃食。自从王春笋当上了桑田的游泳教练，桑田上贡给我的吃食越来越少，肯定是都进王春笋的肚子里去了。这天，我在座位上闻到了一股腥臭味，我耸了耸鼻子，问桑田带了什么东西，这么臭？桑田打开一个铁罐头盒，盒子里是几只臭虾，纠缠在一起，臭不可闻。我说，拿开拿开，要这死虾子干吗？桑田说，这虾子是王春笋替我抓的，说吃了活虾子才会游泳。这说法在我们茅儿墩成立，脚折了吃猪蹄髈，肾坏了吃猪腰子，吃哪补哪，吃生河虾会游泳，有此一说。我说，那也应该吃活虾子呀。桑田心疼地说，可不是，我还没来得及吞下，它们就死了。我觉得这中间有猫儿腻，领袖说，一个人做一件好事并不难，难的是一辈子做好事。可是王春笋这个人，做一件好事也难，他肯定不会平白无故地替桑田捞虾子。我说，王春笋这虾子不会白给你吧？桑田说，卖……卖给我，一分……一分……一只。这是天价呀，我觉得王春笋想钱想疯了，市场上的河虾才五分钱一斤，他的心肠和他的老地主爷爷一样黑。要知道，夏天的傍晚，我们在河边上乘凉，顺便绑一块旧蚊帐，中间拴一点河蚌肉，一晚上能逮三四百只虾，这要是让王春笋卖给桑田，就是三四元钱，我们打听过，我们的老师是民办教师，一个月才挣七元钱。王春笋这是侵占了我的资源，这样说，有点摆不上台面，他侵占的是茅儿墩战队的资源，桑田要买虾，不能向王春笋一个人买。王春笋卖虾的钱，不属于他个人，应该属于我们战队。这王春笋不仅黑心，而且胆子肥，他忘了他是老地主的孙子。我及时召开了对王春笋的批斗大会。王春笋一看大事不妙，乖乖交出了卖虾子的钱，由本战队充公没收，收获了一笔不菲的活动经费。桑田也提高了思想觉悟，不再迷信吃虾子，王春笋无钱可赚，不再玩拖延战术，一个下午就教会了桑田游泳。

王春笋曾经在我面前埋怨过，桑不沉名字叫不沉，可生个儿子到了河里就往下沉。现在看来，他是为自己的拖延战术找托词，桑田迟一天学会游泳，他就多挣一天卖虾子给桑田的钱。桑田有没有游泳天赋我们不作定论，但是桑田的姐姐，那个叫桑海红的姑娘，那水上的功夫让我们所有偷窥者都目瞪口呆，惊为龙女。

知青小汪是村里最后一个知青，另外几位知青或病退或推荐上大学，都远走高飞了，就把小汪一个人剩下了。小汪叫什么名字，四十年后我才知道，他叫汪建国，当时全村大人都喊他小汪，我们也跟着“小汪小汪”地叫。据说小汪的父母在他下放后都死了，他回城也没家了。当然，没有家他也想回到城市，问题是他找不出理由或者说找不到途径回到城里。小汪很消极，白天不肯下地，还常在村里做点小偷小摸的事，谁家鸡窝里少了蛋，谁家地里少了菜，肯定是小汪干的好事。李刚刚认为他简直是抗拒贫下中农的改造，可是，全村老少都同情他，一个城里人，没爹没娘的孩子，再欺负他就显得茅儿墩人不厚道了。小汪住的生产队队屋是我们战队的根据地，晚饭饭碗一放，我们基本就奔他那里。东屋的女知青走了，东屋又成了生产队的农具仓库，堂屋就空了出来，小汪等于又多了一间屋使用，足够盛下我们。小汪穷，但是穷讲究，点的是一盏带玻璃灯罩的煤油灯。这煤油灯本来也就生产队队委会开会时才舍得点，小汪顺手牵羊拿进了西屋。小汪说，我人是社会主义的人，为什么不能点社会主义的灯？私下我们认为，小汪是怕黑，怕鬼。小时候，我们听说的鬼神故事，地点多是在祠堂和庙宇，扫除迷信，村里祠庙拆了，村人们悄悄传说队屋里闹鬼。为什么？后来真相大白，收获季节粮食都存放在队屋，吃不饱的年代，夜里有想法的人不止一个两个，免不了遭遇，鬼不吓人，人吓人。这闹的当然不是鬼，李刚刚在生产队大会上说，谁说队屋有鬼，谁就是心里有鬼，打过鬼主意，做了鬼事。从此，鬼传说画了句号。小汪坐在灯下，披着一件旧军棉大衣，我们纷纷掏出口袋里的吃食孝敬他，有单支烟，有炒豆，还有烧熟的土豆、红薯之类，小汪来者不拒，一一笑纳。小汪主要是给我们讲抓特务的故事，女生不在，他就会讲什么《少女之心》，什么《第二次握手》。可是接连几天晚上，我们都在队屋扑了空。大热的天，蚊虫在空中乱舞，他能去哪里？好在群众的眼睛是雪亮的，他晚间鬼鬼祟祟的行动还是被我们发现了。这天小汪吃过晚饭，我们从窗外看见，他的晚饭其实就是泡了一碗锅巴，他抹抹嘴巴，却不急着出门，从口袋里摸出一支烟点上，抽完了，天没有黑，他又慢吞吞抽了一根。他锁了门，贴着墙根往村外走，村外是稻田，开阔，我们不敢跟得太紧，好在他绕了一个弯，又回到了村沿。他钻进了河边一丛芦苇，从芦苇滩上轻手轻脚地下了水。小汪这是要干什么？我们猜不出他要搞什么鬼花样。小汪曾经和我们一起逮过青蛙，钓过黄鳝，还和我们一起偷过生产队鱼塘的鱼，他那大灶大锅，最适合我们战队用来解馋祭牙。可小汪是个不折不扣的懒虫，他支使我们干这干那，自己从来没动过手，都是吃现成的，还挑肥拣瘦。今天他下河，莫非要抓鱼？没带叉也没带网，凭他那水平想空手抓鱼，做梦呢，他也有自知之明。我们在夜色下钻进芦苇滩，水面波澜不惊，月光下静如明镜。人呢？小汪人呢？桑田耸了耸鼻子，摸到一截折断的芦苇秆，说，还透着新鲜味儿，肯定是小汪刚折断的，他没走，就藏在水下。听到人声，一个脑袋从水面冒了出来，说，别出声，下水。都下到水里，蚊虫就咬不着了。果然是小汪，他手里抓着一支芦苇管，是藏在水下呼吸用的，我想起来，有一部电影叫《渡江侦察记》，桑田一定也看过这电影，里面的侦察兵就是用芦苇管潜水。我们在水面上转动脑袋，这里有什么值得看的东西？月亮很远，月亮的倒影在水面中间，依然伸手够不着。村里黑乎乎一片，只近处有一户人家亮着灯。茅儿墩的人家晚上一般都不点灯，那点灯的煤油凭票供应，村人本来就缺钱，何况这煤油有钱也买不到。大人们说，费那钱干吗？莫非吃饭时有人会把筷子伸进鼻孔里？村里晚间只有两间屋点灯，一间是知青住的队屋，一间就是不远处这屋——桑不沉家。有人考察过，桑不沉家不止点一盏煤油灯，而是点三盏灯，每间屋里都有一盏红亮的灯。我找桑田核实，桑田不否认。小汪带我们蹲在河水中，是要看桑田家三盏灯漏出的灯光在河面的倒影？

小汪说，别出声，来了，出来了。

有人端着脸盆走上了水埠，这水埠是桑不沉家的专用水埠，看身影，是桑田的姐姐桑海红。她端着脸盆，估计是来洗衣服。看一个月光下的女子捣衣，小汪人浸在水里，脑子进水了。桑海红却不是来洗衣服的，她双手牵起衣摆，往上扒套头汗衫，月光照着她白亮亮的身体，我担心她里面连小衣都没穿，想闭眼又想睁眼。我听见谁忍不住“啊”了一声，桑海红的脑袋正好被汗衫套住，她停顿了一下，又奋然扒掉了汗衫，侧耳，只听到蛙鸣虫唧。她穿着一件上下连体的小衣，后来桑田告诉我们，桑海红穿的小衣叫游泳衣。桑海红双手在头顶上方合拢，月光下她的身影凸是凸，凹是凹，像是一幅立体的剪影。我们的眼睛还没看够，她却突然跃入了水中。桑海红在水中忽高忽矮，摇头摆头，倏忽间，水面上摆动的不是脑袋，是她的两条腿，两只绷成粽子角的脚尖。那两条腿在水面上做出种种动作，砸出朵朵浪花，那两只脚尖就是浪花的花心。我们看过一部叫《红色娘子军》的电影，那上面的女红军都踮着脚跳舞，她们的脚尖也绑得像粽子角，一直绑到了小腿上，老师说过，那叫芭蕾舞。可桑海红比电影上的女战士厉害，她是在水中，在水中还头朝下脚朝上地跳舞。反正桑海红的耳朵在水中也听不见我们说话，小汪说，见识了吧？这叫“水上芭蕾”。我说，都知道，我们也看过《红色娘子军》的电影。桑田一边拍打脸上的蚊子，一边纠正说，不对，这是花……花样……花样游泳。原来，桑海红下放之前是省体校花样游泳队的运动员，她这是技痒了，偷偷跑出来施展一下手脚。桑田说，小汪，走……走走走，喂蚊子，就……就为看这个？我概括了桑田那结结巴巴的一番话，他觉得小汪偷偷地看桑海红游泳，属于不怀好意，思想下流。要看，光明正大地看，桑海红她们在体育馆比赛时，红旗招展，人山人海。

小汪并不与他计较，心满意足地回队屋了。

王春笋最后一个上岸，嘴里反复念叨，花样游泳，花样游泳。

那天以后，桑海红再也没下过河游泳，一直到离开茅儿墩都是。而小汪呢，不久后与王春笋的姐姐结了婚，做了王春笋的姐夫。小汪扎根农村的喜事当时没有被树为典型，因为王春笋的姐姐家庭成分不好，小汪算不上与贫下中农相结合，讲究起来，他父母都是反动特务，乌龟对王八，一窝子阶级敌人。

四十年后，我在茅儿墩看到小汪，他一头稀疏的白发，刀刻般的满脸皱纹，豁牙，已经比茅儿墩的老头还茅儿墩。

中

三拉子有一回专门到城里来找我喝酒。原因是，他的村支部书记任职到期了，回乡大学生接班了。三拉子很不服气，我二十年书记当下来，从来没人说到期不到期，怎么忽然讲什么到期不到期，用一个黄毛小子替了我？我这身体，怎么说也能干到六十岁吧。

我说，长江后浪推前浪，这是自然规律嘛。大学生回村当书记，这说明咱茅儿墩后继有人。

三拉子喝着酒，历数他在书记任上为村里办的事。还真挑不出他什么毛病，称得上是位人民公仆。

三拉子说，要不是运气不好，要不是遇上桑田那瘸子，我们茅儿墩早成富裕村，说不定在全县都排在头阵了。

有一阶段全县都在搞招商引资，任务分到乡，乡里再把任务分到村，落实到各级干部头上。三拉子不甘落后，南下北上，终于引到了一位客商，愿意到茅儿墩投资办厂。县乡两级都有开发区，三通齐全，那位客商却说不凑热闹，把厂就办在茅儿墩，并打算逢水架桥，修一条公路横贯圩子，直接连通茅儿墩。三拉子觉得这是馅饼落到茅儿墩了，向县乡两级领导汇报，三拉子得到了上级前所未有的表扬。这可是造福于民的好事，村里年轻人当上工人，用不着外出打工，乡里的税收也有了强大的支撑。但这事最终黄了。这事传到一个大人物耳朵里，大人物说，这种化工类企业污染水源，破坏水田环境，不宜引进。市长居然也听信了，一调查，确实存在废水处理问题。人家看中茅儿墩，是看中了圩子与长江相邻，废水排进长江，长江两岸分属两省，爱管不管。现在看来，这位大人物有远见，现在不都说绿水青山就是金山银山嘛。可三拉子不这样看，他认为茅儿墩因此错过了一次发展机遇，一步落下，步步落下。三拉子说，你知道当时乡长跟我说什么吗？乡长说，那位发话的大人物还说，茅儿墩是他的故乡，他不能眼睁睁地看着故乡的自然环境被污染。茅儿墩什么时候出过能与市长说上话的人物？不是笑话你，我估计你连和市长打照面的机会都挨不着。我说，那市长大人，我早不见晚见，电视上见。

我说，我能猜出那位大人物是谁。

三拉子说，这还用得着你猜？

我在单位上班，虽然不像传说中所言一杯茶、一张报纸打发一天，但每天读报纸我还是认真的。有一次，我在省报上读到一篇文章，题目是《良渚文明与大湖圩区稻作农业的比较》，因为提到了我老家，我看得尤其细致，有几处不懂的地方，我还上网查了词条。比如说良渚文明，是指杭州市余杭区良渚镇那一带的文明。据说良渚古城规模超过六平方公里，拥有成熟而复杂的都城结构，由内而外依次为宫城、王城、外郭城和外围水利系统。第四十三届世界遗产大会将此项目列入世界遗产名录，他们认为，良渚古城遗址展现了一个存在于中国新石器时代晚期的以稻作农业为经济支撑，并存在社会分化和统一信仰体系的早期区域性国家形态，印证了长江流域对中国文明起源的杰出贡献。讲实话，句子太长，内容太深，我没能全部看明白，只知道一点，它坐实了中国五千年文明史这一说法。那篇文章的重点是抓住良渚的稻作农业，从稻作农业讲到当时发达的农田灌溉和复杂的水利系统成就，然后，联系上大湖圩区的水利系统和农田灌溉系统。我第一次知道，我们大湖的四十几个圩子最早筑于春秋战国时期，然后各个时期不断增加，最初筑新圩，只成田，不驻民，以防新圩洪水季堤溃，逐年外延。圩子之间成坝，圩子内部沟渠一体，洪水季节圩内外互衡。文章认为，大湖圩区水系是良渚水利的延伸和发展，是稻作文明的伟大遗产。作者认为，五千年前，只有到了良渚文化时期，先民的生业才开始以稻作经济为主，狩猎方式向以养猪为特色的家畜饲养业转换，因为稻作提供了家畜饲料。稻作经济的发展，奠定了农耕社会的基础，也奠定了本民族勤劳勇敢智慧善良的文化精神。作者是谁？桑田。这当然也是我将这玄乎的文章读了一遍又一遍的原因。桑田是个大老板，怎么会鼓捣起学问呢？我纳闷。不过，大老板们往往都有特殊爱好，有人喜欢香车美女，有人喜欢攀登高山，有人喜欢深海潜水。有钱人任性，那不是普通人能想象的世界。桑田大概因为瘸了一条腿，只能坐到书桌前读书写文章，倒也是体面事。

我从这篇文章中也看出，桑田没有忘记茅儿墩。古文明是值得珍惜，但这块土地上的人要与时代同步，要发家致富。作为茅儿墩人，我认为三拉子的牢骚也有他的道理。

你如果以为桑田在茅儿墩是个窝囊废，那就大错特错了。桑田后来成了我们战队的首席智囊，用杨树村战队的说法，是我的狗头军师。毫不夸张地说，他整体提升了我们战队的战斗力。

桑田家的院墙是茅儿墩最整齐最气派的院墙了，砖墙上，抹了水泥，又抹了一遍白洋灰。有位伟大人物说过，一张白纸，没有负担，好写最新最美的文字，好画最新最美的画图。从前村里造了新屋，会有专门的画匠在墙上作画，屋主哪怕山穷水尽，也在屋檐下方抹一条一米左右的白洋灰带子，黑瓦屋顶和青砖墙面之间的这条白，使黑的更黑，青的愈青。这条白带子就是画匠眼中的白纸，他不写字，也未必会写字，他在师父那里只学画不认字，教认字是私塾先生的事，一行有一行的规矩，越界了就是夺人饭碗。因此，他的师父，他的师父的师父，最多识得几个字，能写下自己的姓名。作品得意，那就题名落款，美名远扬；作品寒碜，那就在落款处留个空白，谁画的？爱猜你去猜呗。其实，谁的水平高低百姓心里一本账，这标准就是画得像不像。比如说，茅儿墩老辈人一致认为，墙画画得最好的当属王老地主家墙上的《水浒》人物，一百零八将挑了十二个人物，栩栩如生，神采飞扬。李刚刚从部队复员不久，就发现了大是大非问题，王家这是让农民起义领袖为地主看家护院，用心何其毒也。可当时王家的主屋已经分给了三户贫下中农，其中一户就是阿三家，老地主一家被赶进了柴屋。阿三与那两户人家央求李刚刚等革命小将，现在梁山英雄已经是为贫下中农站岗放哨，能否放过他们？有在县城里读过书的小将说，全国人民都在评《水浒》，批宋江，宋江是投降派，你们也想当投降派？这帽子太大了，把三户当家的吓得噤了声，那墙上十二个人物也就全部被铲为齑粉。桑田一家下放之前，茅儿墩人盖房已经改了画墙画的风俗，画匠只会画“封资修”的旧戏旧人物，大革命年代，借他十个胆他也不敢出来接活。可是，桑田家的院子墙实在太整洁了，空白，往往是一种诱惑。看到无风无影平面如镜的水面，我们总忍不住砸进一块土疙瘩，惊起圈圈波纹。看到大雪覆盖、白茫茫的田野，我们总忍不住试探着迈出脚，在洁白的雪被子上踩下一串脚印。生产队队长李刚刚也没能摆脱这种诱惑，他请来我们的中学老师，用红漆在桑田家院墙上写下九个字：深挖洞，广积粮，不称霸。每个字都有我们教室的窗户那么大，鲜红、醒目，三面墙每面分配三个字，院门那面墙从河对面远看，是四个字，广积“口”粮，倒明白易懂。我们无聊的时候，就绕着桑田家的房子转一圈，齐声把九个字读一遍。运气好的时候，桑田的聋子奶奶听见了，会拄一根拐杖站到门口，给我们每人发一颗硬糖——水果糖。这就是我们肯下大力气读这九个字的根本原因。

真正够得上活学活用、立竿见影的典型应该是桑田，桑田给我们解释这九个字时他的结巴已经好了不少，他对大家解释说，只有在遇到新环境遇到陌生人时他才会犯口吃的毛病，现在他在茅儿墩已经如鱼得水，与茅儿墩子弟打成一片，他的结巴不治而愈。桑田说，深挖洞，在咱们水乡不好办，挖下去都是水。广积粮，我们可以落实。比如说，那田鼠，秋天就会藏黄豆，那是它冬天的储备粮。比如说，屎壳郎喜欢推粪球，那也是它的储备粮。吃饭是大人们管的事，我们管的不是稻米麦面，我们应该积累人民币，我们的奋斗目标是五元的“女拖拉机手”、十元的“人民大团结”，有了“女拖拉机手”和“人民大团结”，我们想要什么就能拿到什么。这当然鼓舞人心。桑田说，不称霸，就是我们村的战队再不和邻村战队打仗，都是阶级兄弟，我们要创造和平环境，我们有更重要的事做，不能把自己混同于一般老百姓。桑田的话得到大伙的一致拥护，尽管内心我觉得他抢了我的风头，没有摆正自己的位置，但是，我还是大度地为他鼓掌。按照桑田的建议，本战队分成三个小组。第一小组负责搜寻废锄头废锹头废铁锅，包括到公社农机厂捡废铁皮铁块。第二小组负责抓癞蛤蟆，收购站黑板上称为“蟾蜍”。别看那玩意看着恶心，但它头上那两个小角里有一种浆汁，用刀片刮出来晾干，可以入中药，收购站明码标价收购。第三组主要是由女生组成，搜寻废牙膏皮、鸡毛鸭毛和女人剪下的长辫子，在苦楝树果成熟的时候采摘果子，这果子在收购站一斤可卖一分钱。这个安排，是我和桑田反复研究了公社收购站收购品种目录，做出的英明决策。现在看来，当时我们应该感谢“割资本主义尾巴”的政策，穿村走巷的货郎担一下子在大地上消失了，我们才能找到这条生财之道。

废旧钢铁是废品中价格最高的，废锄头废锹头大人们大多不舍得扔，带到镇上铁匠铺，可换回个锅铲子铁搭扣什么的。而铁锅，那东西不容易坏，就是破了洞也可以去镇上找补锅匠，锔个补丁再用三年没问题，何况那东西全家人一天照三回面，锅没了，日子就没了。第一小组收获甚小，我想来想去，没办法，打主意打到生产队的铁锅上。生产队的铁锅是浴锅，不是用来烧饭而是用来洗澡的。茅儿墩人出门见水，平时洗澡不是个问题，可是到了冬天，还是凑在一起烧大锅洗澡热乎。那浴锅有多大？生产队杀猪时可以泡两头吹鼓胀了的肥猪，连头连尾在锅中转悠不磕碰锅皮。洗澡时，锅沿上一圈可以坐十个大人。那浴锅占了一个旧粮囤，下面掏空，做成了一个巨大的灶膛，可以一次吞下成筐的干柴。而旧粮囤的通风口，在一丈以上的高处，不必担心有人偷窥。洗浴锅澡那天，是全村人的节日，男人按十人一组，女人十二人一组，队长提前分好组，规定好每组洗澡的时限。男人洗完了，才轮得上女人，这明显不平等，是欺负女人，居然也没有女人表示抗议，因为在家洗澡也是这规矩，男先女后，祖上传下来的习惯。女人们自我安慰，脏水不脏人。小一点的时候我都是随我母亲洗浴锅澡，或大或小的乳房，或稀或浓的体毛，或尖或圆的屁股，我都熟视无睹。等到我七岁那年，我一不小心拽了一把邻座某位姑娘诱人的奶子，我被全体女性轰了出去，我妈百般解释也保护不了我，从此，我就只能挤在男人堆里洗浴锅澡。浴锅有一年突然被遗弃，是因为茅儿墩发生了一位姑娘未婚先孕的事件，这姑娘就是王春笋的姐姐，这不仅是伤风败俗的事情，因为她的家庭出身不好，可以定性为拉拢腐蚀贫下中农子弟。她坚决不承认她与任何男人有瓜葛，一口咬定，是因为洗浴锅澡，男人把自己的东西四处乱抹，不小心钻进了她的身子。这理由谁都弄不清真假，但是生产队的浴锅澡从此取消了。那孩子当然不会被生下来，被计划掉了。大家都以为王春笋姐姐嫁不掉了，小汪却站出来，勇敢地娶了她，勇敢地做了王春笋的姐夫。这是后话。我拿定主意后，撬门进过那旧粮囤一回，那口巨大的铁锅已经铺上了一层厚厚的黄锈，有几处用棍子捣一捣，就捣出一个铜钱大小的洞。它像一个风烛残年的豁牙老人，那些氤氲的热气，那些男人的硬朗和女人的湿润，都成了一去不复返的记忆。我可怜这口曾经风光无限的铁锅，带领第一小组人员“肢解”了它，为了不引起收购站营业员的怀疑，第一小组人员分很多次很多人把它换成了十几元钱，这是我们战队收获的第一张大团结，第一桶金。我把零钱兑成了那张大团结，让每个人都拥有一次抚摸最大面值人民币的机会，人心所向，士气大振。

茅儿墩就这么一口浴锅，没了浴锅第一小组就没了财源。唯一的废铁来源只能是公社农机厂。公社农机厂就在我们学校隔壁，隆隆的机器声常常侵入我们的课堂。农机厂的工人都牛气冲天，他们发统一的劳动布工作服，发雪白的棉纱手套，拆了手套可以用棉纱织暖衣，类似于毛线衣。倘若谁穿上一件棉纱背心，那不是时尚，是炫富，他父母至少有一个是农机厂工人。虽然都拿不上城镇户口本，但农机厂工人工资比民办教师高，还有加班工资。我曾经带人半夜翻墙，认真考察了这家工厂，有十几台机床，还有一个翻砂车间，现在想想，可能这厂是替县农机厂加工某个配件。我关心的是垃圾站，垃圾站贴着围墙，废铁块、铁刨花等堆得有一人多高。我心里有了可行的方案，挖洞，在围墙上掏洞，把废钢铁弄出来。但桑田坚决不同意，说这是盗窃，盗窃可耻，恨不得要跟我割袍断义，摆出一副道不同不相为谋的姿态。我纳闷，我们干的事有几件不是小偷小摸？地是公家的，地上长出的树木庄稼姓公，水是公家的，水里游的鱼虾全姓公，连那口大浴锅，那也是茅儿墩人的公共财产。很多年后，我儿子听见我和老战友聊童年趣事，发现我们这帮人都是做小偷长大的，见到吃的东西都动偷的念头。他不知道，那不是嘴馋，那是肚子饥饿。我不想失去桑田这个军师，于是作罢。但是一个星期后，事实证明了桑田的否决有前瞻之明。

我有一个小跟班三拉子，他那时读小学三四年级，他爸是阿三，他上面有两个哥哥，他排行老三，我们都喊他三拉子。三拉子在家没有地位，在战队也属小喽啰，但他腿脚勤快，相当于我的勤务兵。有一天，三拉子说，我妈给我买新背心了，可漂亮了，鲜红，前面还印着“八一”两个字。我说，咋没见你穿在身上呢？三拉子说，我妈说，新衣服得过年才能穿。我笑话他，过年大冬天的，你穿个背心满村显摆，不怕冻掉你的小鸡鸡？三拉子想了想，说，对，你说得对呀。第二天晚上，大家都在打谷场上乘凉，三拉子的大哥大拉子洗过澡后惊艳出场，穿一件红背心，还持一把纸扇，唰地一下子散开，把他身边的小伙子大姑娘都吓得一愣。三拉子得意地说，他那背心是我的，我穿了太大，我妈让我先借给他穿，等两年我长高了就还给我。这傻蛋，明明被他妈和他大哥要了，还得意扬扬。我说，你妈就是买给你大哥的，怕你闹，糊弄你呢。三拉子不服，说，这买新衣服的钱是我挣来的，我妈凭什么替他买？我说，你妈想让大拉子撩个媳妇回家，帮她干活。桑田冷不丁插进来说，你挣的钱？你怎么挣的钱？三拉子欲言又止，桑田把他拉到一边去了。

桑田回来后告诉我，三拉子领着他爸阿三，掏洞把农机厂的废铁偷出去卖钱了。我想起来，那天晚上三拉子是跟着我去农机厂考察现场的，也旁听了我和桑田的争执。桑田说，我已经警告了他，不准乱说，也不准有下回。但是，桑田的警告哪里抵挡得了钞票的诱惑？阿三带着大拉子三拉子偷第二回时，被农机厂值班的民兵抓个正着，父子三人站在公社大院门口示众了三天。

我不得不佩服我的军师桑田，要不，站在毒太阳下出丑的就是我们。

那一年冬天，全公社所有有脸面的人都在谈论一部朝鲜电影《卖花姑娘》。这电影在县城电影院播放，农机厂的青工、我们所在中学的老师，无不以看过这部电影为荣。县城距我们所在公社陆路三十五里，水路二十里，晚上看过电影再回家，怕是已经天亮了。我和桑田商量我俩要不要去县城看这场电影。桑田说，看，不仅是我俩去看，整个战队都去看。一张电影票两角钱，二十号人加起来得花掉四元，这在本战队的账上不是一个小数目。桑田说，不能算经济账，要算政治账，本战队所有人都在县电影院看过《卖花姑娘》，这传出去多有面子，怕连我们老师都羡慕，以后你发话，就没有不好使的时候。我和王春笋旷课去了一趟县城，找到电影院，买电影票的人挤得人山人海，我俩根本接近不了售票的小窗口。打听消息，说可以在拖拉机厂的人那里买到黑市票，一张加一毛，这也太黑了，我俩沮丧地回了。拖拉机厂的一帮青工，霸占了那个售票口，售票员卖出的票没有一张能逃出他们的手心。桑田说，这是搞垄断。桑不沉经常在家看那些砖头厚的书，桑田偶尔搬几个词来吓唬我们。桑田说，我们要买到电影票，首先，要打破他们的垄断。桑田设计了两套方案，一种是星期天去县城，白天来回，但只能咬着牙买黑市票。我和王春笋没想到白天也可以看电影。看电影是我们的最爱，从早先的《沙家浜》《红灯记》《红色娘子军》，到后期的《列宁在十月》《卡桑德拉大桥》，公社放电影的小划子船一直是我们的期待，同一部电影看上八遍十遍，人物的台词几乎能一字不落地从头背到尾，但是明天哪怕是十几里外的村子有露天电影，我们也摇着四舱船赶过去追星，兴致不减。白天也能看电影？我细细一想也没错，把一幢房子门和窗关了，里面不就如同黑夜？这城里人也太会享乐了，可是，买一张票加一角钱，我接受不了城里人的贪婪。桑田的第二套方案，是去看夜场电影，最后一场的放映时间是晚上十点，在放映前半个小时电影院会放出一些余票，这就是我们买票的唯一机会。我已经研究了拖拉机厂青工的战术，他们是里三层外三层包围售票窗口，不让外人挤进去，这帮人筑成铜墙铁壁，人员占好位就不流动，真正买票的是趴在他们人头上的那位，钱进票出都是这个人完成。桑田说，必须解决掉这个人，才能乱中取胜。桑田把弄着手里的钢锯刀，那钢锯刀是农机厂机床上的废锯条，这种锯条用铁砂打磨后，被我们用来做削铅笔的小刀，桑田的小刀加了木柄，使用起来更加顺手。桑田说，分成三组。第一组负责用弹弓打掉售票处上方的灯泡，同时打掉附近的几盏路灯。第二组负责解决那个趴在人头上买票的家伙，用小刀，就用这把小刀，扎进他的屁股或大腿，同时洒出几瓶红墨水，让他们觉得他伤势严重。第三组趁乱从售票口两侧挤进去，把我们要的票及时买到手。第二套方案当前受大伙欢迎，节约，还锻炼战队。谁是小刀手的人选呢？王春笋第一个申请，他的眼中闪出强烈渴望的光泽，但被我否定了，干这活有冒险性，一旦他被抓住，他的家庭出身就像个铁秤砣，能把他拽入深渊。桑田说，这主意是我出的，我准备了这把小刀，我腿长，撤退速度快，我，别争，就是我了。

这句话他不应该说，几个月后，他的一条腿就短了一截。我疑心，是某个恶鬼偷听了他这句话，存心要打击他良好的自我感觉。

那天放学后，我们战队全体人员把四舱船扛过圩堤，推入大河后直奔县城，一切按计划如期进行，只有一个环节我们没有考虑周全，灯泡被灭光后，我们各小组的人被冲散了，没有灯光，乱纷纷的人群中看不清彼此面孔，我站在检票口，等待着他们来报到领票，最后一个找到我的是三拉子，他已经急哭了，见到我比见到他爹娘还委屈。电影已经开场五分钟了，顾不上听他啰唆，我拽住他的脖领子，把他推进检票口。看完电影，我们在县城空旷的大街上走了个来回，可惜所有的商店都打烊了，除了多几盏昏暗的路灯，县城的夜晚像乡下一样安静。我们把船划回茅儿墩，天麻麻亮。我当天早晨上学之前，给李刚刚留了纸条，告诉他本战队晚上要集体行动，观看国际主义兄弟国家送来的电影。李刚刚替我拔了门闩，说，竟然也不替我和你妈留两张电影票，白眼狼。我兀自去睡我的觉，懒得理他。这生产队队长民兵队队长双料队长，有能耐带全村人去县城电影院看电影吗？过了几天，县城传来小道消息，说拖拉机厂的那帮愣头流氓，让省城来的一帮厉害角色收拾了，宛如天兵天将从天而降。现在的电影院门口风平浪静。我和桑田听闻后暗自好笑，什么省城来的厉害角色，是我们这群乡下老鼠，偶然进城闹腾了一把，县城的流氓就被我们这帮半大小子吓破了胆，可见城里的流氓都是㞞货。

桑田的一大发明，就是用吸铁石在水中捞铁器。很多年后，我有一次与一个文人在酒桌上吹牛，他嘲笑我孤陋寡闻，说，这办法是在一个外国人“马拉客死”那里抄袭的，“马拉客死”写了一本书《百年孤独》，书中就写到有人用吸铁石在水中吸铁。我用性命担保，桑田根本不认识那个叫“马拉客死”的老外，也肯定没读过他写的什么书。马拉客死了，他拉客有没有死？我们过去不知道，我们现在也不关心，我们当时关心的是桑田替我们战队发掘了一个新的宝藏。水下的世界真是丰富多彩，我们只知道水中有鱼虾老鳖，只知道水底有螺蛳河蚌扁担草，当然，还有大人们编造出来的各种鬼话，说有专抓小孩的水怪、专找小孩做替身的落水鬼，是人话还是鬼话，我们都不在乎了，我们用玻璃丝网兜兜住一堆吸铁石，系牢，这头拴在一根长长的麻绳上，那头握在桑田的掌心，我们摇着四舱船沿河岸缓行。河道里巡河的河管会民兵把船靠过来，以为我们是公然拉网偷鱼，把麻绳拉上来，有网兜，不是渔网，沉甸甸，却只是一坨废铜烂铁，只能悻悻然撤走。那才不是废铜烂铁，那是一组排列整齐的吸铁石，捆绑有序，湿漉漉，闪着乌金似的光泽。茅儿墩哪里来的吸铁石？有，那年代神州大地有村庄就有喇叭，生产队是大喇叭，家家户户装的是小喇叭，喇叭里都有一块吸铁石。喇叭坏了，吸铁石就成了我们的玩具，在课桌面上放一把铅笔刀，在桌肚里移动吸铁石，那小刀就在桌面上走动，你说向左，它向左，你说向右，它向右，魔术一般神奇。只有桑田，伟大的桑田，想到了用它来为我们创收。当我宣布，本战队每个人必须上交一块吸铁石时，茅儿墩当晚播报革命形势时，喇叭哑了一半。生产队广播室的大喇叭里，肯定有一块大吸铁石，三拉子要去卸，被我拦住了。不是因为生产队队长李刚刚是我爸，而是我觉得，大喇叭轰轰烈烈地响着，大人们会忽视家里那只哑了的小喇叭，大部分人其实图的是那点声响。若干年后，我和桑田、王春笋都有一个共同的毛病，进屋就开电视机，只有开着电视机，才能在喧闹声中进入睡眠，这是我们这代人在那年代种下的毛病。开始，我们收获最多的是在水埠口，主要是旧菜刀旧剪刀，可能是女人们剖鱼时不小心落水的，后来沿着茅儿墩绕村一周，吸到的东西就丰富得多了，锹头、锄头、犁铧、铁钉、铁锁、铁丝网等等。后来我们又把范围扩大到邻村。零零碎碎的铁物件，麻绳一拉，就上了船，但是，遇到大一点的家伙，我们就必须下水才能捞上来，这在我们，是小菜一碟。茅儿墩村的中间也有一些小小的池塘，因为是死水，村人任其荒芜，死水塘里的菱藕，死水塘里的鱼，在水乡都是下等货，何况这些池塘也姓公，属于集体的，动一动也是偷窃集体财产。我觉得这些池塘里有货，因为有人居住的地方就有铁器，而且这些池塘的塘底多少年都没见过天日。

池塘都不大，这头把吸铁石扔下水，人站到那头，慢慢收绳子就行了。我们挑的是个月圆的夜晚，参加的人也不多，几口小池塘，用不着带那么多人。后半夜，大人们都睡得死猪一般了，我们在约定的一口池塘边上汇拢。水乡的月亮总比别处的圆，月光也比别处的亮，把池塘四周照得比白天还像白天。我们像犁田一样把这口池塘横着竖着犁了一遍，吸上来的东西数目不少，但主要是铁钉、铁丝等小玩意，甚至还有六七只女人的铁发卡。桑田用手一指，说，那里有大家伙，我拉绳子时横竖都觉得有紧有松，那一紧，是吸铁石吸住了；那一松，是那家伙太重，吸力牵不动它。我相信桑田的感觉，这些天下来，他的手上有灵性、有经验了。我说，我下水去看看。这池塘其实是臭水塘，一到雨天，塘边上那些猪圈和茅厕的污水就冲到塘中，而塘中还有掉进去的枯枝败叶，把塘水沤得另有一股糟臭。没办法，我得身先士卒。我先是赶走了一条好奇的水蛇，又赶走了几只浮在水面上吃蚊子的癞蛤蟆，摸索过去，桑田所指的那地点居然水很深，我的双脚点不到塘底，我只得捏住鼻子下潜。我摸到了一个很规则的方盒子，很沉，肯定是金属类。我把捏鼻子的那只手松开，双手合抱才把那盒子抱住。我将那污黑的盒子放到地上．我自己都被自己浑身上下的臭味熏得要吐，蚊子抱成团朝我身上扑来，我奔向河边跳进大水中，蚊虫突然失去了攻击目标，散了。等我洗净身子上岸，他们也已把铁盒子弄到水边冲洗干净。盒子上有一把长方形的老式锁，他们怎么弄也弄不开，摇一摇，有清脆的碰响声。我说，砸了。用石块一砸，那锁就散了架。铁盒子里面塞了满满当当的小圆饼，我顾不上脏，拣了块用手一抹，是银圆，月光下亮得我们眼花。我们认得银圆，我们的初中语文课本上有篇课文，题目就叫《一块银圆的故事》，讲旧社会穷人被地主和国民党军队欺压，有图有真相，那银圆被一颗子弹打豁了一个缺口，但形状是一个模样。我们点了数目，整整一百块。

我们发财了。我把铁盒子藏在我床底下，第二天，我们去公社的银行柜台打听，那个头发花白的营业员说，一个“袁大头”换四块人民币，但是，如果是从家里偷出来的，我们不收。

桑田说，这个难不倒我们，我们去县城的银行，去别处公社的银行，分期分批去兑换。

但风声还是漏出去了，茅儿墩的俩小子挖到了金窖，藏了一堆金银财宝珍珠玛瑙。这消息在茅儿墩的角落里流传，不断加工发酵，传说中，我们手里拥有的远不止一百块银圆了。这消息最后当然传到了茅儿墩最高领导李刚刚耳朵中。李刚刚很严肃地找我谈话，我妈妈在隔壁偷听，李刚刚不愧当过侦察兵，弯下腰，咣当咣当把我床下的铁盒子拽了出来，李刚刚把它打开，问，还有呢？别的东西藏在哪里？我说没了，就这些。李刚刚将信将疑，我说，你一个领导干部，怎么能听风就是雨，被谣言迷惑？李刚刚说，群众的眼睛是雪亮的。我说，我爷爷的眼睛是青光眼，瞎大娘的眼睛根本看不见。我妈妈突然冲了进来，她被白花花的银圆镇住了，喜出望外，说，他爸，这下子儿子盖屋娶老婆的钱都有了。我说，这不是我一个人的钱，这是我们战队的集体财产。李刚刚说，放屁，这是国家的财产，必须上交，交到国库。这道理其实我们也懂，只是舍不得，心存侥幸，没有李刚刚同志的觉悟高。李刚刚说，你们主动上交，公社革委会会给你们发奖状。你们等着上级来收缴，那就得开你们的批斗会，甚至抓你们坐牢，你们选哪条道？

这哪里有可选的道？

这次事件过去，村里的几口池塘被人们翻了个底朝天，污臭的塘泥散落在村巷，没有人顾得上厌恶。传说当年闹长毛，也就是历史书上的洪秀全农民起义军，败退途经这一带时，曾经把积攒的金银财宝弃于水中，说不定也有人顺手丢进了池塘。桑田说，愚昧，铁盒子中的银圆，有的铸着袁世凯像，俗称“袁大头”，是民国以后才铸造的钱币，怎么可能是洪秀全的队伍扔下去的？那是谁扔下去的呢？李刚刚警惕性高，他分析，这些银圆的主人，不要银子他要什么呢？最后他认为，中华人民共和国成立之前，村里的富人为了逃脱被划成地主富农成分，才将银圆藏匿于池塘里。这银圆的主人，就是漏划的地主或者富农，就是隐藏的阶级敌人。桑田说，红色资本家桑不沉叮嘱过，说我们动了那人的银圆，他的心里肯定恨透了我们，村里肯定有一双眼睛，在背后盯着我们的一举一动。

我哈哈一笑，现在世界上究竟谁怕谁？他要敢跳出来，我们把他打翻在地，踏上一只脚，让他永世不得翻身。

这一年的寒假放得早，河道里结了冰，我们出村也不方便。每天窝在队屋里烤火，听小汪讲那几个老掉牙的故事，也早失了兴致。我觉得要找点什么事做，不能每天让小汪的大眼瞪我们的小眼，把日子就打发了。我注意到了村后野塘里那块规整的方石。这是块神奇的石头，据说很久很久以前，茅儿墩还是在湖底，是湖底比别处略高的一块高地，湖水水位连年降低，茅儿墩露了头，才有人过来开垦，安营扎寨。在这之前，这里是一片汪洋，当时的湖底哪来的巨石？而且是方方正正凿有图案的巨石，这一直是个谜。方石斜倚池塘的沿岸，成了塘壁的一部分，只是明显高出来一截。水乡盛产黄鳝，黄鳝分为两种，一种是田鳝，生活在水田中，常见，抓了也就剁碎了喂鸡喂鸭。另一种是塘鳝，生活在水塘中，这塘鳝个头大，劲道也足，用手掐不牢，要用火钳才能夹住，我们本地人不吃黄鳝，不带鳞的水产水乡人都不吃，一辈辈人传下来的习惯。没鳞的东西后来都成了宝贝，如甲鱼、鳗鱼、鲶鱼，还有这鳝鱼，城里人把它们的价钱抬到了天上。早年水乡发洪水，淹死的人多，钻进尸体里吃内脏的就是这些不带鳞的家伙，进出自由，所以本地人不待见它们。桑不沉是城里人的先锋，他喜欢吃这些东西，难怪这资本家长得这么肥硕，原来他什么东西都敢吃进肚皮。桑不沉最喜欢吃塘鳝，这东西本地也有人吃，在中医开的药方里是一味药，大补，体虚气弱的人吃了强身，身体好的壮汉不能吃，火力猛，吃了会流鼻血。桑不沉看上去是壮汉，但桑田说资本家都是纸老虎，外强中干，桑不沉的血有毛病，吃肉吃糖吃出来的毛病。吃肉吃糖还能吃出毛病，鬼才相信。我们都说，老天，让我们也有好命生一场这个毛病，就是死了也不冤。老天肯定听见了，几十年后我们梦想成真，基本上都有了三高，高血脂高血压高血糖，但我们都不肯死了，后半句话不认账。桑不沉那时也不想死，听偏方说吃塘鳝能降血糖。茅儿墩附近的塘鳝基本被我们抓捕殆尽，只有方石这里，有几条大家伙把洞藏在方石的下面或者后面，钓，不上钩，饵诱，不进笼，仿佛它们知道我们的心思。我们知道它们就在那里，它们也知道我们知道它们就在那里，我们也知道它们知道我们知道它们就在那里。你知道，我知道，那就斗智斗勇。我等着冬天枯水季节的到来，天一冷，蛇鳝蛙蟹全都冬眠埋进土，塘水也缩到了塘底，变成了一勺大小。我打算集战队之力，用麻绳将方石拉上来一截，挖地三尺，将塘鳝们一一抓捕。这想法得到了大家的响应。那天上午，天下着小雨，各小组人员按照分工带着麻绳铁锹火钳各自到位。我们将方石的底部两角掏出地洞，套上麻绳，所有的人站到岸上，一、二、三，将方石往上拉，方石的下面有了操作空间，我和桑田迅速下锹，只几下，果然就发现了鳝洞。突然间我听到了王春笋一声尖叫，桑田一掌把我推开，他身高腿长，空间狭窄，他的腿没来得及撤出，被方石压住了。桑田的惨叫声将我们吓呆了，我喝令大家全都上去拉麻绳，麻绳被雨打湿了，滑溜溜，使不上劲。我让三拉子赶紧回去喊大人。桑田，桑田，你疼吧？说这话等于放屁，可这时我实在找不出别的话说。桑田脸色发白，脸上分不出是汗水还是泪水，呻吟逐渐变小。但桑田脑子还是清醒的，说，朝下挖，朝我脚的下面掏土。我仔细看了一下，还好，桑田的小腿正好处在我们挖出的凹坑里，我们赶紧掏土，等大人们赶到现场，桑田的腿已经被我们掏出来了。可是，桑田的小腿骨已经被方石砸断了。李刚刚赶紧召集大人送桑田去医院，桑不沉没急着走，他在现场转了几圈，捏住了麻绳，他低下头嗅了嗅，说，麻绳上涂了羊油。我耸了耸鼻子，空气里真的有股羊膻的味道。在麻绳上涂羊油，养猪的人家在秋天会做这事。秋风起，蟹脚痒，茅儿墩的人不吃螃蟹，但猪喜欢吃，据说猪吃了螃蟹长骨头，增体重。月高风轻，人们在麻绳上涂羊油，一头扔在水中，一头放在竹笼中，螃蟹们就会排着队顺着麻绳爬进竹笼。天亮时，人们拎着竹笼满载而归，猪能吃上许多天。这羊膻味可真大，隔了几个月还这么大，雨一淋，羊油从麻绳中渗出来，麻绳更加使不上劲。

如果是有人故意新抹了羊油呢？这就是阶级敌人搞破坏。李刚刚对桑不沉说，他一定会查麻绳的出处，给桑不沉一个说法。桑不沉却说，李队长，这事就算了，都是小孩子，别把小孩子的心眼往坏处想。

桑田从此瘸了一条腿，每当他斜着肩膀一摇一摆地走近时，我的心里就莫名地难受，我觉得，作为带头大哥，我没照顾好他。我们在一起的时间很快结束了，不久，桑不沉落实政策，全家返回省城，我与桑田也断了联系。

下

等到上高中，我们的战队作鸟兽散，大家各奔东西。王春笋初中毕业，拿着泥刀进城做了泥瓦匠。我和三拉子高中毕业后，先后去部队当兵。李刚刚说因为遗传了他的军人基因，我在部队成长得快，当上了班长，一年后又考上军校，官至正团退役，转业到某机关弄了个闲差。三拉子没我这么幸运，义务兵役服完，复员重回了茅儿墩。但毕竟经过革命大熔炉锻炼，他先是接下了李刚刚生产队队长的位置，再接再厉，官至大村党支部书记，立志成为本地区的致富带头人。茅儿墩走出去的人谁最有出息？王春笋。王春笋从徒弟做起，像是攀上了一架云中梯，做师傅，做包工头，做项目经理，做建筑公司老板，现在是开发公司董事长。有没有做得比他还大的熟人？有，桑田。有一天我躺在沙发上看电视，看见一个光头胖子面熟，突然觉得，这家伙不是桑不沉吗？光头胖子和省长握手，洽谈一个项目，笑容灿烂，不会是桑不沉，桑不沉应该有八九十岁了，而且桑不沉从来都戴着帽子，我们只有在他理发时才发现他帽子底下没什么内容。那么他是桑田？桑田赶上了好时光，光头成了时尚，有头发没头发的人都把头发剃光了，扮酷。桑田的光头油光锃亮，我期待着看他走几步，他要是瘸子，那就确证是桑田，可是电视台的人维护那些大人物的形象，硬是没给桑田走路的镜头。

后来是三拉子告诉我，那就是桑田。他在国内国外有几家上市公司，富可敌国，一百个王春笋也只能抵得上他的小拇指。三拉子书记说话有些夸张，但桑田无疑是发达了。龙生龙，凤生凤，老鼠的儿子会打洞，资本家的儿子桑田能做成大资本家，也在情理之中。

据说某些地方官员的一大爱好，就是傍大款。三拉子在我面前提到王春笋，却是一副对王春笋不感冒的腔调。王春笋起势时，待村人不错，带出去一班人。反过来说，也正是这些茅儿墩的乡亲，为他在行内赢得了不错的口碑。但是，等他做大了，他却把这班得力干将基本辞退了，连他的亲姐夫小汪他也坚决不留。小汪本来在他的工地负责收建材、钢材水泥之类，小汪和卡车司机串通好了，卡车从工地前门进，然后直接从后门出，贪下的建材卖了两人对半分。小汪低估了舅老爷的智商，王春笋起家是一个角子一个角子硬抠出来的，大宗的建材流失，他怎么能不察觉？小汪怕这位小舅子把他送派出所，这人是个狠角色，说到就能做到。小汪坦白招供，末了，说，孩他舅，说白了你就一个女儿，你挣再多的钱最后它也不姓王，不如让亲朋好友分享一点，落个好口碑。这不是小汪一个人的想法，是他身边很多人的想法，甚至茅儿墩全村人都持这想法。王春笋让财务部查看收到的借条，他身边的人有钱没钱都跟他借过钱，每次回茅儿墩，都能遇到几位向他借钱的乡亲，多年来，只见有人借，不见有人还，白条的数字加起来，居然有一百八十万之多。这还是有借条的，更有些没借条的募捐，永远没个完，让王春笋恼火。比如盖老人俱乐部，比如修村路，比如一年一度闹社火，三拉子书记都会赶到省城，朝王春笋伸手。

三拉子与王春笋闹翻，就是在王春笋的开发公司大楼。那是为了茅儿墩修桥的事，茅儿墩四面环水，以前靠划船进出，现在时代不同了，走出来的人很多都买了小汽车，小汽车没办法进茅儿墩，就是轮机船也载不动它。年底回来过春节的人，都只能把小车停在圩埂上，换小船进村，富贵还乡的荣耀就打了折扣。三拉子书记决定修路架桥，他向上跑县乡有关部门，村村通公路也是上级政府的奋斗目标，无奈在水乡，茅儿墩这种条件的村子实在太多，上面答应拨一半款，村里需自筹一半款。铺路修桥，这是办好事，老百姓支持，家家户户都掏了，没多有少。可是，村里人捐的钱，毕竟杯水车薪。有钱人都在外面，大富豪住在省城，小富豪也搬到了县城，好在三拉子有本花名册，熟门熟路。

三拉子这次上王春笋的门比较为难，前期捐款王春笋已经捐过，数目排在第一第二，他这次上门的目的是希望王董事长能再接再厉，锦上添花，把最后三十万的缺口补上。这年代上门要钱，门难进，脸难看，讲到底，我三拉子又不是为了我个人的事，出来求爷爷拜奶奶，是为人民服务，是工作职责。城里车堵，三拉子赶到王董事长办公室时，已经过了晚上七点。王董那美丽的办公室韩主任说，王董不在，在外面应酬。三拉子说，我在楼下看过了，他在，刚才他还在落地窗前瞭望夜景，胸怀世界。王董见了三拉子书记，说，来了。三拉子说，无事不登三宝殿。王董说，别、别这样说，我这可不是庙堂，要是庙堂，门槛早被你三拉子书记踏矮了。这是摆明了三拉子不受欢迎。王董说，还没吃晚饭吧，我去给你弄点吃的。他说，厨房间的人都下班了，我去给你下碗饺子。开这么大的公司，待客就是盘饺子，也够小气了。饺子就饺子吧，三拉子盘算着怎样向他开口，一边吃饺子一边聊事情方便。三拉子饿了，夹上饺子就往口里送，王董说，有醋，蘸醋。三拉子一口咬下去，一阵剧痛，有什么东西咬了他的舌头一口，他小心翼翼地从舌头上拔出一个闪亮的东西，摆到桌上，是一颗图钉。那图钉镀了镍，染了血水，像一把撑开的小花伞，以钉子为伞柄绕了一圈。三拉子的嘴里已经全部是血水，王董递了一沓纸给他，说，这厨房里都是些什么人？人家往饺子里塞硬币，他们往饺子里塞图钉。三拉子用纸把嘴角擦干净，看了王董一眼，用筷子尖连续捣开，每个饺子里都有一颗图钉。三拉子把它们夹出来，排成一行，说，王春笋，你狠！转身推开门走了。王董在后面说，走好，不送。

这事三拉子讲给我听时，我还真难以相信。三拉子回去后把这事一讲，茅儿墩人都觉得王春笋不是个东西。你不掏钱可以，你怎么能残害人？有钱出钱，有力出力，这是上辈人传下来的传统。你在茅儿墩生，你在茅儿墩长，你王春笋的祖宗还埋在茅儿墩，再说，你的车也得走这路、过这桥，你钱多，多掏几个钱不过分。村里的年轻人找到王老地主的坟，把坟前的两棵柏树砍了，如果不是三拉子拦着，他们把王老地主的坟也扒了。乡下人讲究祖坟的风水，清明节王春笋回来扫墓，当时他一声没吭。第二天，他带来一帮人，将新起的楼房一把大锁锁了，又把自己家的几座祖坟都扒了，将先人的骨殖装进崭新的棺材，用几条船装走。据说王春笋在省城郊区买了地，将他的祖宗们安葬在那里了。从此，王春笋与茅儿墩彻底断了牵扯。

我母亲去世后，李刚刚随我进了城。他已是八旬老人，脑子有时清醒有时糊涂。那天三拉子在我屋里讲到这事时，老爷子突然插嘴说，这是阶级斗争新动向，王家的大砖瓦房分给了你爷爷，你爸阿三批斗老地主是积极分子，这王家人能不记仇恨？

我说，爸，这都什么时代了，还翻您那老皇历。不过，细细一想，老爷子的话说糊涂是糊涂，说清醒也是清醒。比如，有一天他突然莫名其妙地说，王春笋那没良心的小子，是茅儿墩成全了他，是他爷爷那老地主的成分成全了他。他在茅儿墩吃瘪，看人脸色行事，到了城里，把这乖巧发扬光大，才能成事。我笑着说，那我这官当不大，应该怪你，你让我当“官二代”当习惯了，天王老子的账也不买，所以不能争取更大进步。

我在机关职位是副巡视员，退休后我每天坚持巡视城市公园。医生嘱咐我要日行万步，我坚持不折不扣地完成。人老了念旧，我知道在这所城市里有我的两位发小，但是，他们都是有钱人。一个等退休的人，本无所求，你要主动去联系富豪，就有巴结的嫌疑，不值得。但是，老天公平，不管你富可敌国，还是貌若天仙，该老还会老去，重回少男少女时代也就靠寻找回忆。桑田来找我了，他的声音从电话中传出，我一点都不惊奇，仿佛那过去的四五十年没有留下岁月痕迹。桑田说，大头，你该出现了。前面忘了说明，我自小头大，绰号就是“大头”。我说，等你忙不动了，我再出现不迟。桑田说，我这命，有口气，就得忙，忙不动，那就是死了。趁活着还喘口气，咱赶紧见面。当天下午，就派车把我接过去了。桑田的住处其实离我并不远，住在老城南。省城富豪的别墅都集中在中山景区，风水好，风光好。桑田却躲藏在市井百姓之中，桑田说聚人气，攒财气，我只当是开玩笑。走进桑家院子，我才发现桑田是住在一所园林之中。桑田拄着拐杖，带我绕着院墙参观了一圈，有假山，有古木，有亭有榭，有九曲回廊，当然，最多的是流水静池。我以一个乡下人的心思估摸，这院内有六七亩地。我想起来，桑田说过，他爷爷是苏州人，他爷爷曾经把自家的两处园林捐献给了人民政府。我说，桑田，你骨子里还是苏州人，还留着徜徉江南园林的梦。桑田说，你还是个水乡人，你没看出来？忘本。我这是离不开那些水，更离不开稻田。他用手杖一指，我才发现，这园林的中央，居然是一块稻田，有五六分田的样子，稻子已经垂穗，叶金黄，穗金黄，风吹来，稻浪一浪接一浪。桑田说，没有人相信，我更愿意做一个农夫，喜看稻菽千重浪，遍地英雄下夕阳。可惜这园子太小，园子里只有我一个英雄，不，一个农夫。落座，桑田收起他的拐杖，那拐杖极其轻便灵敏，按下按钮，它就缩成了一把折扇的大小。我说，桑田，你应该拄一把龙头木杖，然后身边围一圈古装丫鬟，才像。桑田说，像、像什么？话没说完，来客了，我俩起身迎接。来客是王春笋，我有点意外，桑田之前没跟我讲有他参加。这王春笋，十几年前我回茅儿墩休探亲假偶遇过一次，相比较我和桑田，他变化不大，清瘦、黄脸，只是头发讲究了，大背头，油光闪亮，很豪迈的样子。王春笋还带来了一个年轻女子，论年龄，不像是他夫人，不过，这年头，也没有什么不可以。王总说，这是小韩，办公室主任，今天被我抓差开车。女子嫣然一笑，动人。老男人带出来赴宴的年轻女子，没有一个长得上不了台面的。不过，王总今天带这女子来，有点不伦不类。今天不是生意场，是三个老头叙旧，带个不相干的女人来，就显得画蛇添足了。

说起小时候在茅儿墩的趣事，我们仨常常笑得前俯后仰。有时，也会因为某个细节的记忆有偏差，争得脸红耳赤。小韩是训练有素的办公室主任，一直保持着恰当的笑容，看三个老头疯疯癫癫。桑田体谅她，说，姑娘你去院子里转悠一会吧，我们扯的都是小时候的事。小韩说，我喜欢听，我小时候也是在水乡长大的。王春笋说，别小看这丫头，她可得过国际金牌，省花样游泳专业队的队花。花样游泳？我有过记忆，又称为“水上芭蕾”。小韩说，王董跟我们领队是朋友，他经常去游泳馆看我们训练，我打算退役时，他让公司收留了我。桑田说，好，春笋眼光好。

我看见桑田的办公桌上摆着一份文件和一支钢笔，钢笔在这年头是稀罕物了，再追一眼，办公桌上居然还有一瓶英雄牌墨水。桑田说，还记得吗？当时我们喜欢纯蓝，嫌蓝黑墨水颜色太深。春笋说，可不是，那时我有钢笔，却没有墨水，每次做作业前，都是你笔尖对笔尖，挤几滴到我钢笔里。桑田说，我每天回家都做一件事，先把钢笔墨水汲满。

是我记忆错了，还是他俩记忆出了问题？他俩有过这么深厚的友谊吗？

那天三人约定了日子，回一趟茅儿墩。

三拉子得到消息，欣喜若狂，似乎忘记了他和王春笋闹下的仇隙。我一再叮嘱，这次就是我们仨忆苦思甜的活动，吃在村里，土菜，住在村里，就住你家，干净就行。记住，千万别提募捐集资的事，你别开口，叮嘱大学生村官也别开口，当然，最好别惊动他们，不是时候，心急吃不得热豆腐。瓜熟蒂落，再通知他们来摘。我们都这把年纪了，要明白，该有的都会有，不该有的不强求。一不小心，你反倒把好事搅黄了。

三拉子确实为人民做了服务，修成了路，架好了桥，不走水路，只七八分钟，小车就从圩埂驶到了茅儿墩的村头。公路一侧是田野，稻浪翻滚，另一侧是河道，在车窗看那划桨的小船，几乎是随意漂荡，慢如云朵。桑田晃着他的大脑袋说，有个诗人叫李白，写过一首诗:“湖与元气连，风波浩难止。天外贾客归，云间片帆起。龟游莲叶上，鸟宿芦花里。少女棹归舟，歌声逐流水。”他这首诗的题目叫《咏丹阳湖》，我们这圩子，就是古丹阳湖。桑田也太小看我这行伍出身的粗人了，李白不知道我，我还是知道李白的。桑田说，可惜了，这大好的风景，应该坐船，我梦里回茅儿墩，都是坐着四舱船呢。

一个这么大的老板，还想着茅儿墩，还记着唐朝人写的诗。我的眼里，桑田摇晃的光头有几分可爱。

桑田说，三拉子书记，你修的这条路，方便是方便，但是它太煞风景。我已经和县里领导接触过了，以后圩子里所有的公路都毁除，圩堤上可以跑车，进了圩子，唯一的交通工具是船。

这不是搞复辟吗?

桑田说，你们听说过浙江的良渚吗?那地方已经将遗址打造成旅游风景区。我有一个想法，将大湖圩区也打造成一个旅游区。别小看我们这地方，这些年我查阅过很多史料，一土一木都有故事，比如隔壁濑渚圩，就是春秋时吴所筑，曾作为吴国宫城。还记得砸了我腿的那块巨石吧？应该就是修建宫殿时，从皖南运石料，遇风暴翻船而落入湖底的。我有信心，把圩区打造成一个稻作旅游区，市县两级领导都支持。

我就知道，他这趟来不仅仅是故地重游。三拉子激动地说，真的，这下子茅儿墩遇到真神了。

在村里的年轻人不多了，大多在外打工，我们不认识年轻人，年轻人也不认识我们。王春笋打电话说，他突然来了重要客户，只得请假。这在我的意料之中。他不来是好事，来了他怎么面对三拉子，我悬着的心倒放下了。三拉子把老人都召集起来，在他家堂屋摆了三桌。坐定，桑田宣布给大家发礼品。我知道桑田给大家带的礼品是什么，弹弓和手电筒，弹弓不是一般的弹弓，精钢铸造，经过两层磨砂处理，再黑色封油，握在手中，表面居然有如玉般湿润细腻的手感，厉害的是那弓带腕托设计，即使拉六股的皮筋，手也不会发抖，射弹极其稳定。而手电筒，当时茅儿墩只有桑田家和我家才有，我家是装两节干电池的，桑田家的能装三节干电池，明显比我家的照得远照得亮。桑田这次买的电筒，不用干电池，里面是大容量锂电池，尾巴上还装有手机应急充电宝，防水，强光LED节能灯芯，光学蛙眼透镜，高亮度，远射程。桑田跟我介绍时，我听得似懂非懂，反正就两个字，高级。这桑田也真费了心思，不知从哪里找到这些玩意儿的。司机说，老板可认真了，在网上一家家搜货，各家都购一只样品比试，最后才确定订这两家。桑田感慨地说，如果那时候有这么高级的东西，那就天下无敌了。桑田的两位随从把东西发给大家，大家很新奇，但也失望。我听邻居有人嘀咕，有个苏北的老板，返乡时给每个老人发的是现金，每人一万。我朝三拉子使个眼色，三拉子领头鼓掌，掌声把气氛调动起来。

宴请结束，三拉子上我房间，说，哥，有个事不知该不该说。我担心他是提向桑田募捐的事，说，不该说。三拉子忍了一下没忍住，说，我是说弹弓的事，这弹弓厉害，在老百姓手中会惹事。现在鸟不能打，人不能打，要是弄出个案件来，还是会找到你们这源头。三拉子毕竟是老书记了，考虑问题全面。我说，这样，等会儿你挨家挨户把弹弓收回，不是收，送出去的礼品不能再要回，买，花买弹弓两倍的钱回购，行不？三拉子点头，那成。

我去找桑田，桑田不在，他的随从都被他赶到县城住宾馆了。茅儿墩就这么大，他还能到哪里去？我走到村后，他果然站在方石那里，月色朦胧，方石是白的，他的脑袋泛着亮光。听到脚步声，他转过脸，脸上爬满泪水。我想后退，来不及了。他说，没事，梦里到这地方哭过无数回了。

我说，你告诉我实话，你怀疑是谁在麻绳上抹了羊油？

桑田拿起金属手杖在方石上敲了敲，说，这重要吗？以前我爸就说过，这事不重要，现在四五十年过去，我们老将至，这事就更不重要了。桑田说，试试我们的新电筒能照多远吧，我买了这手电筒，心就一直痒痒的，想试试它的射程。可是在城里，到处灯火璀璨，看不到真正的黑夜。就是这茅儿墩，村巷也处处亮着路灯，在这里，可以避开灯光，可以用这手电筒探测这夜黑的深浅。

他按亮电筒，用手掌遮住那光，肥厚的肉掌像初生婴儿的手掌般粉红，他一下一下掠过那光，像小孩嬉戏一头活泼的小动物般兴奋。我忽然想起，小时候我们用手电筒逮过麻雀，就是用电筒光罩住屋檐下的麻雀，麻雀睁不开眼，傻了，我们手到擒来。有一次拿手电筒的是王春笋，正悄悄进行中，王春笋突然将电筒一扔，哭着说，手，我的手上都是血。我捡起电筒一照，他的手好好的。王春笋止了哭，用手掌小心翼翼地覆盖住电筒光，那手掌一下子红彤彤。我们齐声笑骂王春笋愚蠢，那确实是血，被皮肉包裹着呢，它好端端的，怎么会自己跑出来？

下次回来，我得把王春笋劝回来，那天说好的三人行。

桑田说，多大怨，多少恨，都随岁月过去了。想想这大湖，想想这些圩子，几千年的风浪都经过了，多少沟沟壑壑都被抹平。相信我，我去请，春笋肯定给我几分面子。他挪了一下那条不灵活的腿，说，有稻田的地方，才是大湖人的灵魂栖息地，早点回，我们还来得及为这方土地做点事。

显然，现在的桑田做人做事都比我们宽阔，或许是因为我们生于斯长于斯，小农经济的眼光被圩子困住了，看不远。

桑田抬起手，茅儿墩村后的夜空，突然射出了一道强烈的光，那光向上、向上，朝夜空深处奔跑。

无限好山都上心

/余一鸣

一

白玉才让司机把小车停在距藕节村一公里处，他下了车，深吸了一口老家熟悉的空气。这空气湿漉漉的，带着水汽，带着芦苇花和干草的气味，细嗅，还有菜地里几天前浇过的人畜粪肥那味儿。他朝司机摆摆手，说，你先回宾馆歇着，用车我会给你打电话。回村之前，他先让司机在县宾馆订了房。白玉才是个谨慎的人，他的司机一年一换。老板和司机，在一个铁匣子里待久了，该知道的知道，不该知道的也知道了，不由得你不与他近乎。白玉才那些朋友，异地任职或升迁，往往都带两个人走——秘书和司机，理由是用顺手了，实际上是时间一久，彼此感情上离不开。人与人走太近未必都是好事，犯事的官员，往往是连秘书和司机一锅端。白玉才是私企老板，司机想用谁就用谁，没有那么多顾虑，但白玉才这些年用司机也谨慎，坚决不用老家的人。老乡转几个弯儿都能与你沾亲带故，白总鞋没踏上老家的地，白总的故事说不定就在老家到处流传。到人才市场招工招一个司机，表现好，下年换个岗；不靠谱，合同到期解聘，省心又省事。白总是头独狼，说好听点是独行侠。田野上风大，白玉才走几步，不由得裹紧了大衣。

藕节村坐落在湖边，村庄分前村、中村、后村，后村的后边，就是茅儿山。茅儿山不算高，但在一马平川的湖区，还是伟岸。本地有句谚语，三天不见茅儿山，眼泪淌到大湖湾。意思是圩区人都恋家，抬头见不到茅儿山心就慌。这当然是老话，现在年轻人都哭着喊着要出去见世面，白玉才当年就是出门闯荡，才闯下自己的一片天地。进藕节村只一条路，必须从前村村口的大樟树下经过。这大樟树有很多很多年了，白玉才小时候它就这般老，这般雄伟郁葱，树冠遮了整条道路。大樟树是圩区难得见到的大树，圩区是洼地，洼地里草多，只有茅儿山上才有那么多的大树。大樟树的树脚边有一排长凳，风吹雨淋，这些长凳坐上去叽嘎作响，却不会缺胳膊少腿，一旦有损，就有另一条长凳替上。长凳上通常坐着村里的老人，他们一个挨着一个，就像半空里电线上那些一个挨着一个的泥燕。但他们不衔泥，嘴上衔的是一截纸烟，阳光懒洋洋，他们的目光也懒洋洋。事实上，进村的每一个人，哪怕是进村的一只苍蝇，都别想逃过这些目光。白玉才头上顶着套头帽，脸上捂着口罩，并不妨碍老人们认出他是白家大伢子，其中有一位睁开眼睛，说，那不是白总吗？喊他“白总”，这不是客气，这是拿他当外人，变个法子骂他忘本呢。白玉才当然听得懂，他也认出了那位老者，二十年前他就坐这里的长凳了，从前是藕节村的支书。白玉才什么人？城里见过大世面的老总，当然不与这等老头论高低，他说，周伯，是玉才我哩。他不摘帽，也没扒下口罩，掏出烟盒，依次一个个敬烟。敬完烟，转身进了村巷。他不喜欢与人搭讪，何况这些人不值得他费口舌。

他知道，他身后，那些或睁或闭的眼睛很快会明亮起来，落满他的后背，各种议论的唾沫星子会如夜空中的萤火虫一般一路尾随他。

二十年前，他买了一辆桑塔纳小车，他的第一辆私家车，花了十七八万。他开着小车回老家过年，那年代，十七八万不是个小数字，连本乡乡长坐的也只是一辆旧吉普，怎么说，白玉才也算衣锦还乡。刚刚下过大雪，瑞雪兆丰年，阳光热烈地洒在雪地上，雪地也染上金色。白玉才心情不错，听着轮下冰雪吱吱的叫声，仿佛是听着一支歌曲。那时的高速公路还没普及，省道、县道也不像现在规范，上了村道，一路泥泞，小车漂亮的外壳成了大花脸，但这并不影响桑塔纳的耀武扬威。到了村口，小车近乡情更怯，趴下了，白玉才下车围着它转了几个圈，弄明白不是车的问题，是路的问题。土路浸了冰雪，车胎一压，成了大窟窿，任油门怎么轰，轮胎也只是空转，射出的泥水倒有几米远。白玉才努力了几下，白费汽油，沮丧地下了车。早已有围观的人围了一圈，最早看热闹的是坐在长凳上晒太阳的老人，白玉才这才想起来掏烟，跟老人们一一打招呼。藕节村周姓是大族，白姓是外来户，那些坐长凳的人几乎都是周姓长辈。其中一位接了烟，插在耳根上，说，白家大伢子，这车是你买的？白玉才谦虚地点头，他认得这位周伯，他跟周伯的儿子是中学同学。周伯说，哎哟，了不起，看来是真发迹了。你买得起这么漂亮的车，怎么就不把村里的路修一修？他这一说，周围的人都将烟夹到耳根，袖起手，坐回长凳上了。白玉才面对着趴着的小汽车，无计可施。村里男男女女一拨拨来看稀罕，乌龟车成了死乌龟，也有人想帮白玉才搭手抬车，周伯一声咳嗽就止住了。白玉才犟脾气上来，偏就不服这个软，扔下车，直奔后村。他叫上老婆，拿了铁锹，父亲和弟弟也追了过来，四个人又是挖又是垫，一家四人硬是把小车挪出了窝。老婆和弟弟拍拍手，故意喜滋滋地坐上了车，老白却挥挥手让他们先回，他掏出烟，给条凳上的看客们又递了一轮。白玉才看不惯父亲那副小户人家的巴结模样，按了一声喇叭，小车留下一股尾烟。

自那以后，他很少开车回村，即使回，他也将自己的小车远远地停在村外。他的小车早就鸟枪换炮，奥迪、奔驰，跑车、越野车，用得着什么买什么，村头的公路也换了，土路换成水泥路，水泥路换成沥青路，村里买小车的人家也多起来，但白玉才的车坚决不进村，不驶进村口樟树下这截路。一定要离开这个村子，先是弟弟妹妹跟他进了城，接着是父母跟他进了城，他打算把老白家在藕节村扎下的根拔了。乡长进城找过他，让他为老家做贡献，赞助乡中鸭屎中学建校舍，他掏了。捐助乡福利院，他也掏了。修路，修从镇上到藕节村的路，他说这钱要掏，得藕节村所有人掏，他只掏该他掏的那一份。搭桥铺路积大德，这是本地一句老话，乡长弄不懂这位白总，有钱人的脑子总是比别人的奇怪。各人心里有各人的伤口，乡长不知道村口曾经的那一出。可是白玉才没想到的是，先是父母吵着闹着回了藕节村，接着是弟弟白玉明撤回了藕节村。不同的是，老二是被白玉才赶回来的，父母借口是叶落归根。可白玉才听父亲说过，藕节村并非白家的根，往上数三代，老白家是北方人，因战争逃难到这湖边村落脚，根基浅，才受人欺负。

多年前，藕节村三村之间其实是断节的，断节的地方是坟场，亲人死了，就埋在村前村后，上坟方便，心里有个苦处难处，到亲人坟前哭诉一番也方便。白玉才小时候，三村之间的孩子争坟场地盘，地盘属于死鬼们，但祭品最终是落到人肚子里的。一般是晚上，祭日白天祭奠的人人来人往，总不能光天化日之下与死人抢食。黑幕落下，坟场里人影憧憧，祭品有剥了壳的鸡蛋，有各类果子和点心，三个村的小孩总是免不了彼此遭遇，坟场往往就成了孩子们的战场。武器弹药就是坟地里的土疙瘩，你扔我，我扔你，夏天砸在身上碎成尘土，冬天砸到脑袋上，那就是一个肉疙瘩。不过，胜利者往往是前村和中村的孩子，人多势众，都姓周，齐心。不像后村，杂姓多，散沙捏不成团，大人如此，孩子们亦是。而现在，那些坟茔都不见了，矗立起一幢幢四层五层的楼房。不知什么时候起，藕节村不再盖三层以下的楼房，即使这些楼里多数房间空着，也不影响村人盖高楼的积极性。说白了，都是钱烧包，攀比心理作祟。白玉才走到自家的楼下，这是一幢两层小楼，现在由父母住着。白玉才还记得，当年楼盖成，是村里第一幢楼，鹤立鸡群。现在，后来者居上，让四周的高楼一比，这楼就是个小矮人了。

白玉才的小楼是建在旧宅的宅基地上的，原先是三间旧瓦房，拉开门就是巷路，楼起了，想围个院子的地皮都没剩下。他想过批一块大一点的宅基地，觍着脸送点烟酒，那一套他在城里并不陌生，可回了老家，他硬是不肯弯下腰。老二顾不了那么多，批宅基地就赚下个大院子。白玉才敲了敲铁皮大门，因为门前人来人往，他家的门平时总是关闭。其实大门不是铁皮，是正经的不锈钢板，这门是白玉才命电焊工特制的，结实，比电视广告上的防盗门还防盗。

十多年前的某个正月初一，也就是白玉才开着桑塔纳头回回藕节村的那个春节，那时他老婆常住在藕节村，女儿是留守儿童，春节团聚的欢乐让白玉才忘记了白天的不爽。看春晚看到半夜，鞭炮声一直到天亮不绝于耳，白玉才睡不着，回顾历程，展望未来，年轻的白玉才浑身充满干劲，他不顾岁末的辛劳，在老婆身上跨年耕耘了一番，方呼呼入睡。正睡得香，老婆摇醒他，他疲于应战，假装没醒，老婆说，你闻闻，这屋子里怎么有一股恶臭？白玉才耸了耸鼻翼，真是有股屎尿臭。莫非是床尾的马桶打翻了？不对呀，那时已住在新楼，楼里有卫生间，有抽水马桶。夫妻俩循着恶臭寻去，竟是源自大门缝隙，拉开门，天，两扇对开门上被人浇了屎尿。老婆哇的一声蹲了下来，白玉才说，不能哭，更别骂街。泼粪的人正盼着大年初一听我们家的哭声。白玉才毕竟在外见过世面，他指挥老婆配合自己卸下两扇门，一人一扇扛到水埠，想一想，又转身走到下游不远处，才放下肩上的木门。水埠是村人淘米洗菜的地方，别人做缺德的事，他不能做。两人洗掉了家里整整两袋洗衣粉，将木门漂了一次又一次，然后再扛回家。回家后，又用水龙头将门槛处反复冲洗，才敢归位。时间匆忙，尽管人们看春晚睡得迟起得迟，但老人们起得早，白家在路边，经过门口的人看得出端倪。更何况，拜年的亲戚遇见这种事，该作何解释？女人忍不住又哭，白玉才说，遇上了能不说破就不解释，说破了就实话实说，话说明白了，做这肮脏事的人才肮脏。你这一哭，那人的阴谋得逞了一半。老婆擦了泪，让他从上到下从里到外把衣服脱了，夫妻俩把衣服扔到了村外的河湾处，把晦气扔得远远的，回家洗头洗澡。天快亮时，白玉才睡不着，把后门的对联揭下，贴到大门上，焕然新过新年。

这究竟是哪个恶人做下的？

夫妻俩百思不得其解，当时弄不清楚，二十多年过去了更难弄清楚，但白总觉得，这事迟早得弄清楚。就是在那个春节，白玉才做出了搬离藕节村的决定，一去不返，决不回头。在城里打拼的这十多年，白玉才偶尔也会想到藕节村，但是每有这个念头，那股抹不去的恶臭瞬时便会涌进他的鼻孔，他眉头紧锁，厌恶陡生。

在本地，朝别人家大门泼粪，是一种不光彩的行为，所以是暗中行动。而被泼粪的人家，一般都强势，在台面上占上风。但被泼粪更是一件不光彩的事，脏了门面是一时，这种大年初一被泼粪，更是触了霉头，受一年的诅咒。不论是家中有人生病遭祸，还是生产生意走下坡路，这一年的不顺心都自然归之于这个源头。那一年，白玉才的心都悬着，任何一个陌生电话都能让他心惊胆战，每一个工程项目都谨慎小心。一直挨到又一年春节到来，人健康，事业顺昌，全家人在省城买的新房里欢聚一堂时，才算抹去了上一年留在他内心的阴影。

白玉才又在门上重重拍了两下，父亲才开了门，老人耳背。楼矮，路对面是一排五层的高楼，将阳光遮得严实，老两口坐在门前也晒不到太阳，干脆整天猫在屋里。这不是个长久之计，老二白玉明想过接二老过去住，他的楼高，空房间多，但父亲坚决不肯搬。不和老二一家凑在一起，也是明智，老二和老二老婆都不是省油的灯。楼空着，不妨碍人，楼里住着人，而且是上人，被别人家的楼遮了门面，白玉才觉得有碍风水。白玉才说，爸，真打算在村里住下去？父亲说，咋？白总想盖幢高楼孝敬父母了？白总苦笑，白玉才当然盖得起高楼，也有办法弄块好地基。可白玉才没想过在藕节村起楼，只想着逃得离藕节村越远越好，老爷子不是不知晓。但在这一点上，老爷子和村里别的老人观点一致，姑娘长得俊丑看脸，老板做得大小看楼。是的，你白玉才城里有楼，十几层的大楼，可藕节村的人看不见，等于没。

白玉才这趟回来，是参加侄子白宗仁的婚礼。本地的乡俗，儿子大婚，亲朋随礼之后在男方家连吃三天，女人忙得团团转，男人喝得天昏地暗。时代进步，条件好了，正日子的那顿晚餐挪到酒店，学城里人办婚礼，那顿才称为正式的婚宴。

回不回来参加侄子的婚宴，白玉才犹豫了好一阵子，他借口有要事走不开，父亲说，天塌下来你也要回来，这不是老二一家的喜事，是整个老白家的喜事。他挨了父亲一顿臭骂，才下定了决心，回吧。

二

周光荣在小王老师家遇见白玉才，已经是第二回。

小王老师大号王学文，是他俩的中学老师，因为他爸老王老师也在这学校教书，虽然是校长，但村人们喊惯了王老师，所以村里人一般称呼王学文“小王老师”。从前，藕节中学只有初中，村里的孩子读书很方便，一般人家的孩子，初中读完就了事。上高中，大人不费那个钱，孩子不费那个神。但后来上级要求藕节中学“戴帽”，戴完中的“帽子”，加上了高中，周光荣、白玉才们在藕节中学无奈多上了三年学。想不到有一天，乡下人口逐渐减少，人都奔城里去了。上面改了策略，先是撤了藕节中学的高中，接着搞学校合并，把藕节初中合并到镇上去了。村上周书记不服，与镇长争过几次，凭什么？为什么不能把镇中合并到藕节来？藕节，多好听的名字，节节向前，兆头好。本镇的大号确实不好听，叫鸭屎镇，镇中学叫鸭屎中学，闻起来不臭，听起来难听。镇长说，你有本事把鸭屎镇改成藕节镇，我服了你，也省得别人开口闭口喊我鸭屎镇镇长。周书记真的找人打听过，这么一个不文雅的地名也有它的出处，改地名还真不是他一个村书记能搞定的事。中学搬走了，只留下一栋教师宿舍楼。原来的教师宿舍是几排平房，每户两间，前面有一个小院子，院子里是厨房和卫生间。现在农村经济节节向上，学校搬走的前几年，学区的几个村书记在酒桌上碰头，拍板给中学的老师们盖宿舍楼，村校留不住老师，老师们惦记着往镇上、县上调动。乡下不就比街上少套公寓房吗？要说吃的喝的，这里比街上新鲜还方便；要说空气，这大湖边的空气可以拿到城市去卖钱。就这样，小王老师两口子住上了公寓楼，但小王老师还是想念原来的老平房。小王老师也退休了，夏天待在空调房，他却想念院子里樟树下的树荫。冬天坐在阳台上晒太阳，他嫌没有伸展胳膊和腿的场子。其实他那两条腿，有一个支点就够了，左腿瘸了几十年啦。当初分房子，小王老师教龄长，资历老，论积分可以先挑房，大家都以为小王老师肯定挑一楼，于他进出方便。可他却挑了三楼，金三银四，这道理谁都懂，但这道理不适合小王老师。小王老师说，我是瘸了一条腿，但我也不想瘫在轮椅上，这么多年来上三楼、四楼的教室上课，我拄个拐杖，也没让谁搀扶过我。我要三楼，是为了吕荷花，她怕蛇怕老鼠，以前住平房时遇见过几次，吓得魂飞魄散。吕荷花就是王师娘，这小王老师光顾疼婆娘不顾自个儿，也是佳话。

周光荣在外面闯荡了几十年，有一天忽然带着一位年轻女子回到了藕节村。起初村人以为那女子是他女儿，都传说周光荣男女之事懂事早，在年龄上估算也能生下她。后来那女子办落户时才明白不是，她是周光荣领证的老婆。从古至今，老夫少妻不稀奇，在城里发达了的男人离婚结婚的传说，如今听得让人耳朵起茧。但周光荣不像发达的样子，他没有起新楼，住在他父亲留下的旧平房里，只是简单做了粉刷。他不知从哪里捡来一些旧家具，灰蒙蒙的，有的还缺胳膊少腿，看不出新气象。回村时是坐出租车，说明没有私家车，后来倒是添置了一辆车，皮卡，前面拉人，后面拉货。外面回来的人，身条没有发福的少，周光荣依然是瘪肚皮，显然在外面没有混出名堂。那样一个年轻女子，模样好，能说一口好听的普通话，肯跟他到乡下来过日子，只有两种解释：周光荣诳女子的手段高明，或者是那女子脑子里少根筋。

周光荣第一次敲开王学文老师家的门时，小王老师并没有认出他，倒是吕荷花在客厅里招呼他，说，这不是周光荣吗？稀客，你怎么想起来看望王老师了？小王老师说，哟，原来是光荣，我这双眼睛，真的老眼昏花了。周光荣将带来的烟酒放在茶几上，屁股只有一半落在沙发上，双手拘束地握成拳。他的眼光越过礼品躲闪着看王老师时，王老师这才真的记起来了，这是那个叫周光荣的学生，课堂上他就是用这眼光看老师的。小王老师习惯了叫学生姓名时省去姓氏，以示亲切，做老师的一辈子至少也教过几千名学生，二三十年不见，认不出学生不算意外，好在王师娘先报出了学生姓名。小王老师究竟是不是忘记周光荣了？周光荣在心里嘀咕。但小王老师刚才绝对看错了周光荣，在别人面前，这周光荣一双眼睛流光溢彩，两张嘴皮灵巧伶俐，是王老师做梦也想不出的风流倜傥。

小王老师老两口有一个女儿，长得像她娘，成绩一直拔尖。女孩子长得漂亮，脑子又聪慧，读书嫁人就没父母烦心的事了。果然，这女儿读大学，读研究生，后来读博士读到地球另一边去了，嫁了洋人，在那边生儿育女，混血的外孙和外孙女煞是可爱。可人家懒得和外公外婆沟通，语言有障碍，也就圣诞节和春节跟中国的老头老太视个频，“哈啰”过后就是“拜拜”。据说女儿有心接他们过去养老，可王老师去过一趟后再不肯去，在那个国家，王老师语言不通，胃口不适，身体这里不通畅，那里不舒坦，回到藕节村，王老师通体康泰。金窝银窝不如自家的草窝，藕节村才是适合他养老的地方。只是两人年纪渐渐大了，岁月给王师娘刻下的印痕不多，据说她在打谷场上的广场舞大妈中，依然是一道风景，但王老师腿脚不便，疏于活动，小毛小病不断，离不了人照应。周光荣虽说是王老师的学生，其实只小他四五岁。但到了一定的年纪，一岁就是一岁，一岁就是三百六十五天呢，更何况周光荣打年轻时就讲究体面，注重形象，更何况算起来他小王老师好几个三百六十五天，两人坐一起，看上去学生还像个学生，老师看上去真是个老人了。周光荣回藕节村后，得空就过来陪老两口喝茶聊天，偶尔还留下来陪王老师喝个小酒。

白玉才敲开王老师家的门，是周光荣开的门。楼道暗，白玉才又戴着老头帽，背着工具包，周光荣说，你找谁？找王老师？白玉才压了压帽檐，低着头说，水电维修。周光荣把白玉才放进了门，还给他取了一双塑料鞋套。白玉才进城后养成了一个习惯，开口之前打量对方，察言观色。要了解一个人，在正经场合难，那场合大人物小人物都装，只有在神经松弛下来时，人才是本真的自己。当初进城盯项目接工程，后来接触大老板大客户，白玉才都是先做好情报工作，花几天时间跟踪观察目标，有时候追踪目标上菜场或者遛狗，都能让白玉才琢磨出对付他的门道。就是对待手下的人，白玉才也有意无意地观察他们。公司里有人说过，白总脑后也长着一双眼睛。有一次公司招人，这年头年轻人有学历，有各种各样的证书。白总拍板定下的却是一位学历最低、证书最少的应聘者，一位面相老实的小伙子。那小伙子自己都不相信，天上掉馅饼正好砸自己头上。其实原因很简单，面试结束，所有的人离开会议室后，这位小伙子没有马上走，而是默默地整理桌椅，关门关窗，而这一切恰巧被在走廊上接电话的白总看到了，他喊住小伙子，说，你这人我要了，明天来报到。白总听过名人讲座，名人说，细节决定成败，性格决定命运。

白玉才是水电工出身，当初进城打工，大多数人干的是泥瓦工、木工，他是高中生，水电工似乎与科学知识近乎一些。他的选择没错，他干着干着喜欢上了。即使后来做了老板，他的手艺也没荒废，他的家中，他的办公室里，包括他的小车后备厢里，永远都有水工和电工工具，还有分好类的备用器材。公司办公室和家里水电上的小毛小病，白玉才是手到擒来，哪怕是换个水龙头、上个保险丝，白总也很有成就感。白玉才到小王老师家来，每次都背着工具袋。他们虽说搬进了新楼，水电都是新的，但白玉才一眼就能看出材料的好坏、使用寿命的长短。第一次来，白玉才就将厨房和卫生间的电开关、水龙头都换了。城里人讲究装修，零部件都会换品牌货，开发商多数是用伪劣品糊弄。可在乡下，尤其是中老年住户，普遍舍不得换掉，出问题是常态。王师娘毕竟是女人，而且上了年纪，王老师呢，行动不便，上高下低都不方便。人老了，家中需要年轻人，这王家女儿女婿远在天边，嫁出去的女儿真成了泼出去的水。认真来说，王学文在学生眼中的形象并不高大，他对学生时代的白玉才也没有特别关照。但他爸是老王老师，白玉才在老王老师离世前有过承诺，照顾好这一家。白玉才这种男人，吐出的唾沫星子也落地成钉，他把为王家出钱出力视为职责。老王老师埋在茅儿山的高冈上，白玉才每次去他坟前看望，心里都不慌张，人在做，天在看，他相信老王老师一定也看得到他的所作所为。白玉才回来的次数少，间隔时间长，每次来小王老师家都能找到活干。忙活完屋内，他转移到阳台，王老师和周光荣一左一右坐着，吞云吐雾，谈天说地，阳台的下面就是中学原来的操场，视野开阔。白玉才往方儿的茶壶里加水时，王老师说，什么水电工，我就知道来的是你。白玉才无声地笑了。周光荣认出了白玉才，立起来说，哎呀呀，失敬失敬，居然没认出白总白大老板，有眼不识泰山。周光荣这家伙，白玉才在门口就认出来了，小帅哥变成了老帅哥。他穿着随意，但发型时尚，一侧头发是短楂贴肉，另一侧头发长如垂柳，而且阳光下硬是找不出一根白发。白玉才说，周总，稀罕，你也来看王老师？周光荣说，白总这话说的，王老师是你的老师，也是我的老师，你能来看，为何我不能来看？白玉才说，王老师，师娘去村里串门了？王老师说，是哩，她喜欢跟村里的娘们扎堆，有人陪我聊天，她就奔赴解放区了。

王老师家客厅的墙面上，多了一幅画，兰花，白玉才辨认了好一会，落款是一位名为“芭蕉”的人。白玉才没听说过这名字，这难不倒白总，他拿出手机，输入“画家”“兰花”“芭蕉”三个词百度，条目上出现最多的画家名字是“白蕉”，看来是他认错了字，他用手机拍了一张照片，在屏幕上放大，果然落款名是“白蕉”。原来还是位老本家，老花眼了，白玉才的办公桌、床头、马桶边都放着老花镜，却不好意思出门架在鼻梁上，怕人家笑话他装文化人。王老师家这幅兰花十有八九是周光荣送的，白玉才在手机上搜了一下白蕉作品价格行情，这个尺寸怎么也得五六万。白玉才心里嘀咕，就凭周光荣这家伙的德行，这幅画八成是赝品了。

白蕉白蕉，这名字听说过呀，白玉才陡然想起，这白蕉，这位老本家，自己其实早就认得，缘起周光荣。人没真的老，记性却真的差了。

白玉才最近一次与周光荣交往，也有八九个年头了，周光荣那时是省城一家艺术品拍卖公司的老板。不知从什么时候起，商人都喜欢收藏艺术品了。送银行卡，人家拒收，实名制了。送现金，人家也拒收，俗，而且，谁知道是不是挖的坑等人跳呢？这真的是为难白玉才这帮老板。好在世上无难事，只怕有心人。白玉才高中毕业，也花钱读过MBA，当初读这个班是为了扩大人脉，但毕竟还是去听过几节课，在课堂上多少受到一点文化熏陶。白玉才本来是个细致的人，活着的书画家、死了的书画家，他在手机上认真学习一番，虽然分不出水平高下，但基本上能摸清他们作品的价位。白玉才心里清楚，很多说爱好艺术的人，与社会上那些脖子上戴大金链子、手指上套玉扳指的人其实一个档次，看上的不是字画，是字画的价格。包括王老师，也未必不是附庸风雅。但是，风潮起，由不得他不追风，想把生意做大，就必须投“人”所好。就在那几年，顺应市场，几十家艺术拍卖公司雨后春笋般在省城涌现，他们这帮老板在一起开口张大千，闭口林散之，人人学问高深。白玉才是在周光荣的一次拍卖会现场偶遇了老同学。周光荣那几年应当大发了，拍卖场的赚头大得吓人，有人被一张赝品骗去百万千万，也就有人轻松赚了百万千万。俗话说，只有买错，没有卖错。周光荣等于是只赚不赔的庄家。只不过，三十年河东三十年河西，几年后中央出拳反腐，行贿之风刹止，艺术品市场一落千丈，这周光荣应该是金盆洗手了。要不，也不会在王老师家遇见。

就是在那次拍卖会上，两人结下了疙瘩。周光荣的拍卖会场设在五星级酒店，场面宏大，拍卖师是一位普通话动听的妙龄女子，两侧是着旗袍满脸笑容的礼仪小姐，投影屏幕在当时是个新鲜玩意，清晰且色彩鲜活，场内坐的是领了牌号的嘉宾，白玉才也花五万领了一个，这五万相当于押金。白玉才坐在一个不显眼的角落，周光荣的眼睛如同扫描镜头，所有的来宾都不会放过。白玉才埋头翻阅拍品画册，这画册纸质硬朗，印刷精美，是拍卖公司的门头，拍客先见画册，后见真品，拍卖公司当然不惜代价。有暗香袭来，惯于出入娱乐场所的白老板并不陌生，抬头，是一位西装衣裤挂工牌的姑娘，说，我是周总的助理，周总请您拍卖会结束后共进午餐。主席台上的周总有些遥远，面目不清，白玉才打开画册前的拍卖公司简介，照片上这周总不就是藕节村前村的光荣吗？人模狗样，我还不知道你衣表下面什么模样？不过，想想也是，自己如今不也是这种腔调？人前人后白总白董忽悠人，其实也就一农民工。

三百六十行，行行出状元，像白玉才这种做工程做成老板的农村人不少，但周光荣做的这行是冷门，能做到这阵势倒真稀罕。白玉才应下了周光荣的午餐邀请。因为下午还有两场拍卖，午餐其实从简，连酒都没上，周光荣说，我要上了酒，过后肯定有人说，老周是存心让大家喝高了，头脑发热，举着牌子往高处叫价。听介绍，那一桌人都是业界大佬，介绍白玉才时，周光荣说，这是我打小掏裤裆的朋友。白玉才说，发小发小。读初一的时候，白玉才倒真被周光荣掏过裆。那时候中午学校要求午睡，同桌的人一人睡桌子，另一人只能睡条凳，轮流。那天白玉才大概上午辛苦，午觉睡得香，醒来，看见两边有大眼小眼瞪着自己，捂嘴窃笑，白玉才判断，自己并没有从凳子上掉下。曾有同学掉在地上还能继续睡，成为教室一景。他想从凳上起身，才发现裆下有牵扯。抬头看，原来有人把他的小鸡鸡系住了，另一头系在凳腿上。男生们的笑声快要掀掉屋顶，女生们全都笑趴在课桌上。这就是周光荣当年干的好事，好在那时候生活条件差，小男生发育迟，裆下并无甚风景。周光荣挨了老师一堆臭骂，被斥为“流氓行径”，大伙很快就忘记了这一出，到如今恐怕只他白玉才一人还记着。此刻这糗事当然上不了台面，桌上有女宾在呢。饭后，周光荣说，多年不见，我们去你房间坐一会儿。白玉才说，我家就在这附近，开房间做甚？看来你开房间成习惯了。周光荣也不分辩，让助理送了一个房卡过来。原来，凡是VIP客户都安排客房休息，只是白玉才算新客户，不在范围内。这周光荣开个拍卖会，场面铺这么大，还真有气魄。舍不得孩子套不着狼，羊毛出在羊身上，这些道理人人都懂，并不是人人都敢作为。白玉才想买画是还个人情，有一甲方领导帮过白玉才一次忙，钱不收，礼不受，拒腐蚀永不沾，油盐不进，这对乙方来说并非省了银子，等于告诉你，仅此一回，再无下例。江湖上传出去，会说白玉才不厚道，绕着你走。终于打听到，此领导有这样一个艺术爱好，白玉才从这道缝隙里看到了亮光，才有机会遇见周光荣。落座，白玉才挥了挥手中的拍卖画册，说，咱老弟兄，你实话实说，这里面有多少真货？周光荣说，真货假货，我说了不算，专家们说了也不算，央视上鉴宝专家也有看走眼的。白玉才说，那谁说了算？周光荣说，买家自己的眼缘说了算。这话半真半假，等于提醒白玉才这行也是山高水深。不过，周光荣还是教了白玉才几招，做封面封底的字画没人敢用赝品。白玉才仔细一看，起拍价位都在千万以上，买不起，也用不上。周光荣说，说明文字中注明收入出版社书籍中的作品，可信度高。今天周总是忙人，只一会儿，助理打电话喊走了他，白玉才按照周总的第二种说法，找到了一幅山水，入过书，价位适宜，就是它了。

白玉才拍下了这幅山水画，作者名气不大也不小，名字就是白蕉。周光荣盯着那幅画，白玉才希望能听到他的评价，周总笑着对他说，你是头一回，你该交的那份佣金就免了。白玉才打听过，佣金是百分之二十，卖家、买家各百分之十，算下来，也就万把块钱的事，但肯说出来也是给他脸面了。白玉才说，这回听你的，下回可不敢再这样，你这么大的开支，花钱如流水，有出得有进。哪里还有下回？甲方那领导收倒是收下了，白玉才的一颗心也算放下了，想不到几个月后，这位领导出事了。现在反腐抓得紧，出事的官员隔三岔五。这位官员声名远扬，不是数额大，而是他收藏和受贿的艺术品，经专家鉴定，百分之九十是假货。那些赝品被人传到网上，其中就有白玉才送的那幅山水。其实除了检察院专案组的几位同志，没几个人知道这幅画是白玉才送的。在配合调查时，白玉才的脸火辣辣地痛，他恨不得找个地缝钻进去。打他脸的当然不是穿制服的同志，是周总周光荣。

白总去找周总，周总拍卖公司的办公室白总去过一次，上次是去喝茶，这次是去讨个说法。

去之前白玉才是做了功课的，那幅同名山水画确实入过画家的画册，白玉才在网上做了搜索，也看不出有什么不同。白玉才阴着脸，周光荣依然笑容满面，沏茶，递烟。周光荣接过白玉才的手机，将画面放大，说，有一处不对，你看，这书中画上的桃子长在树的左枝，你那画上的桃子长在树的右枝。不过，这也说明不了什么问题，画家有时候会画十几张相同的画，质量有优劣，构图大小有变化也正常。周光荣眯着眼，又对比了手机中的两幅画，说，问题出在这里，这两幅画上的题诗居然一模一样，连一个笔画都没变化，明显是套印上去的。你想想，让你把一句话写两遍，你怎么做得到笔迹完全一致？周光荣又说，有一位鉴定大师，传说他看画，展画不必盈尺，就能判断真假。我向他讨教，他说，其实，他是看落款的字迹和印章，辨字比辨画易。

周总给白玉才上了一课，敢情他以为白玉才是专程来拜他为师的。

周总说，当然，也怨我那天忙，没替你找到画家的画册，没替你掌一下眼。

白玉才听说过，做这行的人都得交学费，有的人一辈子都在交学费。周光荣说，反过来，你那画是赝品，也是一件好事，那官员受贿数字减少，量刑就少。凭这一张废纸，也不能算你行贿了。这话倘是别人说出来，还算句宽心话，但是从周光荣嘴里吐出来，白玉才听了不舒服。周总坐在他的红木官帽椅上，吐出一口烟，那烟袅袅升向天花板，飘出去很远。周光荣根本不在乎白玉才脸上的不悦，周光荣的这副嘴脸白玉才似曾相识，多年前那次闯祸后，白玉才惶惶不可终日，周光荣却嘲笑他窝囊，他劝说白玉才远走高飞，不成，就在他课桌上贴了一张纸条，说只能独自“潇洒走一回”，不辞而别。

白玉才有一回跟小王老师聊天，聊到他与周光荣做的这唯一一笔字画交易，心中依然愤愤不平。十几万块钱，在那时的白老板眼里算不上个大钱，看当时周光荣的做派，也不算个大钱。为什么他硬是眼睁睁看着发小往坑里跳，也不拉一把？王老师说，因为这坑就是他挖的呀。王老师说，当然，我只是猜想，人心未必那么险恶。那幅画未必是周光荣自己的东西，也有可能是从画主那里征集来的，他只收拍卖的佣金，你说过，人家已把自己的佣金让给你了，看人还得朝光亮处看。再说，这年头，孰真孰假？谁的话能相信？专家昧良心说假话的比比皆是。光荣说得没错，买对买错不重要，重要的是人与它有没有眼缘。喜欢它，它就是真；不喜欢它，真也是假。王老师的一番话，白玉才似懂非懂，但也隐隐觉得，其中有一番道理。

这么说，王老师墙上的那幅白蕉的兰花图，在王老师眼里，真假并不重要。

白玉才搬了一张方凳，也在阳台上坐下。三人抿茶，无话。中国人喜欢封闭阳台，屋内屋外隔着玻璃隔着纱窗，不说话，阳台上十分安静。

王老师打破寂静说，玉才，最近又添了什么新玩具？展示一下你的西洋景。

白玉才来了兴致，说，刚进了几件，德国货，可厉害了。

白玉才打开工具箱，工具箱里的工具色彩缤纷，每一样工具都妥帖地卧在凹槽里，仿佛鸟儿栖在鸟窝。白玉才做水电工出身，与扳手、钳子、电钻这些工具打了几十年交道，摆弄越多越喜欢。白玉才将几个零件组装，变换出不同角度不同尺度。德国人设计的机械工具富有人性化，细节到位，白玉才演练了几下，周光荣也不由得啧啧称赞。白玉才说，前两年闹“五十肩”，胳膊举不起来，心想这下子不能动手了。供应商替我进口了一套小机械，组装了一下，我不用举臂也能凿孔切管，可灵活了。

王老师说，原来你们也早年过半百，怪不得我垂垂老矣!

周光荣说，老师别谦虚，这年代，日新月异，我们没空去想老不老的事。

三

白玉才回到家已是四五点钟，父母和老婆都去他弟弟玉坤家了。父母惦记着抱孙子，老大生的是女娃子，老二生的是带把的孙子，老两口心里那碗水不由自主偏向了老二家，孙子白宗仁才是白家传宗接代的希望。孙子结婚，当爷爷奶奶的早就急吼吼地盼，喜日子到了，老两口在家哪里坐得稳？白玉才只是没弄懂，明明妯娌间面和心不和，老婆这回倒弃了芥蒂，一头扎进老二家去凑热闹。

这小楼只上下两层，那年代起楼不讲究，房间方方正正，阳台兼做走廊，厕所和洗浴都放在楼梯间，进出不小心就会磕着脑袋。父母没回村时，白玉才回来都在县城住宾馆；父母回村后，白玉才只得重新把房子打理一下，不仅为父母，也是为了老婆和女儿。按乡下规矩，过年时晚辈必须和长辈一起守岁，白玉才是老大，必须随父母过除夕。白玉才起势时名义上是老板，其实在工地上也是风里钻泥里踩，闭上眼就能打出鼾声，可那对母女不适应了，听说回老家就皱眉头。白玉才将楼里的空调热水器换了新的，又装上地暖，装饰一新，人家嘴上才不嫌弃。白玉才打量了一眼堂间，自己也觉得这房子落伍了，开间太小，层高不足三米，铝合金窗框已经变形，毕竟造这房子时他手头还不宽裕，处处都遗留下小家子气。不说与他城里的别墅比，就是与村里的邻居比，明显相形见绌。因为那件事，他不愿再和藕节村的人纠缠在一起。这块土地上，唯一能给他温情和力量的人已经远去。在藕节村，白玉才有两个父亲：家庭中的父亲生硬木讷；老王老师在他内心里被默认为是另一个父亲，精神父亲。考学、就业、婚姻大事等等，都是老王老师替他拿主意，可是，老王老师在白玉才城里的事业起势不久，就撒手西去。白玉才遇事焦虑时，会驱车绕过村庄，直奔山冈上老王老师的坟茔，默默坐上一会儿，心里有了主张，才起身回城。白玉才总能从小王老师的身上找出老王老师的音容，有莫名的亲切感。

手机铃声响起，他看了一眼来电显示，是老二，他调成静音，不接。

手机荧屏再一次亮了，他用不着看，就知道是侄子白宗仁，当侄子的一直觉得在伯父这里，自己的面子比父亲要大。

手机荧屏又一次亮了，这次来电显示的是小王老师。他不能不接电话了，再怎么说这是老白家办喜事，客人催促主人，白玉才已经失礼。他慌忙说，王老师，我就在院子外边，马上进屋。多年生意场上应酬，谎话脱口而出已成习惯，好在老二家的房子走过去就百十步的事。

按习惯，不是婚礼的正宴，酒菜可以马虎一些，村人有别的事也可缺席，但是老二家要面子，酒是电视广告上的那种，菜呢，二十四道冷热菜一样不少，桌上搁的烟红彤彤的，大红色喜气。主桌在老二家一楼的大厅，两张方正的八仙桌，尚有四桌摆在院子里，当然不够，还得借用邻居们的客厅和院子，来吃饭的人多多益善，送一块钱是贺礼，送一万块也是贺礼，来的都是客。乡下的礼数，肯落座提筷子的人是看得起你。这是真正的流水席，酒客们可以从日出坐到日落，喝醉后被家人背回家才撤席。早就传说白家老大今天回来了，村上的书记和主人都来吃席，这可不是一般的面子，干部们通常只肯参加正宴，这面子给了白家老二，其实是冲着白家老大。村上的这位村书记也姓周，是个年轻的外地人，他的口头禅是，他与藕节村的周姓三百年前是一家。村书记看上去最多三十出头，穿着与白总公司里的小年轻一样新潮。这位村书记曾经到过白总公司，给白总留下的印象不错。村书记读过名牌大学，有知识有文化。白总难以理解这帮大学生村官，一肚子学问，乡下年轻人都往城里奔，他们却从城里往乡下跑，图什么？对来做客的领导，从县领导到村领导，白总的原则是热情接待，保持距离。他的几家公司都在老家注册，是本县的纳税大户，白总也算对老家做出了贡献的人，除非是私交特别好或者资历老的领导开口，他才会表示个意思。像村书记在他面前，开口的机会都难找到。从乡村走进省城的成功老板，也有欣欣然回老家投资的，但都没落下好口碑，赚钱了你是为富不仁，亏本了是家乡人世世代代的笑柄。对干部们白总尊敬，敬而远之。除了村书记，坐这桌的都是村里的头面人物，村主任、王老师，还有几位做出点名堂的小老板，只有一位看上去面熟，白总一时想不起这人是谁。离开藕节村毕竟很多年了，认不全村里的后辈也正常，白玉才心里没在意。三杯共饮酒结束，开始单独行动，作为主家的老二端起杯敬村书记，感谢领导赏光。这是城里场面上的规矩，老二在城里待了那些年，把这学到家了。村书记却拦了，说，今天是喝你家白宗仁的喜酒，应该我先向两位长辈贺喜，白总是大伯，我先敬大伯。白玉才坐不住了，站起身说，大伙听我一句，咱们今天都在藕节村，乡下狮子乡下跳，老规矩，我们都序齿论辈，王老师长辈，我们先敬王老师。村书记欣然响应，说，好，听白总的。按年龄大小，书记就落到后面了，这位年轻人能伸能屈，懂得谦让，是个讲究人。白总顾不上推敲，酒桌上已掀起了第一轮敬酒热潮。刚进城那些年的酒场，白玉才总是率先敬酒，以干为敬，用杯沿垫高别人的杯底，这是必须的，他有求于人才请别人喝酒呀。渐渐地，白玉才在酒场不需要亲自冲锋陷阵，有下面的人打头阵。再后来，居然习惯了别人向他敬酒，这是别人有求于他了。他曾经在酒醉后指责客人不给自己面子，我满满一杯干了，凭什么你就只肯抿一小口？分明看不起人。人家不辩解，也就一笑。白玉才酒醒了才骂自己，你凭什么要求别人看得起你？就凭那几句酒话，一顿酒白请，还把人家得罪下了。轮到他坐贵宾位，别人轮番敬酒时，他也只敢沿着杯沿小啜一口了。他明白了坐贵宾位的难处，能坐这位置的人，一般都过了酒场拼杀的年龄，更重要的是，保持清醒的头脑，有利于观察人，把握状况。在老家的酒桌上，白玉才完全可以放纵一下，一醉方休又如何？只是他并不贪酒，已经习惯做酒场上的看客。

酒桌上还有一个人酒杯没怎么动，白总发现这也是位以静待动的人。现在的人不论男女，穿着打扮分不出城里人乡下人，正负十岁内看不出谁大谁小，白总细看他额上的皱纹，这人不算年轻人，可能也有四十出头了。但按年龄论，他怎么也应该频频敬酒，除了村书记，酒桌上谁的年龄都在他之上。白总正寻思着这人，这人仿佛看透了白总的心思，端着酒杯走到了白总身后，他倾身说，白总，我敬您。这在酒场上称为“打的敬酒”，指离开座位专程前往敬酒，表示敬重对方。这人将杯中酒一饮而尽，白玉才正考虑是否也要喝干，对方说，白总，您随意。白总顺势下台阶，留了半杯酒。这人说，白总，您真的认不出我了？贵人眼高，我是周上财呀。

白总终于将人与名字对上号，说，是周上财，失认失认，现在应叫你周总了不是？

这周上财变化也太大了吧，原先是根芦柴棒，现在看上去像块三明治了，腰上的肉把冬衣给撑圆了绷紧了。进城打拼的年轻人都有过这条坎，抽烟喝酒吃大餐，钱没赚着，把肉先赚下了。白总高峰阶段体重也达到了一百六十斤，那一年被忽悠上了总裁班，花六十万买了张文凭，都说那张纸不值六十万，同学们的人脉价值超过六十万，白总没感受到，他在那班上最大的收获是减肥。同学们都不差钱，品牌穿戴都不稀罕，周末聚餐买单得排队。以前都说人靠衣裳马靠鞍，现在这说法改了，衣裳再好，没个好身条还是不入流。几万块一件的名牌，裹着一堆肥肉，一眼就看出是个暴发户。这是白总最不愿听到的词。就在那时，白总跟着同学办了健身卡，迈开腿，管住嘴，一年脱掉了二十斤肥肉。最重要的收获是，白总成长为一个自律自强的男人，行事果断，作风硬朗，让他女人都惊讶，说他上那学校，书没见他读几本，人是变讲究了。在城里看老板大小，不以肚子大小分高低；在乡下，肚子大小与财富还是成正比例，这周上财看上去是发财了。

周上财说，白总笑话我，混口饭吃呗。说起来还是托您的福，您是我的贵人。

老二插话说，就是周总和我合伙，办了爿窑厂，生产外墙砖，生意都在这方圆百里范围。

大约十年前，周上财是白总公司的仓库保管员，说是保管，其实也负责进库和发货。这一摊当时归老二白玉明分管，白玉明当时是公司副总。白玉才难得去仓库现场。那天不巧，他路过此地，顺便过来看一眼，在门口遇到周上财。其实如果周上财不喊他，他也不会停下脚步。听到乡音喊他白总，他知道是本公司的人，也挥手招呼一声。那人转身抬腿跨上自行车，那自行车骑得歪歪叽叽，白玉才觉得奇怪，盯着那背影看了一会，看出了问题。正是秋天，那人穿了一件夹克外套，肩窄，腿细，肚子却肥，后腰鼓鼓的。白总苦苦地思索那小子肚子为什么发福，他想起当时时兴的一种运动，呼啦圈，那小子当然不会套个呼啦圈下班。白总恍然大悟，他腰间绑的是电线，是仓库里的电线。家用电线常见的规格有1.5平方、2.5平方和4平方，6平方线一般用于入户主干线。白玉才找到值班保管员，打开电线仓库，电线堆积如山，有纸盒规整包装的，有裹塑料布卷饼简装的。白总拆了一简装电线饼，掂一掂，是1.5平方规格，最细的那种电线，白总开始往腰间一圈接一圈盘，盘到肚子明显凸出了，他用钳子夹断，将电线一圈圈解开，用卷尺测量，竟有二十五米。国标电线长一百米，进价一千五一饼，也就是说那小子每四天就偷公司一千五百块，而且他腰那么细，可以比白总绕更多圈数。白总问刚才下班的那位姓甚名谁，待在一边的那位保管员说，周上财，您老乡。

白总说，别声张，他家刚盖了楼，缺线，等捎足了他就手脚干净了。

白玉才首先进行了自我反思。严格来说，仓库的管理当时有些混乱，公司业务已发展成两块，一块是经销水电材料，另一块是承接水电安装工程，老二总是说没问题，让他放一百个心。但显然是糊弄他，保管员这一关就没把好，这是监守自盗。如果这样的偷盗漏洞不堵，那么倘若保管员和施工材料员联手，施工工地要多少给多少，多发的材料不是被浪费扔在工地上，就是被工地的人员偷偷卖掉。而盗卖公司材料的事情曾在别家工地多次发生过。白玉才越想越可怕，当时他的公司员工有一半来自老家，不是沾亲带故，也都是熟面孔。像仓库传达室看门大爷，即使看出了周上财的鬼把戏，熟人熟面的，也拉不下情面，毕竟都来自藕节村，在这里早上不见晚上见，回了村一辈子都见面。这事当然得追白老二的责，是老二分管范围。老二的耳朵削得尖，听到风声后主动来找老大。他左手拎了一瓶白酒，右手拎了几盒熟菜，盐水鸭、猪头肉，还有花生、豆之类，以前也常这样喝一瓶，当哥的在外面打天下，吃了瘪受了辱，兄弟俩当晚把一瓶酒干了，第二天太阳出山，白玉才又是精精神神一条好汉。

可这回不是外患，是内忧，而且就是老二手下出了内贼。

以前兄弟俩喝小酒，说话少，埋头吸溜酒。酒瓶见底，兄弟一拍两散。那时候白总酒量尚可，有人说酒量是练出来的，喝的次数多，酒胆就练大了。白玉才恰好相反，喝酒的次数越多，酒量却越来越小。就像他开车，年轻时开个桑塔纳，横冲直撞，田间小道也不减速，现在二十几年的驾龄了，偶尔亲自开回车，开的是自动刹车的豪车，也只敢开出蜗牛速度。

白总越活越谨慎，也与周上财这事有关。乡下人进城，抱团打拼，这是创业初期，一旦有了成就，哪怕只是取得了一点业绩，也就有人打自己的小算盘。历代开国皇帝建国后要收拾人心，他这个小小的公司这才走了几步，人心就散了？

老二直言不讳，说，饶了周上财吧。咱爸说过，大饥饿年代，咱爸在生产队的红薯地偷挖了一口袋红薯，周上财的爷爷是看秋的民兵，睁只眼闭只眼让咱爸逃了，爷爷奶奶爸爸才有了活路，才会有我们兄弟。

这事白玉才也听他爸爸念叨过，记恩是那茬乡下人的美德。

老大不吭声，抿一口酒。老二只得继续说，哥呀，那时一袋红薯，救的是一家人的命，可比周上财偷的那点电线贵重。要摆在那年代，咱用今天的公司去换那袋红薯，你也不会犹豫。

白玉才听不下去了，老大骨子里是个认道理的人，老王老师说过，真理越辩越明。白玉才跟外人讲道理，讲不通时在心里自己跟自己讲道理，现在需要跟亲兄弟讲道理了，白玉才觉得苦涩，但又必须打开窗子说亮话了。

老大说，这是两回事。

老大说，周上财的爷爷于我家有恩，不假，所以当初他才能进公司。但同样是偷东西，咱爸那是生活所迫。偷，则一家人生；不偷，则一家人可能饿死。人首先得活着，然后才谈得上礼义。而周上财不同，我给他一份工作，给他开工资，吃饱喝足，再回头偷我的东西，这不可原谅。老二，此人不能留。

老大说，他偷了多少东西，我不再追究，不让他赔偿我。人走，事就了了。

事情并没能了了，反而越撩越大。白总让财务部去查仓库的账目，会计回来，说，二舅的账本清楚，没有问题。白家老大老二并没有这么个亲外甥，算起来该是八竿子打不着的亲戚。老家人都喜欢攀亲戚，有时候公司开会，管理人员坐下开会，他姑他舅他大爷，弄得像是过年亲戚团拜，那乡音让白总听了头晕，他强调过几次，上班时间请讲官话。不会讲？那至少撇个调调。可是没有几个人当真，最多在他面前时拿腔拿调装一下。会计的眼光不是朝着他，而是朝着地板，白总明白了，这家伙根本不敢查仓库的账本，或者说老二根本就不让会计查账本，甚至仓库的账目从来就没被清查过。材料库的那点流水账，对白总而言是小菜一碟，只是当哥的去查老弟的账，他心里别扭。白总是一个人去仓库的，周上财居然还在，白总喝着他沏上的茶，好像什么事都没发生过。周上财从柜子里拿出整齐的账本，纸质挺括，字迹工整，白总只看了一眼就合上了。进库的实物账，是站在门口一边点数一边记账，现场的实物账本字迹不可能如此工整，还有，纸面也不可能不沾灰尘，这账本明显是“做”出来的。白总重新打开一本出账，领材料的签字人名不同字迹一致，且那支签字笔笔墨几年如一日，人换过，笔却不曾换过。分明又是“做”的账本。用不着问，做出的账本后面必定隐藏着见不得人的账本，白总将仓库所有人员召集，没有人承认有第二套账本。白总无奈，留下了传达室白爷，按辈分白玉才得叫他爷。白爷说，进材料时就在传达室门口小黑板上计车数，有时就找根树枝在地上画数字，仓库可能真的没有什么账本。白爷说，老大，你既然来查账，我就实话实说，卡车装货进来，进的车数我在心中记下，出的车数我也记下。可有的车进来只是绕一个圈，走了，走的时候那轮胎还是扁的，跟进库时一个样。白总说，有这事？白爷说，这种事我可不敢睁着眼睛说瞎话。白总沉吟了一下，说，这话你没说过，我也没听说过。谁叫他是我弟。白爷朝他竖大拇指，说，老大，你仁义。

他没有主动找老二，是老二找上门来。白玉才在公司食堂简单吃了饭，一般情况下，他喜欢在自己公司的食堂用餐，食堂的厨师是他从老家请来的，做菜对他的胃口，辣，咸，口味重。老婆进城后提醒过他，到年纪了，辣对肠胃不好，盐吃多了容易得高血压，可白总嘴上答应，嘴里还是惦记着，一个星期不吃食堂的菜馋得慌。老二敲门进来的时候，他的茶几上还摆着一盆尖辣椒，是他从食堂顺手捎上的。老二酒气汹汹，老二的酒局不少，材料商请他，施工员请他，销售员请他，连卡车司机都请他喝酒，巴结他。他的酒量练大了，酒胆也练大了，他用食指指着他哥哥的鼻子说，哥，你今天去仓库查我的账了？你什么时候进的什么时候走的，我清清楚楚。白总说，我查出了什么，才是你应该弄清楚的事。老二说，你查出了什么我不感兴趣。省得你辛苦，我坦白告诉你，少了的那些物资，是我私下卖掉的，我换酒喝了，反正那些东西肥水没外流。白总说，从我的口袋里流到了你的口袋里，流到了周上财的口袋里，怎么不是外流？公司是我的，不是你的，亲兄弟，明算账，你是你，我是我。老二气急败坏，说，原来你早就把账算得清楚，找周上财不过是借口，清算我才是你的目的。

白总说，我这样难道做错了？你没有做吃里爬外的丑事？

老二说，哥，我今天再喊你一声哥，你不就生了一个女儿吗？你要那么多钱做什么？村里人早说过，你挣再多的钱将来也不姓白，都是替他人作嫁衣。老白家的将来不在你那里，而在我这里，我儿子白宗仁才是老白家传宗接代的人。你松松手，让我们村上人都捞点好处有什么不妥？

这一番话让白总说不出话来，这想法不是老二一个人有，差不多是村里所有人的想法。白总说，老二，你说得对，谢谢你提醒了我。那我还在城里折腾做什么？还办这公司做什么？从明天开始，咱们公司彻底清算，咱都卷铺盖回老家去。

四

周上财说，托你家白总的福，我俩经营个小作坊，开了一爿面砖厂。

白玉才没听明白，见老二点头，他才醒悟。这白总不是指的自己，老二在自己公司时，人称二白总，老二离开了老大，另一个白总诞生了，“二”字就不再压在头顶了。老二办这面砖厂，老大当时有耳闻，曾经在老爹面前嘀咕过，外墙贴面砖，看上去亮晃晃，但日晒雨淋，免不了会坑坑洼洼，破了脸面。再说，把个外墙贴得像卫生间似的，有多少人愿意？我走过国外很多地方，没见过把瓷砖贴在外墙显摆的。白玉才希望老爸能把这话捎给老二，不知是老爸没捎过去，还是老二铁心了要办这厂，他这面砖厂还是办起来了，而且是和周上财合伙的。看样子办得还有起色，这附近的村庄，尤其是藕节村，一半以上的楼都贴了外墙砖，应该是老二面砖厂的产品。白玉才不敢谈论周上财的人品，鱼找鱼，虾找虾，乌龟找王八，物以类聚。但是看到一幢幢高楼，贴成了一个个巨大的卫生间，这怎么看也不应该是社会主义新农村长成的模样。老二的臭脾气，你不能强扭，只有等真撞了南墙才会回头。

白总说，周总有能耐，有句话怎么说？金子在哪里总是发光的，我看这附近十里八村，被你们照耀得光芒万丈了。

村书记插话说，能坐在这一桌的，都是藕节村有能耐的人，是给我和村主任挣了脸面的人。我有个想法，白总啊，您也该常回家乡看看，指导一下我们村的经济建设，最好，最好当然是来咱村投个项目。

周上财说，周书记，你就别动这个脑筋了。人家白总，家大业大，在大城市发达，哪里能看得上村里这点小场子？咱喝酒，打住吧。

白玉才知道这一唱一和是激将法。也许，这周总，包括老二，确实不欢迎他白玉才回老家插一杠子。酒场上说酒话，白玉才不能当真，笑着说，周总说的前半句不敢当，后半句我赞成，今天喝的是我侄子的喜酒，大家喝酒喝酒，斟酒，我再敬书记一个。

小酒量终究是一项弱势。请人喝酒次数多了，白玉才看出了一些门道。地位越高，酒量越显得小。下级敬上级，端起杯子一口而尽，上级只需抿一下杯沿，表示个意思即可。除非这上级好酒，下级是不敢灌上级的。白总在公司是领导，是上级，可在酒场上他一直只能扮演下级角色。没办法，他请客都是有求于人。他做水电材料时，有求于水电安装队工头；他自己干上水电安装队工头时，有求于施工队长；他自己干上施工队长时，有求于开发公司老总；他终于干上开发公司老总时，他还是有求于银行。白总做人诚恳，与人喝第一顿酒，总是来者不拒，先将自己放倒，图的是下不为例，下次别人能怜悯他，饶过他。这招有时也灵，但喝倒的日子真难受啊，呕吐、挂吊针不说，那几天昏昏沉沉办不了事最要命。公司内部聚会，他基本就不沾酒了，除非心里烦闷，和老二喝一点解闷，那喝的是自由酒，不带任务的解放酒，随意。白总打心眼里拥护中央的“八项规定”，将他从酒场解救出来。按惯例，今天喝酒他可以点到为止，但是不知不觉中他喝红了脸。酒后红脸其实也算一种保护色，他心里没有糊涂。不等上主食，他就借口有事先退席。

冬天的傍晚寒意陡增，酒酣身热，被寒风袭击，他还是打了一个寒噤。去哪里呢？他的双脚不由自主地朝湖滨走去。这是一条新建的公路，一边是湖滩，一边是茅儿山。茅儿山严格来说不能算山，最多称得上丘陵，但在平原地区，茅儿山称得上仰止的高山了。当年这里是藕节村孩子们的乐园，地面上有灌木丛，有野兔、蛇、山蛙，往地上一躺，天上有树梢缝隙中的天空，有鸟和鸟窝，还有带鱼腥味的鸟屎往下砸。在家里挨揍，或者从校园逃学，都是茅儿山收留他们。没有月亮，公路是水泥路，但白总走路还觉得一脚高一脚低。他驻足，打开手机上的电筒灯，其实路是平坦的。他曾经注意到一个现象，城里的领导和老总们走路总是步伐稳健，身板笔直，他曾经学习那样走路，只坚持十几分钟就打回了原形，太累。他琢磨，他们从小都走在柏油马路上，不像白玉才们从小走在田埂上，走在湖泥中，走在山路中，腿弯着，腰佝着，哪里是说改正就能改正得了的？父辈们巴望着儿孙们进城，至少能让儿孙们挺着胸脯走路。手机上的灯闪了几下，灭了，白总说，怎么灭了？给我亮起来。路面真的就一下子亮了，亮得透彻，连两边树干上的斑驳都照亮了。白总沿着公路上山。白总在城里睡不着的时候常常从床上爬起来，穿上衣服在大街小巷独自行走，只有一个人走路时，他才能听见自己内心的声音，才能和自己对话。今天他酒喝多了，听不见风声，听不见树叶的喧哗，听不见夜鸟的惊啼，他需要和人说说话。和谁呢？他在这山冈上有一个老熟人，老王老师，他的高中班主任，躺在山冈的坟茔里。活着时老王老师是他的人生导师，死后老王老师依然是他的指路明灯，在人生的许多关口，白玉才都驱车来到老家，不进村，只上茅儿山，在老王老师的坟墓前坐一会儿，烧一炷香，敬一束花，然后离开。下山前他与老王老师该说的话说完了，该拿定的主意拿定了。而今天，他没有什么纠结，也没有什么准备，连一束花也没有带，他只是想在老王老师坟前坐一坐。灯光消失了，白玉才用不着灯光，也能看到墓碑前的烛台，空空的托盘，那些盘中的祭品早就喂了小动物们，只有几束枯萎的花束黑成一团。藕节村人每家都有人做过王家的学生，老王老师当年是城里的大学生，是响应国家做乡村教师的号召来到了藕节村。一个外乡人，死缠烂打地上门动员村民的孩子上学，每个学期开学都掏工资为穷孩子交学费。老王老师在藕节村生根发芽，开花结果，把自己奉献给了藕节村，把儿子王学文也培养成了藕节村村校的教师。一任又一任的大队干部、村干部，村民们有矛盾解决不了，请老王老师出面讲几句，村民们没有不服的。一个人死后，子孙后代到坟头敬香上祭不稀罕，但一个普通的乡村教师，坟头一年四季总有人来扫墓，有的是村人，有的是来自各方的游子，老王老师九泉之下应该欣慰。白玉才高中毕业，第一次高考没有考上，差一大截分数，复习又考一次，还是差一截分数。父亲说，事不过三，再复习一年，再考不上，才算死了心。那年月，据说当兵也难提干了，军校毕业生才有机会做军官，农村孩子想出息，似乎只能走高考这一条独木桥，别说考三年，考七年八年的也有。白玉才有弟弟有妹妹，但村里早搞生产责任制了，白玉才复读的费用不算太重的负担，何况白玉才是老大，得给弟妹开个好头。但白玉才不干了，他厌倦了与试卷打交道，打工潮已兴起，他想进城去打工。要想说服父亲，除非能搬动老王老师。老王老师那时已从校长位置上退休，老王老师说，考大学你有什么理想吗？白玉才摇头。白玉才的理想就是父亲的理想，转成城镇户口，捧上公家的铁饭碗。老王老师说，国家正在走向兴旺发达，城里确实有更多的机遇。我不反对你进城打工，但人做什么都要有理想，有理想才会有追求。白玉才说，我记下了。其实当时他根本没记下什么，逃离教室是他迫切的追求。后来在工地上许多睡不着的夜晚，他回想老王老师那番话，他才确定自己的理想，做老板，做大老板。最艰难的一次，老王老师已经躺进了坟墓，白玉才驱车来到茅儿山，絮絮叨叨地讲了小半天，讲公司业务竞争的艰难，讲老二和亲朋们的作为，讲自己辞退老兄弟们的决定。那是夏天，阳光燥热，风一遍遍拂过老王老师坟上的野草，白玉才讲完，心里安静了，他将瓶子里剩下的矿泉水倒在老王老师坟头上，说，谢谢您，我知道怎么做了。

一个村庄，需要有一棵古老的大树，那是村人心中的神灵。一座山，需要有一片挺拔的树林立于峰顶，沐阳光雨霜，承天地兆运。老王老师，分明就是白玉才心目中的这棵大树。白玉才有时这样想，公司做大的老板，职位做高的领导，他们中有些人敬神敬佛，或明或暗乞求神灵保佑，其实只是心中曾经拥有的大树倒下了。而老王老师这样的人，是心中有信仰的人，当初他为了这信仰，从城里投身到乡下，无怨无悔。白玉才觉得因为他有文化知识，才有眼界。后来他在城里接触到了有更高文化的人群，才发现，有文化有知识的人未必有信仰，有眼界。老王老师很少有豪言壮语，却能让他在徘徊时坦然面对困难，使他生活中有一种安定感。老王老师的睿智，就好比他知道一棵树枯萎了，但在来年的某个季节肯定会再发芽，青黄复青黄。他头脑中早就发现了一个秩序，关于世界，关于人生，绝不幻灭。知道这个秩序的人就是智者，而那些不知道的人往往只看到凋谢与枯萎，迫不及待或者贪婪奢靡，这两种人的生命态度完全不同。如果说老王老师是白玉才的贵人，那么白玉才从他那里得到的智慧，就是人必须要有目光有胸怀。

白玉才在坟前坐下，冬天的泥土有些坚硬，硌着了他的屁股，他将大衣的下摆垫在屁股下。这样寒冬的暗夜，他想跟老王老师诉说什么呢？他自己也有些糊涂。坐了片刻，寒风吹醒了他，他用手捂住了被寒冷刺痛的双颊。不知是到年龄了，还是因为习惯了有空调暖气的环境，他已经不是那个能抗寒御风的藕节村汉子了。他站起身，跺了跺脚，一束灯光立即罩住了他。他有些纳闷，司机分明被他留在了县城的宾馆，他用手遮住前额，说，你怎么还是跟着我？车上跳下一个人，说，白总，您一个人上山，我不放心。车不是他的车，人是藕节村那位年轻的村书记。村书记说，您快上车，外面太冷。这是个细致的年轻人，为了不惊扰他，居然一直在远处守候，他守在车上，拔了车钥匙，空调也没开，冻得直朝手心哈热气。白总对这位村干部有了更多的好感。

周书记说，白总，这山上我也常上来。站在山顶，一边是连片的良田，一边是开阔的湖水，心旷神怡。往这高处一站，什么烦恼事都烟消云散。

车沿着公路往下走，周书记说，我的建议还想请您再考虑一下，如果在湖滩上建一个养老休闲中心，有山有水，风光好，空气好，不愁没人来。我寻思，这是我们藕节村的风水宝地，值得投资，弄起来一定会带动本地经济。

白总不吭声，他意识到，他在老王老师坟前想汇报的事，就是周书记提的这事。

周书记说，都说白总低调谦逊，座车从来不进村，不像有的人哪怕开个破车，也把村里惊得鸡飞狗跳。白总的人品，与祖上巡抚大人轿不进村一样成为美谈。

这是哪里跟哪里呢？

藕节村周家祖上曾经出过一个进士，官至巡抚，据说每次回老家，在距村庄五里之外，骑马下马，坐轿下轿，步行进村。此人为官一生清廉，有许多为民生谋幸福的故事，载入本地县志，是周氏一族勉励后人的典范。

白总连连摇头，说，不敢当不敢当，差距十万八千里呢。

五

侄子白宗仁的正式婚礼，在农村称得上豪华。

这豪华不是指城里人的那种气派，乡下没五星六星宾馆，也找不全一溜的宾利和玛莎拉蒂小车，但乡下人多，人多气场强大。城里的干部，再厉害也不敢嚣张，有上级部门盯着，子女结婚办多少桌酒得请示，自作主张请多了桌数会挨通报处分。老二家订了八十八桌，一桌十人，那也得八百八十人，要不是过春节，在家的全村老少加一起，也够不上这数字。城里人小气，过路人进来吃一顿，说人家是白蹭，也不想想人家做的贡献，给你增加了人气，人多一个福多一份。还有，就是乡下可以放爆竹。城里人放的电子炮那叫什么炮？听得见响，看得见亮，就是闻不到硝烟味。在乡下办事，鞭炮一响，硝烟弥漫，往每个人的鼻孔里钻，痒痒的，甚至能品出甜甜的味道，猛地打个喷嚏，全身的细胞都喜庆起来。老二这回大方，来贵客，接新娘，迎新亲，都是喇叭齐鸣，几十响的爆竹，一百米的黄鞭，那阵仗，不让人的耳根有片刻清净。

说来说去，还是有钱真好。小时候有亲戚家办喜事，母亲总是带上他们三个孩子，那是孩子们难得的一次解馋机会。有一回，他不小心听见了一位亲戚说，这老白家，才随了几块钱礼，却一家五口全来了，这种人家，恨不得吃垮我呢。自那以后，白玉才就躲这样的场合，他从小就不愿受窝囊气。现在，这样的日子一去不复返了，亲戚彼此的日子都衣食无忧，走动得勤，亲戚就真的是亲戚了。

两年前，白总搀着女儿的手把她送进了举办婚礼的教堂，也是冬天，加拿大魁北克的大雪覆盖了这片土地上的每一个角落。从读高中开始，女儿就在异国他乡做小留学生，现在想来明显是当初犯下的一个错误。有一个时期，城里人送孩子出国留学成风，读本读研，还有一批是送出去读小学中学。孩子那么小，父母当然舍不得，据说那样早出去才容易触入西方社会，所谓舍不得孩子套不着狼。白玉才不想跟风，他只有这一个女儿，宝贝，比他的性命重要。他们这辈人，都只能生一个，他是党员，还是市人大代表，他不能带头超生，多少双眼睛都在他后脑勺盯着呢。可是老婆被盯上了，被中介公司盯上了，拉进了一个QQ“妈妈群”。这女人进了城，闲得慌，跟一班富婆勾搭上了，她弄什么健身美容，她买包买化妆品，白玉才都没意见，她与富婆们攀比，要把上初中的女儿送出国门，白玉才恼了。但老婆被洗了脑，整天在他耳边诉说女儿所在的重点中学这不好那不行。说女儿吃的苦受的累，也不能说不是事实，白玉才每次看到女儿苦巴巴的小脸也心疼，但他坚持不松口，不让女儿走上接受资本主义教育的道路。坚持到中考结束，女儿的中考成绩不理想，问题并不大，白总掏一笔赞助费能搞定。但女儿不肯在国内上高中了，钱掏了，她能坐进教室，但老师和同学眼里的歧视她接受不了。二比一，老婆的势力增强，白玉才只能就范。留学中介公司能耐大，很快就搞定了万里之外的国外高中，连在学校附近购买别墅的活儿也接下并完成了。老婆也办了出国手续，做陪读妈妈，与她那班闺密在异国相聚。那是白总最难挨的日子，一个男子，在外面可以是铮铮铁骨坚不可摧，可落了家就想化作一团柔水，以前只要看一眼女儿，哪怕只是听见女儿的声音，他所有的汗毛孔就张开了，身心就放松了。其实女儿在异国，他依然可以通电话，听见女儿撒娇的声音，后来通信发达，父女之间还可以视频。但是，白玉才总觉得女儿离他越来越远，不是空间距离，而是心理上的距离。一个学期后，老婆突然回来了，半夜从机场打车回家，居然没让他安排司机接机。老婆见了他，激动得又是哭又是笑。白玉才说，女儿呢？我女儿呢？老婆说，人家不惦记你，参加学校夏令营去了。交完"公粮"，老婆才说，她打算留在国内，把女儿托付给闺密。那位也是陪读妈妈，她家孩子与女儿同学。这可不像他老婆的风格，白总说，你这是乾坤大挪移啊，我没听懂也没看懂。老婆说，实话告诉你，我是不放心你。原来，老婆是在那边受了刺激，当初鼓动她过去的那几位，经常聚在一起聚餐爬山，打发空虚的时光，可国内的男人们没空着，他们翻身得解放，耐不得寂寞。闺密们接二连三地接到国内内线密报，甚至直接收到法院离婚出庭的公函。这不是鹊巢鸠占那样简单，这是男人们酝酿已久的大阴谋。老婆是随男人才走出乡村的，丢了男人就是塌了天，她危机感陡增，决定不顾一切"保家卫国"，决不能让"敌人占了江山"。白玉才被老婆的正义凛然逗笑了，老婆是他的高中同学，在村里也算是有文化的女人。你说她上进，她也真紧跟时代，为了陪读刻苦学外语，居然背了几千个英语单词，在电视上能看懂外国人的电影电视剧。你说她传统，她的观念确实也称得上落后，因为没有给白家生下儿子，她内心总觉得比老二家老婆矮一截，在公婆面前抬不起头。她试探过白玉才，要不，咱再生一个？超生不就是罚款？咱罚得起。很多没生下儿子的老板不甘心无子，或者超生，或者在外面找小三小四野生，做老板娘的当然宁愿选择前者。白总说，我与他们不同，我是党员，我是人大代表，做人，不能把什么好处都得了，甘蔗没有两头甜。老婆失望地叹息一声。或许，老婆当时也就是试探？

那么小一个人儿在异国他乡，白玉才怎么能放得下女儿？老婆也想女儿想得慌，夫妻俩一年飞加拿大几趟。女儿渐渐长大，在那边读高中，读大学，恋爱，工作，成家，就像出巢的雏鸟，再也不愿回到父母身边。

白总凭什么受人尊敬？说白了，他是成功人士，是企业家，是金主。可是，在女儿眼里，钱也就是代表钱，不代表其他。这孩子满脑子都西化了，研究生毕业那一年，白总早就在国内把一切安排好了，女儿学的是金融，名牌大学硕士，本省的几大银行都抢着要这个人才，白总这样的大客户，女儿在这里，就用不着担心他当爸的会撒手。老外讲究毕业典礼，白总两口子欣然前往，看到女儿十来年奋斗，终成正果，白总感慨万千，以为女儿终于要回到自己身边，可不料女儿说，不回。再追问，女儿说，这里有她的男朋友。白总两口子且忧且喜，忧的是女儿看来有去无回，喜的是女儿用不着父母烦心，拿到了学位，还找到了男朋友。白总开明，尊重女儿的选择，再多的钱也未必能买到女儿的幸福，棒打鸳鸯的故事不可能在当代重演。更何况，鞭长莫及，即使当爸的手里有根大棒，也扔不到太平洋彼岸。那就向女儿申请，能不能让你那男朋友来见我们一面？我们好久才来加拿大一次。女儿爽快地答应了，说，你们不反对，那这几天我就让他来我家吃饭，他喜欢中餐。白总乡下人出身，曾经跟女儿说过，你将来找对象，最好是黄种人，包括亚裔，其次是白种人。女儿说，有没有其三？当爸坚决地说，没有。白总当即遭到了女儿霹雳闪电般的批判，从人类发展史到世界大同，批得她老爸哑口无言。白总担心哪壶不开提哪壶，这丫头真要给他找个黑人女婿，他也没奈何，他怂恿老婆去打听，女儿朝母亲一翻白眼，说，明天人来，你们到时候不就清楚了？午餐时人到了，一样的黄皮肤黑头发，二代移民，在读博士，话不多，不知是因为读书读傻了，还是中文不流利，话少，问一句答一句。碗一放，就跟叔叔阿姨告辞。女儿替他解释，他在沙滩游泳场做救生员，赶着去上班。第二天一早用早餐，等了半天才到，以为是年轻人睡懒觉耽误了，不是，女儿替他解释说，他上工去了，他接了一份工，早晨替人遛狗。他对叔叔阿姨说，在校上课时他在学校做助教和实验室助手，赚下自己的学费和生活费。学校放假了，他必须去校外打工，养活自己。女儿骄傲地说，从读本科到读博士，他的生活费和学费全靠自己打工。白玉才将信将疑，女儿节俭，他们一年也给她汇十几万刀，这小子凭打短工能挣这么多？老婆立即心疼未来的女婿了，说，你爸你妈呢？他们做什么去了……女儿赶紧打断她妈妈的话，妈，您还在这待过半年，您忘了，在这里，孩子成人后和父母的经济各自独立。白玉才后来弄明白了，这小子没吹牛，这些资本主义国家的学校，对国际生收费狮子大开口，而对本国学生收费，是国际生费用一半的一半还少许多。所以，这些当地的孩子都能自力更生。就凭这一点，白总喜欢上了这个木讷的小伙子，尽管他喜欢不喜欢说话都算不了数。

女儿在加拿大留下，不久就结婚了。白玉才有心要将女儿的婚礼大办一场，用老婆的话说，这么些年，我们撒出去的礼金该收回了。白玉才当然不是这样想，不是都笑话我只有一个女儿吗？可是我女儿比那些人的儿子优秀，而且金龟婿是世界顶级公司的科学家。男方父母都是改革开放初期的移民，主张婚礼从简，就在北美的教堂举行一个仪式。白玉才原计划包一架飞机，亲朋好友百十号人都飞过去，老爸平时节俭自律，但在女儿的终身大事上，夫妻俩都认为花钱绝不能含糊。女儿坚决反对，说，你和妈飞过来就行了。相比较侄子白宗仁这场面，女儿的婚礼确实寒酸，双方父母，以及新人的同学朋友，加起来也就二三十人。白玉才对老婆说，男方办了一场，我回国后也得办一场，否则，太对不起女儿。女儿嘲笑他，爸，我可不买您的账，您那不是为了我的面子，是为了白总的脸面。我们忙着呢，没时间回国陪您玩。白总两口子还想做通女儿女婿的工作，新冠疫情来了，去也去不成，来也来不了，两年多拖下来，女儿的婚礼也拖黄了。结婚两三年后再办婚礼，情理上说不过去。

也许，当初就不该追那股出国风。白玉才两口子这些日子常叹息。

按规矩，新郎新娘的父母胸前都戴上鲜花，入座主桌——离舞台最近的那一桌。白玉才夫妻和老父母也安排在这一桌，落座，老二说，哥，你今天还得当一回证婚人。白玉才说，不会吧？我是来做大伯的。老二说，我请过几位大佬，可人家都知道你是我哥，有你在，没人上得了台面。证婚人一般都找德高望重的人，白玉才自问，我够得上条件吗？以前村里的证婚人都是老王老师，他走后，只能由村干部担任这角色。白玉才想说可以请小王老师，这念头太不现实，王老师总不能坐着轮椅做证婚人，场面上说不过去。周上财说，白总，你放心，有现成的稿子，你上去念一遍就成。周上财怎么也坐这一桌？白玉才打量他，发现他的胸前戴着鲜花，鲜花下的小红布上写的是“新娘父亲”，白总才弄明白，原来老二和周上财是儿女亲家，是这么一回事。白总心里说，这两人倒称得上门当户对，只是都说女儿长相随爸，周家姑娘倘若真的像她这爸爸，那白宗仁这小子就够呛了。

老父亲庄重地咳嗽了一下，说，老大，你在公司里那千百号人的会议上都不怯场，在这里发言还怕甚？

白玉才没法跟老父亲讲道理，在公司讲话，台下都是下属，在这大厅里，有不少人是看他光屁股长大的。但老人开口，他不敢违背，答应下了。

白总也算见过世面的人，在城里，他参加过不少婚礼，怎样的铺张也不稀奇。但时尚的东西传到乡村，总是水土不服，不是走形，就是变味。比如两位婚礼主持人，因为主桌离舞台近，白玉才一眼就看出，是周光荣，那女的，肯定就是他带回来的搭档。白玉才多看了那女人几眼，并不像别人口中说的那样年轻，脸上化了妆，但从身段和步伐看，年纪也四十出头了。周光荣虽然年过半百，但带卷的头发黑得可疑，八成是染的。最大的亮点，不是外形，是他那一口字正腔圆的普通话，读中学时，他就扮文艺腔，朗诵，唱歌，成为男生们打击的对象，当然，也肯定是许多女生春情萌动时的白马王子。想不到，当年被大伙嘲笑打击的文艺腔调，如今倒成全了他一份职业。只是，在等待客人陆续进场时，这两人为了暖场，在台上插科打诨，抛出一个个带色段子。白总觉得，这些不应该登上大雅之堂，何况，周光荣这把年纪，扯那些，真的有为老不尊之嫌。倒是来宾们气氛热烈，掌声和叫好声不断，连老父亲和老母亲也笑呵呵地捧场。

六

白玉才他们读中学时，周光荣就是学校的明星人物。那时港台明星开始在大陆走红，乡下学生没有条件去演唱会现场追星，但是在影视片上追星，或者购买几张明星照卡片，还是条件允许的。周光荣个高，人瘦脸也瘦，发浓，留一大鬓角，深受女同学喜爱。初中升高中，优生都被县中割韭菜搜罗去了，乡下的高中高考能考上几个就算爆冷门，每年都有几所乡中“剃光头”，也就是高考生一个都没上线。因此，大部分同学都觉得高考是别人的事，与自己无关。一直到高校扩招，居然有百分之七八十的高考录取率，乡中的学生才陷入全员疯狂迎考状态。白玉才回想起自己的高中生活，最深刻的记忆还是和男生们一起抽烟打台球，一场又一场追逐露天电影。而周光荣是学校广播站的播音员，他有一台小收音机，有空就学习普通话，大家都夸奖他能去中央台播音了，周光荣又变换方向，学习粤语了，学校喇叭里的周光荣说粤语，谁都听不懂，只是觉得这家伙的舌头突然短了一截。老王老师觉得他的播音不中不洋，让他把舌头拉长，讲普通话。周光荣把劲头转向唱粤语歌曲，这小子是语言天才，他在喇叭里唱粤语歌，成了全校同学每天守候的节目，听得懂听不懂的人都喜欢粤语歌。周光荣红遍了校园，走在路上，都有低年级学生追上来盯他看几眼。

早恋这事其实并非城里学生的专利。乡中学生保守，上小学上初中，男生女生之间，别说拉手，就是搭话，也会成为被嘲笑和攻击的目标。到了高中，这不成文的规矩还在，但是，高中男生毕竟都是发育正常的小伙子了，而高中女生，基本都发育完成了。倘若有高考这座大山压着，那点心思还只能趴在大山之下，可当时，他们大多数人觉得高考与自己的学习和生活很遥远，自己把头顶上的高考压力卸了。现在看来，这倒是健康的心态，比起后来千军万马过独木桥，学校把学生往死里考的状况要正常，做学问搞研究的事，本来不是每个人都喜欢的活计。于是，那点小心思在藕节中学的高中生们心里生根，发芽，一不小心还会冒出地面，长出一株苗来。野地里的作物总是自由生长，乡村中学的爱情，也不遵守条条框框的爱情规则。先是小王老师从中师毕业，回到藕节中学任教，子承父业，挺正能量。据说教育局原来把他分配在鸭屎中学，那毕竟是镇上，那年代讲究找对象找城镇户口，鸭屎镇毕竟是镇，看上去只是一条街，街东是镇卫生院，街西是农业银行，都有吃商品粮的女同志，街面上还有镇供销社，营业员姑娘手里也揣着城镇户口本。小王老师不在乎那户口本，他不是嘴上说说，而是落实到实际行动上。放在今天，没人在乎那本本儿，很多人愿意把户口迁到乡下，有田，还能有块屋基地。那年月，那本本里有肉票有油票，有供应粮。孩子大了，国家还替孩子安排工作。一家人都有那本本才是美好呢。王学文考上中师之前就是藕节中学初中民办教师，他看中了他教过的学生吕荷花，他回到藕节中学，就是为了等待吕荷花同学读完高中，吕荷花就是后来的王师娘。有人说小王老师有远见，他三十年前就知道计划经济必将被时代淘汰，那城镇户口本迟早会一文不值。

吕荷花同学在女生中以泼辣闻名，敢与村里的悍妇骂街，敢与班上的男生干架，班上的男女生都不敢招惹她。惹急了，不管你是男生女生，不管是在校内校外，她拽过你的胳膊，将你抡个大马叉，坐到你身上再和你理论。吕荷花的父亲是个瘫子，为村里架石桥时腿被方台压断了，母亲改嫁，吕荷花是老大，下面有一个弟弟两个妹妹。虽说村里有点补助款，但对这五口之家只是杯水车薪。吕荷花的泼辣是被生活逼出来的，这样的女人其实内心柔弱。小王老师对吕荷花的好有目共睹，替吕荷花买饭菜票，过年节时替她弟弟妹妹买衣服，农忙时甚至下她家大田干农活。老王老师提醒儿子，你是老师，她是学生，在校的师生之间有一条红线，恋爱就是越线，就违背了师德。小王老师坚决不认账，是，我是老师她是学生，我帮助她有错吗？您当年不也是经常用自己的工资补助学生吗？小王老师将恋爱进行到底，这当然产生了负面影响，以致后来他竞选校长岗位时，“师生恋”成了一个抹不掉的污点。

问题是在藕节中学的学生中有一个人暗恋吕荷花，爱情面前人人平等，老师爱得，学生为何爱不得？此人就是周光荣。周光荣不缺讨好他的女生，有女生悄悄给他塞零食，周光荣常常把零食拿出来与死党白玉才分享，有女生悄悄给他塞纸条，周光荣偶尔也将纸条拿出来与死党白玉才分享，有炫耀的意思，关键是白玉才嘴紧，三脚踹不出一个屁来。但周光荣心里惦记的是吕荷花，这也真是阴差阳错。吕荷花周末都在大田里干活，肤黑，走路大摇大摆，说话大嗓门掷地有声，那都是大男人的特点，可周光荣说吕同学外粗内细、心地善良。有一回轮到周光荣值日打扫教室，他打篮球忘记了，第二天一早想起，已经来不及了。可他提前进教室一看，教室打扫过了，凳子整齐地垒在课桌上。他等待了一整天，等待做好事的人告诉他，没有。到了下次值日，他故意又去操场上打球了，但只摸了几把球，他悄悄回到教室，是吕荷花，她埋头弯腰，在整理凳子。周光荣不敢进教室，偌大的空旷的教室，安静的空气凝结的教室，一男生一女生面对，那是一件恐怖的事，周光荣没有这个胆量。更何况，周光荣也耳闻了小王老师与吕同学的某些传闻。周同学苦闷，纵无千种风情，也需对人诉说，对谁呢？只能是白玉才。白玉才说，你抛弃幻想，面对现实，现实是鸭屎镇镇长的女儿，有城镇居民户口本，有一辆凤凰牌女式自行车，还有，就是隔三岔五给周光荣塞好吃的。你在脑子里接纳下了她，就能赶走吕荷花。正常的人，脑子里放不下第二个人。现在有女孩子说，宁愿坐在宝马车里哭，也不愿坐自行车后座上笑，可那年代，拥有一辆凤凰牌自行车，不亚于今天拥有一辆宝马轿车。镇长千金的那辆自行车，也就周光荣借用过，倍儿有面子。周光荣说，你瞎扯些什么？你不懂女人，你根本不懂爱情，白玉才闭嘴。周光荣上面有两个姐姐，爸妈为了生他这个宝贝儿子，被罚了一笔款，周光荣比姐姐们值钱，姐姐们都以这个弟弟为核心，围着他转。他当然比白同学懂女人。至于爱情，当时的白玉才认为，每天能吃到女生送的零食，就是得到了爱情。

有了苦闷就有了诗意。周光荣那时候不会写诗，不会写，但他会读，读就是朗诵。晚饭后的暮色中，周光荣常拉上白玉才，在校门外的渡口桥上朗诵诗歌，普希金、莱蒙托夫，农村中学的图书馆只能借到这些诗人的爱情诗集。

渡口桥本来只是个渡船口。鸭屎镇所辖一带，原来是湖畔的五个圩子，一个圩子是一个圆圈，五个圆圈围在一起，各不相交，各个圩的人有各个圩的营生，有的以打鱼为业，有的以织席编芦花草鞋为生。比如这鸭屎圩，是其中最大的一个圩子，这圩子里的百姓以养鸭为生计，据说那时候南京城里的盐水鸭有一半出自这个圩。鸭子闻名，这个圩的名字却叫鸭屎镇，这不奇怪，化肥那会儿还没出现，农民种田靠的是有机肥，沿湖一带的农民都喜欢来湖滩上拾鸭屎。有句话现在没人提了，庄稼一枝花，全靠肥当家，鸭粪拾多了，在圩埂边垒个粪堆，圩区没有推车，圩子之间没有道路交通，农民们拾一个礼拜鸭屎，然后挑着粪筐走渡船口，往自家大田挑鸭屎。鸭子值钱，却没有鸭屎气味大，附近圩子的人就将这圩称为鸭屎圩，后来建镇就成了鸭屎镇。也就是说，这五个圩，看上去与奥林匹克运动会的那五个环就不是一回事，互不交叉。五个圩子的人走动，依靠圩子间的渡船口，两边系一根粗绳，绳下是一条小渡船，绳上挂着一个环，一根毛竹贯穿环中，毛竹的底部插在渡船船头的桨柱孔里，人拉环走，环走船走，船到了那边系住，如果没人拉绳回来，这边的人喊破了天也喊不动船，只有傻等。藕节初中加办高中后，对面圩子的学生过来读高中，常常在渡船口耽搁。老王老师是校长，召集两边圩子的领导商量，架桥，既方便学生，也方便百姓，当然得到了大家的拥护。做一件好事不难，做一辈子好事才难，不难，老百姓凭什么再也忘不了你？老王老师至今让百姓们惦念，就是他这辈子的作为积了功德，包括这铺路架桥。桥完成后，桥中间刻的三个字就是老王老师的手迹，“渡口桥”，阳光一照闪金光，至今尚在。

那已经是个热烘烘的春天，再过两三个月就是高考的日子。若是现在高三的学生，已经进入冲刺阶段，没日没夜地刷题了。藕节中学的高三四个班，其实只剩下一百号人左右了，高考无望的同学，有的回家帮父母种地，有的进城打工，只有一些不到黄河心不死的同学还想搏一搏。白玉才的成绩算中上，老王老师和小王老师都鼓励他说，加把劲，说不定你能考上呢。白玉才不是头脑发热的人，知道自己有多少差距，但小学中学这么多年，是成是败总得上一次考场才甘心。周光荣呢，学习成绩比白玉才还差一截，心思也没用在学习上，考大学这场美梦，他根本懒得去做。若干年后在周光荣的拍卖公司办公室里，周光荣说，其实凭他的艺术天赋，他当时可以报考艺术院校，艺术专业的专业考试合格了，文化成绩要求很低。那时的藕节中学，别说学生，就是老师，就是校长老王老师，怕也没想到过有这条路可走。周光荣那次感叹，生不逢时，命中注定我只能做个艺术品小贩。很多年后他才承认，没上大学是同时代所有人的遗憾，可那一年，他沉浸在无望的爱情中，不分场合地朗诵莫名其妙的爱情诗，被很多人视为精神病患者。

那天，周光荣没有读诗。晚风吹拂，带来阵阵夜香，浓的是田里的油菜花，淡的来自水里的荷叶。荷花还没来得及打尖，圩区人觉得，荷叶的清香似乎能传得更远：他们用新鲜荷叶铺在蒸笼里蒸包子，包子就有荷叶香；他们把晒干的荷叶当包装纸，买肉裹肉，买咸姜咸萝卜干也用干荷叶裹上，吃的时候那齿颊生香。那时的村里还没普及电视机，村人们电灯也尽量省着用，唯一明亮耀眼处就是中学的晚自习教室。周光荣已经偷偷抽上烟了，供应他香烟的估计是镇长的女儿，烟是大前门，一般人买不起，也买不到。周光荣给白玉才递上一根，两人点上，从远处看，桥头上仿佛扑腾着两只萤火虫。这时节，萤火虫应该还没醒过神吧。

太安静了，这世界的声音就放大了许多倍。白玉才听到了有人说话的声音，以为夜色中藏着路人，却久不闻脚步声。凝神再听，有可疑的喘息声。白玉才说，有人在桥洞里，有男有女。周光荣说，一男一女，一对狗男女。白玉才说，能是谁？周光荣说，还能是谁？看我怎么收拾这对狗日的。

这条河通着湖，宽广，洪水来临时，水势汹涌，水面几乎能挨着圩埂的埂面，洪流对桥的冲击力当然也巨大。圩区的桥分两种，一种是圩内的桥，多是单孔桥，桥墩由石头垒成，桥面是青石板；一种是捆绑成排的树干，最简便的是两边打几根树桩，树桩上铺几根树干，一个“ㄇ”形就是桥。反正圩区人出门行船多，圩子内的路不讲究，桥也不讲究。另一种就是圩子间的桥，俗称“大桥”，你千万不要往长江大桥、黄河大桥那方面联想，说“大”，只是相对圩子内的小桥而言。桥基是钢筋水泥墩，桥身由混凝土浇灌，小一点的是三孔，大一点的是五孔。这些孔，就是桥洞，一方面是为了泄洪，另一方面是为了减轻桥身自重。桥自建成那天起，就被一些勤劳智慧的村民看上了。春天到，河滩上、湖滩上的青草蓬勃丛生，村民们收割成堆，新鲜的可以喂牛喂猪等牲畜，晒干了就是烧火的柴草。桥面的两边，是水泥栏杆，村民们把青草扎成一个草把，往栏杆上一叉，草把们两腿撇开，成了一排骑士。人叉开腿舒畅，草把叉开腿风干得快。桥除了这个用途，还有一使用价值。圩区水多雨多，好不容易晒干的青草把，一旦遇了雨就会沤烂，那样村民们的劳动成果就随雨水付之东流。村民们发现了桥孔的妙用，草把们白天在桥上列队接受阳光照耀，晚上抱成堆藏在桥洞里躲雨露滋润。看上桥洞妙用的不只是村民，还有要饭的乞丐。这些年乡下的乞丐绝迹了，又有人打桥洞的主意，谁？谈恋爱的年轻人，其中也不排除有苟合偷情的婚外野鸳鸯。晒香的干草，简直就是现成的被褥，这洞房是天设地造。

桥洞里的动静让青春期的闷骚孩子热血沸腾。

周光荣捡起桥头上一个漏下的草把，嫌干燥，浇了一泡尿，然后点着了，斜刺里一扔，烟雾缭绕的草把被扔进了桥洞。这一招叫“烟熏火燎”，圩区的孩子常用这办法去湖滩上逮湖鼠。湖鼠藏在带泥水的地洞里，不同于大田里的田鼠，你灌多少水都灌不出它，那地洞怕是通到了湖底。但你拔一把新鲜的湖草，还带着潮湿，点着了堵在洞口，那湖鼠就奋不顾身地冲出来，落进洞口张开的网兜里。只一个草把显然力度不够，周光荣说，我再扔几个草把，你到那边盯着，看清楚是什么样的狗男女。桥洞不是鼠洞，两边贯通，风一吹，烟雾就从桥洞那一端飘出，人也可以从那端撤退。桥洞里没有声音，只有干草燃烧的噼噼啪啪声，白玉才怀疑是他们的耳朵听错了，桥洞里未必有人。放火把村民的干草堆烧了，一旦被发现，那两人就惹大麻烦了。白玉才正要喊周光荣赶紧逃逸，桥洞里传来了男女剧烈的咳嗽声。都说火灾烧死人，其实人一般都不是被火烧死的，而是被烟雾熏死的，就是窒息致死。桥洞里的那两人，终于还是抵挡不了烟雾，想跳出桥洞。洞口与堤坝还是有一个落差的，平时学生们爬进桥洞里玩，都在洞口下垫几块石头才够着。圩埂的底部，为了防洪，垒了一层石壁。他们先是听到男人落在石壁上一声惨叫，慌不择路了，接着传来女声的哭喊。这两人的声音太熟悉了，熟悉得两人魂飞魄散。

那两人就是王学文和吕荷花。小王老师屁股里的骨头摔伤，大腿骨摔断，住进了县医院；女生吕荷花放弃了高考，在医院照顾王老师，待了半年。等王老师拄着拐杖走路，两人就办了婚事。

很少有人注意到，周光荣离开了藕节中学。离高考的日子越近，弃考的学生越多，加上一个周光荣不算个事。只有镇长的女儿一直打听周光荣的去处，周光荣跑得很远，他南下到了广州，在一家字画店做伙计。而白玉才，少了一个好朋友，在藕节中学最后的学生时代，他更加沉默，与谁都不愿意搭讪。

舞台上的周光荣依然陶醉在呐喊和欢呼声中，他蹦着跳着，口中一句接一句吐出激昂的妙语。有句话叫什么来着？归来仍是少年，说的就是此时的周光荣。这几年，在外打拼的村里人陆陆续续回来了，说倦鸟归巢，说叶落归根，主要是多少都赚到些钱了，或者说城里的钱越来越难赚了。不肯回家乡的人，有人是因为大起大落，把挣下的钱吐出去了，甚至是被骗子坑了，无颜见江东父老。白玉才、周光荣这茬人赶上了好时代，城里搞建设，他们抓住了机遇。论文化，他们有文化；论吃苦耐劳，他们从小就在大田里摸爬滚打。最重要的是，他们都想挣钱，想过上好日子。人们说智者乐水，圩区的人脑子好使，人人寻思着当老板，为自己打工。满师的泥瓦工或者水电工，他的第一个小目标是当包工头，第二个小目标是当施工队长，第三个小目标就是拥有自己的公司。不想当将军的士兵不是好士兵，有奋斗目标没错，白玉才就是这样一步一个台阶爬上来的。白玉才等到自己当了老板，往下一看，他从老家带出来的人个个都不满足。也能理解，一起打天下，你当了司令，兄弟们都想弄个师长、旅长干干，人之常情。但是，没人肯把心思放在干活上了，白玉才意识到了危险，才上演那出挥泪斩马谡，六亲不认，清理队伍。像白老二、周上财这样，被清理出去时对他一肚子怨恨，现在来看，倒是白总成全了他们做老板的理想。但是，人人想当老板，老板也不是人人能当。生意场上危机四伏，一不小心就会翻船。白玉才这几年常遇到这样的生意人，几天前还在酒桌上拎着茅台酒灌人，展示豪宅豪车家大业大，突然就求上门来，说公司倒闭，惶惶似丧家之犬。白总不敢救这种生意人，也没有能力救，交情深，送一万两万生活费拜拜。白总是个乡下人，有小农经济意识，不仅是他，藕节村出来的人也大多是一样的格局，做老板的账上有三五千万，就小富即安。白玉才常这样自嘲，请别人谅解，但在心中将回乡的念头一次次掐死。这周光荣，应该也是发达过的人，白玉才想起当年他做拍卖公司时的红火，很难想象他怎么会回老家做起今天这个行当。别看他在台上红火，台下肯定被乡亲们看轻。白总看不懂，但他转念一想，周光荣其实让他内心钦佩，在外面打拼了几十年的藕节村人，哪个身心不千疮百孔？即使事业失败，这把年纪还能青春四射、特立独行，也拥有一种百折不屈的气概。如果他是事业有成衣锦还乡，在这个年龄能抛下包袱，为自己的兴趣爱好而抛头露面，更是一种超越普通人想象的潇洒人生。

令白总看不懂的不是他从事婚礼主持人这行当，而是几十年后，他内心如何面对王老师和吕荷花。

周光荣笑吟吟地走到台前，向白总发出邀请，邀请白总上台做新郎新娘的证婚人。周光荣笑意吟吟，神采飞扬，右手做了一个西式的邀请手势。白总觉得自己也年轻了，整了整衣襟，健步上台。

掌声如雷。

七

白玉才没喝什么酒，念证婚词之前，他说要保持形象，酒多舌头短了洋相就出大了。后半场，人们早捉上对拼酒，没人盯着他了。

他的思绪飘得有些远，一旁的老婆不时提醒他，敬爸妈的酒，敬新郎新娘双方父母的酒，敬支书村主任的酒。老婆在应酬上比他还考虑得周全，当她看明白白玉才家内家外都没生个儿子的念头，她比老公还着急。那怎么办？公司将来怎么办？我们老了怎么办？族人们议论白总没有儿子接班，不孝有三，无后为大，白总听了只在心里冷笑，女人却听到心里去了。她时常在家里发愁，女儿女婿将来不回国，公司做得再大也没意义，老两口老了真的只能去养老院。白玉才逗她，说公司做不动了，他将赚的钱捐给国家，国内国外有许多慈善家都是这样做的。老了不住养老院，那就去北美，在女儿的隔壁买个楼，想看女儿能看到女儿，想看外孙能看到外孙。老婆早没有早年崇洋媚外的热情，现在出国也就购物那片刻尚有兴趣，在那边，不是嫌外边吃得不合胃口，就是嫌唐人街的按摩店手法不地道，嚷嚷着回国。不知道是她的观念变了，还是国内的生活质量真的提升了，老婆现在成了一个彻头彻尾的爱国主义者。老婆说，老了即使住养老院，也不出国受洋罪。白玉才说，那也没问题，咱掏钱办一家养老院。当时说的都是玩笑话，老婆也不当真。但是，老婆把另一件事当真了，按老辈人的风俗，没有儿子的老人由侄子照顾，财产由侄子继承。新时代讲究男女平等，尤其独生子女时代，政府和法律都保护女性权益。白夫人对丈夫说，我们的家产当然归女儿，但是，我们还是要待宗仁好，将来有一天叫天天不应、喊地地不理时，有个亲侄子照顾我们，总比外人好。这个女人聪明，她娘家也有侄子，她却一个劲儿待白宗仁好，省得惹婆家人议论。你白老大白老二翻脸，但白宗仁是小辈，是你白家的血脉，我做婶子待他好没错。白宗仁这孩子聪明上进，在省城读大学时，当大婶的比他亲妈还亲，送吃的穿的不说，连他恋爱工作的事都操心。这次结婚，白玉才说既然老二发来了请柬，我们去做大伯大婶，随个一万礼金不算少了。老婆说，那不中，冲老二家两口子，一万礼金嫌多。但冲你侄子，是你侄子结婚，得后边加个零。白玉才说，你不是喜欢算小账吗？礼金讲究往来，你女儿又不会回国办婚礼了，这礼金撒出去就收不回。老婆说，你别嫌老二他们说的话刺耳，有一天我们真在路上摔倒了，十万块钱未必能买到别人搀扶你一把。

这女人，她拿定主意做的事就强词夺理。

白玉明今天开心极了，也是，儿子结婚大喜，他当爸的当然开心。周光荣有一道节目，让新上任的公爹上台配合。周光荣拿一只碗，碗中盛满白酒，要求白玉明跟着他做动作，周光荣用食指蘸上酒，向天弹三下，向地弹三下，白玉明都恭顺地学了一遍。周光荣用食指在碗底上蘸一下，朝自己额上点三下，又朝下巴上点三下，白玉明也跟着做一遍。周光荣的脸上干干净净，白玉明的脸上却斑斑点点。台下的人笑弯了腰，指指点点，白玉明顺手朝脸上一抹，瞬间变成了大花脸。本地风俗，婚礼当天无大小，怎么作弄做公爹的，都不算无礼，白玉明一个劲地站在台上傻笑。其实，白玉明未必不知道他手中的碗底有墨泥，人活着如唱戏，该你扮什么角色由不得你挑挑拣拣，更何况，他今天也算是大欢喜的主角，他是故意抹个大花脸，逗大家乐呵。白玉才想起小时候走亲戚，小孩没资格入座，都是由大人给饭碗里夹上菜，捧到一边去吃。那时候条件差，碗里的大块鱼大块肉在家都难得吃上。兄弟俩在院子里急吼吼享受，白玉明对老大说，哥，你看，你那碗底上有只大蚂蚁。白玉才低头看，没有。白玉明说，藏碗底去了。老大把碗底朝上一翻，蚂蚁没了，碗里的饭菜也没了，都落地上了。老大吓得脸变了色，老二却用手把地上的鱼和肉塞进嘴里，说，可惜可惜，脏了，脏了我也不嫌。凭良心说，老二打小就不是善茬。小时候父亲却偏袒他，说，老大和善，马善被人骑，人善被人欺。老二有心计，在人堆里吃不了亏，我们家将来就指望他翻身。事实上，世道自有公平，根本不是父亲说的那回事，到如今，老大就是老大，老二还是老二。

按惯例，双方父母得带着新人给来客敬酒，八十八桌，这任务不轻。若真是八十八杯白酒喝下来，铁打的人也得软瘫成泥。一般情况下，边上倒酒的人酒瓶中装的都是水，客人也不计较，把个意思表达了就行。老二他们从主桌开始敬酒，他脸上的墨泥抹干净了，但眉毛间还藏了些，显得威武了不少。老二说，哥，你喝的那是啥？饮料。我这杯里可都是白酒，不是白水，不信你闻闻。一股酒味夹杂着馊腐味直逼过来，白玉才赶紧说，我信我信，我喝的就是饮料，哥本来就喝不过你。白玉才对边上那人说，给他斟的还真是烧酒呀？喝到后来不喝出事才怪呢！小伙子一脸委屈，说，给他倒水，他闻一下就洒了，说没酒味。白玉才想了想说，反正他喝得也差不多了，备一杯酒，他嗅的时候递上，喝的时候换了，使个障眼法。

满场酒敬下来，老二回到主桌，脸色红润，脚步并不踉跄，看来真是人逢喜事精神爽。没有不散的宴席，老人们先撤，白玉才要与父母一起走，白玉明拉着老大的手，说，哥，今天你哪里也不准去，今天咱哥俩睡一张床，睡咱小时候睡的宁式床。酒毕竟还是喝糊涂了，小时候家里是有一张宁式床，据说是土改时从地主家分得的，笨重，而且旧得看不出那上面雕刻的花式，人睡上去，吱吱嘎嘎响一阵子，人侧个身，也吱吱嘎嘎响一阵子，吵得人心慌。兄弟俩稍大一点，父母带着妹妹睡，这床就归了他俩，老大比老二大三岁，两人免不了常干架，稍有动作，床就报警，逃不了挨一顿父母教训。

白玉才说，老二，别犯糊涂，那张床早让父母拆了，当干柴烧掉，灰都找不着了。老二说，哥，你骗我，那床明明还在咱爸妈屋里，你跟着我走，我指给你看。哪里还有什么宁式床？兄弟俩走进屋里爸妈的房间，明明是一张木板床，老爸腰不好，让白玉才撤了软垫床，换上木板床没到半年。老二睁着眼睛说瞎话，对老妈说，就是这，这就是我和我哥的床，今晚我和哥睡在这。老妈既好气，又好笑，但俩老大不小的儿子拉扯在一起闹腾，老母亲莫名欣喜，说，行，这就是你们的床，我跟你爸这就给你们让地儿。

老妈说，老大，那我们换房间，你照顾好老二。

白玉才点头。

从小到大，父母明明知道老二心眼多，却总是这样说，你照顾好老二。

他先给老二喝了一杯醋，又泡了一杯浓茶，老二的酒性退下去不少，手不舞足不蹈了。白玉明说，哥，有件事，我一直想跟你说，却一直说不出来。白玉才说，有什么事，你说吧。老二说，你得答应我不生气，我再说。这是老二以前惯用的套路，白玉才说，行，你说什么我都不会生气了，你做了什么缺良心的事我都不意外。老二在圈椅上坐直，说，哥，那事是我做下的。白玉才说，我早知道，瞒报仓库材料的事，只能是你，别人干不了，也没那么大胆。老二低下头，说，不，我指的是你一直在查的那件事。白玉才脑子嗡地一热，顺手朝他脸上扇了一巴掌。老二说，哥，你觉得解气你就使劲打吧。这不是人该做下的事，更不该是亲兄弟做出的事。大年初一，朝亲哥的大门上泼粪，白玉才怀疑过不下十个人，却仍然想不到是白玉明。白玉才那时翻盖了老屋不久，老二搬出去分门立户前，也时常从这门里进出，父母一直住在这屋里。乡下人讲究大门风水，他以为这样是坏老大的风水，殊不知也是在败父母的风水，败祖宗屋基的风水。老二说，都怪我，当初听信了周老瞎的胡说，说一脉传承，不可能支支兴旺，一支兴，另一支必败。我当时慌了，你那样发达，我的路就断了。周老瞎是藕节村的神汉，在鸭屎镇一带有些名气，人们丢了猪羊找他算卦，人们遇了难事请他看相，这几年，甚至有接工程上项目的老板去他屋里问凶吉。据说，他家的楼早盖到了六层，座车是奔驰，还有专职司机。不过，本村最大的老板白玉才不相信他那一套，从不上门请教。白玉才恨恨地对老二说，周老瞎的话你能信？周老瞎让你吃屎你肯去吃屎？老二嗫嚅着说，我错了，你刚才答应不生气我才敢说。现在的世界太神奇，什么神道邪说都有人信，有人生吞泥鳅，有人以牛尿为神水狂饮，周老瞎真让人吃屎，也未必没有人照他的话去做。老二，你将我的大门污了，害得我这些年提心吊胆，如履薄冰，可是，你的目的达到了吗？我的公司不还是红红火火？真是愚蠢。你为什么就不能想着走另一条路，兄弟间都能打出一个天下？老二已经在圈椅上仰头打出一串串呼噜，他借酒胆说出了那番话，居然轻松入睡了。老二从小就有把责任推卸给别人的天赋。高考复习那年，快要高考了，白玉才吃住在学校，父母想给他加营养，给他烧了一碗红烧肉，让弟弟和妹妹送到学校。弟弟和妹妹找到哥哥的教室，哥哥当然喜出望外，何况还是给他送红烧肉的。弟弟和妹妹都低着头，当哥的以为是到了陌生环境胆怯。红烧肉装在瓷碗里，瓷碗上面盖了块手帕，像新娘的盖头布。而盛着碗和筷的是一只竹制的小提篮。红烧肉那时当然是稀罕物，逢年过节才见得着，每人分几块都是父母按人头分配。大哥说，你们吃过了？弟弟和妹妹都点头。就是在家吃过了，他俩再见到肉还会惹动馋虫。当哥的说，咱仨一起吃。打开提篮盖，掀开手帕，碗底只卧了一块红烧肉。老二哇地哭出声来，说，哥，肉在来的路上让我俩吃掉了。老三哭着说，本来我跟二哥说好，走一百步吃一块，可越吃越馋，我们改为走五十步吃一块，吃着吃着，只剩了这一块。老二说，哥，都是妹妹，她说不吃肉她走不动。妹妹回击说，明明是你用手掂了第一块，咂着嘴巴鼓动我的。当大哥的哭笑不得，说，都别吵了，不是还剩一块吗？哥多少也算吃到了，你俩好好地回家，我不会跟爸妈说。老二老三不用担心回家挨揍，立即释然了。老二说，哥，你真好。老三也跟着学了一句。两人高高兴兴地走了。

老二当年说话那表情，就跟现在这睡相一样轻松，做任何事他都没心没肺，任何该挑的担子他都肩头一滑扔给别人。

也许，白玉才还真的该感谢这位老弟，那一个阴影笼罩了他几十年，他每个决策、每迈一步都细致谨慎。别人做事都向好处想，而白总总是盘算，如果这一步棋走错了，我能否承担得了失败的后果。做生意的人，尤其暴富者，一不小心就头脑发热，好大喜功，弄得前功尽弃，满盘皆输。白总一步一个脚印，稳健，是因为那件事一直提醒着他，那无声的恶毒的咒语使他丝毫不敢松懈。

八

白玉才把老二弄到床上，这小子睡得沉，没皮没脸地在梦里笑着，都娶了儿媳妇的人，做了那么多缺德事，还能睡得如此踏实，“厚颜无耻”这词，就是说的眼前这位了。白玉才睡不着，一方面是心里生气，另一方面是因为也喝了几杯酒，村里的书记和主任，年龄上是晚辈，但所在的位置使他礼节上不能有一点怠慢。别人敬酒你喝水，人家心里就嘀咕，不就仗着手里有几个臭钱吗？这酒不喝不行，喝多了不行。白总见过，本来谦谦君子，喝醉了变成疯子的人太多了，胡言乱语，甚至大打出手。白总怕酒，说穿了是怕自己像那些人一样丑态百出。一个打拼了几十年的生意人，心里积累了多少憋屈多少辛酸，一旦打开闸门，那等于洪水冲溃了堤坝，家底都得毁光。但是，酒这东西，毕竟是兴奋剂，几杯下去，人能管住嘴、管住手，却管不了脑子胡思乱想。白总这一夜闹失眠，鸡叫三遍后，他就起了身。

白玉才正式成为城里人，当是从每天晨跑开始。老婆很注意塑造他的运动形象，运动衣裤、运动鞋，都是选品牌的，而且专挑那些明亮鲜艳的色彩。白玉才骨子里就不是时尚的人，一个整天劳作的人，突然肩不挑手不提，腿也用不着奔波了，浑身上下都不自在、不舒坦。人虽说是高级动物，其实也是贱骨头，活干多了，嫌累，不干活吧，嫌闲，而且能闲出病来。白玉才打交道的那些城里人，都爱运动，白玉才觉得跑步这运动适合自己，成本低，能把控，不耽误想问题，边跑步边接电话也不耽误事。

回藕节村，白玉才喜欢上茅儿山慢跑。茅儿山不高，海拔才四百多米，攀登有石阶，行车有绕山公路，白玉才晨跑一般是沿着绕山公路，上下跑一个来回也就一个多小时，运动量和运动时间都适合他。天麻麻亮，冬天雾气重，十米以外就看不清人。他刚到山脚下，前面有人跟他打招呼，白总，你出来得真早。白玉才听出是周光荣，说，周总早，看来年纪大了，睡不着觉的不是我一个呵。

绕山公路说是公路，其实平时上山的车很少，路面是红色的山土，脚底踏上去能感觉到柔软，慢跑时有明显的弹性。这周光荣，才是真正的时尚达人，城里人的生活方式已如影随形，一早上山跑步怕是他回老家后的必修课了。

两人靠近了，周光荣说，我可不是睡不着觉，我是专门在此等白总的。看他脚下，已有两三个踩扁的过滤嘴烟头。藕节村的男人大多抽烟，但在城里出息了的人基本都把烟戒了，周光荣是个例外。城里人禁烟，抽烟的人成了过街老鼠。尤其严重的问题是，会客或者宴会，你倘若掏出根烟吞云吐雾，别人就觉得你素质差、层次低。只有一种人抽烟不被人鄙视，那就是艺术家。艺术家抽烟似乎是特权，讲噱头的人抽雪茄，或者手上揣一只烟斗。记得在周光荣的办公室，他说话时就喜欢挥舞手上的那只烟斗。看样子回到乡下，周总也懒得装，返璞归真抽卷烟了。白玉才说，光荣，白总周总的，咱俩这样喊着累不累，有事就直接说，我听着。

周光荣说，这两天忙着你侄子婚礼的事，没瞅上空和你说说话。

白玉才说，咱俩在小王老师家遇见，你也没说什么。

周光荣说，在王学文家，不是什么话都能说。

两人顾着说话，跑步速度慢下来，慢跑渐渐变成了慢走。这环山路，多少还有点坡度，就像这对少年时分开的伙伴，毕竟隔了几十年的坎坷岁月，彼此想重新回到昔日友谊，略显吃力。

周光荣说，那年我不辞而别，在广东打工那几年，心里其实一直没放下。

白玉才说，一直没放下吕荷花？

周光荣说，那时年纪小，吓坏了，老担心王老师报警，警察跑广东来将我缉拿归案。路上遇见个警察，店门前开过一辆警车，都能吓得我魂飞魄散。

在王老师和吕荷花结婚四五年后，周光荣悄悄回过一次家乡。他听说王学文腿瘸了，听说王学文和吕荷花生了一个女儿，长得像她母亲一样美丽。眼见为实，他还是想亲眼看一下这两人。那几年，广州是改革开放的前沿，周光荣见识了各种各样的新鲜事物，包括女人。周光荣说，真不是惦记着吕荷花，咱们都是过来人了，经历过女人的身体，对女人的那份情思就淡了。那时最关心的是王老师，毕竟是我毁了王老师的一条腿，王老师也就大我们几岁，他也有漫长的人生路要走。那时藕节中学还没有楼，教室是平房，教师宿舍也是平房。王学文和吕荷花住的那间房，是教室改建的，前后都是大窗户，周光荣趴在后窗，这两口子的生活一览无余，不，应该是三口之家了。他们已经有一个三岁的女儿，地面凹凸不平，还没条件铺上水泥，她已经能在房间里跑前跑后。周光荣看到了什么？看到了王老师在一张旧课桌上喝酒的侧影，当家的男人喝几杯小酒，女人炒几个菜侍候，小孩围着当爸的转悠，不时地张开嘴，当爸的及时地投喂。这是农家晚餐常见的场景。周光荣总觉得这家人有什么地方不对，女人离男人远远站着，女儿躲到床边看连环画，眼睛却不时盯着喝酒的父亲。果然，周光荣看到了他难以相信的一幕，王学文那时还没坐轮椅，拄着木头拐杖，他扶着旧课桌站起身，抡起拐杖朝吕荷花没头没脑地砸下去。没有任何预兆，连一句拌嘴的前奏也没有，吕荷花转过身，抱住头，任王学文朝她的后背一下又一下抡拐杖。她完全可以躲避，逃到拐杖够得到的距离之外，但是她没有躲开。周光荣想不到印象中那个文质彬彬、笑意盈盈的人民教师，竟然是这样的衣冠禽兽，但是，他当时实在没勇气站出来阻拦，这是别人的家事。吕荷花说，我让他打，他打完了，心里的苦处就发泄了。白玉才插言，这么说，你后来与吕荷花有联系？周光荣说，我后来联系上了吕荷花，我心里不安，如果不是我们当年恶作剧，王老师不会落下残疾，吕荷花也未必嫁给王老师，造成这两人不幸的原因我有份。周光荣停下脚步，说，你觉得你也有份吧？否则，为什么对王老师那么关照？听说王老师的轮椅你都替他换三回了，越换越高级。白玉才也顿住了，这些年来，他没有这样想过，他觉得自己就是一个旁观者，但第一个草把是他捡起的，他帮助周光荣点着火，要说罪过，他也逃不了干系。他待王学文好，主要是出于对老王老师的报恩。老王老师患了肝癌，白玉才将他接到了省人民医院手术，请的是省内一流的专家，也无力回天。在最后的时刻，老王老师说，玉才，我不放心的是你小王老师这一家，他有病，将一家人都拖累成病。白玉才说，您放心，我会记住您这番话。白玉才不说空话，小王老师也是他的老师啊，他作为学生，帮老师解决困难也是人之常情。王学文的女儿，老王老师唯一的宝贝孙女，当年去美国留学，白玉才不说二话，就掏出了王家不足部分的费用。周光荣说，那孩子我前几年在美国见过，我在美国旅行，专门去旧金山看她，她在那边发展得很好，抑郁症没了，人变得阳光开朗了。白玉才从没听小王老师两口子说过，那孩子原来得过抑郁症。现在想起老王老师在病床上的嘱托，他老人家说的将一家人拖累成病，竟是有所指。

周光荣说，那孩子，做父母的在她心里留下了太多阴影，她才会能走多远就走多远，越远心绪越光明。

说话间，两人已到了山顶。周光荣说，一直到现在，小王老师还常常犯疑心病，怀疑吕荷花外边有男人，他现在不用拐杖了，吕荷花的身上常常被他掐得伤痕累累。吕荷花在中学旧操场跳广场舞，王老师全程监视，你注意到没有？王老师在阳台上的那个位置，操场上所有跳舞的人都在他视线之内。

白玉才一声叹息，作孽。

周光荣说，今天我在山口守你，其实是受村里周书记和主任之托，谈建养老度假中心投资的事。你现在是大咖，年轻人怕你架子大，托我出面。

白玉才说，难怪呢，我还以为你就是为了叙旧。

白玉才说，为什么非得我投资？你瞒不了我，你现在的家底也不薄。

周光荣说，真神面前不说假话，我也没必要哭穷。不过，我忙活了大半生，赚下的就是一堆纸。

钱，也就是纸。有钱的老板都喜欢这么说。可周光荣说的纸，还真是纸。周光荣说，干字画拍卖这行，开始是看重钱，做到后来钱不稀罕了，只稀罕字画。看到好东西，就想自己收藏。干这一行，遇到的好东西太多了，胃口越来越大，藏品越藏越多，到后来不惜举债。就是害怕越陷越深，他才金盆洗手，收山回乡。

白玉才说，那你说不定是富可敌国，掏出一张纸就抵得上我一个公司。

周光荣说，村里书记说了，现在招商，有钱未必就是大爷，这山这水早有老板看中了。但他们商量了，还得看投资者人品。他们研究过你这个人，党员，人大代表，有头脑有原则，关键是讲道德，有公心，赚得了钱，也吃得了亏。

白玉才说，打住打住，你给我加这么多高帽子，不想让我喘气了？不过，我得感谢各位领导，让我通过政审，入了领导的法眼。

周光荣说，我才没必要恭维你。小时候，我们曾经想过，长大后要做老王老师那样受人尊敬的人，在外面遛了一圈回来，老王老师走了，钱是挣下了，但人心不古了。村里这状况，最需要树起老王老师那样的旗帜，那样顶天立地的大树，做村庄的标杆，做山冈的标杆。当下人的心目中，佩服能人。藕节村并不缺能人，最缺的是能为大家谋幸福的能人，这也是书记和村主任选择你的理由。如果你真想干，我也加入，跟着你干踏实。

白玉才说，这对你来说，也就是拿出张纸的事。

离开藕节村时，周光荣送来一张纸，纸质发黄，说，你们老白家人写的字。周光荣将纸摊在地上，一字一顿地读道：有时俗事不称意，无限好山都上心。白玉才说，这字迹龙飞凤舞，你不读给我听，我还真认不出来。周光荣说，白蕉这对联，是大白话，字面上的意思我懂你懂。

白玉才说，字好不好我看不出，这意思我能有一知半解。开价吧。

周光荣说，钱你早就付过了，你拿走，我心里的疙瘩就解开了，从此不欠你的。

白玉才说，原来周总心里藏着算盘，一直没停止拨拉呀。

两人相视一笑。

九

周光荣和白玉才加了微信。周光荣心态年轻，还玩直播，白玉才一有空闲，就看他的直播，他的直播背景都在藕节村，看着亲切。

这回是在村口大树下，还是那排凳子，还是那些老汉，周光荣对着镜头说：

> 天上云多，地上人多，
> 湖里水多，水里鱼多，

洼地草多，草里虫多，
冈上树多，树上鸟多，
院子鸡多，丝瓜花多，
熟人话多，人生梦多，
人生本是一场梦，
何必欢喜何必愁？

说朗诵不是朗诵，说唱歌正是唱歌，问身边的小年轻，说，这叫说唱，RAP，一般人学不好，这周光荣，就不是一般人。

还有一回是村里有人造屋上梁，那楼也有五六层，再高的楼也得上梁。粗硕的大梁披红挂绿，缓缓上升，木匠师傅将手中的大斧挥一记，周光荣唱一句：

我拿团子白如玉，鲁班令我敬龙珠。
东南西北我不撒，先敬主家万年柱。
亲朋贵宾头张望，财源福气满宅降。
团子落地滚元宝，四邻八舍都来抢。
小伙抢到配鸳鸯，姑娘抢到配情郎。
中年抢到富贵长，老人抢到寿无疆。
……

白玉才留言：我也想抢一只团子。
周光荣说，你来呀，有本事你来抢。
白玉才有一天拨通了周光荣的电话，说，村里那书记，都有什么条件？

周光荣说，书记说，给村里六十岁以上老人留一批名额，这里面现在包括咱们的老爸老妈，将来包括你包括我。

白玉才说，这倒不是问题，现在开发房产，也得拿出一定比例做人才房、福利房。

周光荣说，哈，这么说，你这次是想通了？

白玉才说，你先别嚷嚷，这可不能直播。

放下电话，他在心里嘲笑自己，大半生谨慎，这次终于豁出去做了一次撒钱的傻事。别人都说放长线钓大鱼，可这养老度假中心是放长线钓小鱼，说不定投入是有去无回。怎么说呢？或许是真被老二说中了，反正你的钱将来也不姓白。

婆家的饭长

/刘正权

周志山把头扎在碗里，呼哧呼哧吃出吧唧声。

饿牢里放出来的都比他斯文。

一碗三鲜粉，吃得像黄河要决堤似的。

陈雅静笑话周志山吃相比洪水来了还惊天动地呢。

有什么好奇怪的？娘家的饭香！周志山抹一下嘴巴，伸手说，纸，汤都流到嘴角了。

陈雅静递过去一沓餐巾纸。

话是跟着递过去的，娘家？周志山你把话给我说清楚，我可没本事嫁你，明明你自己申请驻的队，扫地出门这名声我不背。

扫地出门太掉价，周志山笑，我自己嫁出去行不？

也不行！陈雅静气鼓鼓的。

咋不行？周志山说，我都自降身份了。

你降身份，得给我见个真章。

嫁人出去的真章是彩礼。

钱我可没见着一分！你藏私了？

藏什么私？瞧你这生意人本性，句句不离钱！周志山耍花腔，夫妻间谈钱，伤感情。

两口子谈感情还伤钱呢！说吧，又看中娘家什么，想往婆家带？

周志山嘿嘿笑，确实有主意要打在陈雅静身上。他没打算瞒，瞒不住，陈雅静眼睛毒。

自从周志山担任黑王寨村精准扶贫工作组组长，回城里十一次，有十一次带着任务。

不是找人，就是跑项目，最后都落到一个字——钱上。

没办法，娘家的饭香，婆家的饭长！黑王寨这个婆家，底子薄，娘家不帮衬谁帮衬？周志山每次回家都这么诉苦。

要我说，你回娘家算了！为帮你把这个扶贫组长当好，我前前后后找的人、跑的项目，都能让你坐上招商局局长位置了。

这话不夸张，市里对招商引资有奖励，对招商人才尤为重视。

陈雅静是市企业家协会会长，企业家朋友多，经她牵线搭桥，药材大王陈志豪投资在黑王寨建立了药材基地，董大成入股开发的葛粉系列产品远销欧美东南亚。

回娘家，我倒是想！周志山做愁眉苦脸状，正月初二你对我的谆谆教导，我可没齿不忘。

正月初二，谆谆教导？还没齿不忘？陈雅静蒙了，她只对生意场上的事上心。

年节这种事，过了就烟消云散。

幸好我留存有证！周志山调出手机微信，上面是陈雅静发给周志山的大年初二老婆篇：今天是已婚女人最幸福的日子——曾只身一人赴战场，而今日，领着俘虏带着战利品回到根据地，彰显一个成功者的自豪与骄傲。

周志山的俘虏和战利品肯定另有所指。

陈雅静抱着膀子，你剐我肉可以，不能把我的筋都抽到黑王寨吧？

陈雅静在黑王寨办了个纯净水厂，营销思路就是套那个我们自己不生产水，我们只做大自然的搬运工的大牌纯净水，利润不大，但绝不至于亏本。

这样的纯净水厂，办十个八个，陈雅静都乐意以娘家人身份贴进去。

伤筋动骨的投资，陈雅静肯定得三思。

怎么会抽你筋呢？我是给你家老爷子壮筋骨来的。

主意打到我家老爷子头上了？

老爷子虽说是从市委到了人大，但影响力还在，黑王寨中医世家马麦家的紫花地丁膏药申请“非遗”，还是老爷子鼎力相助才成功的。

什么叫打主意？这叫关注老年人身体健康！

我倒要看你是怎么个关注法。陈雅静逼周志山摊牌。

黑王寨不是有很多桑葚吗？你吃过！

一听桑葚，陈雅静就口齿不争气地冒出酸水。黑王寨独特的地理位置、充足的光照，让黑王寨的桑葚酸甜适口，个大、肉厚、色紫红、糖分足。

陈雅静对桑葚没有抵抗力。

这个喜好源于她母亲，周志山驻村第一年，带了桑葚回来给陈雅静父母尝鲜，在中医院当护士长的母亲可欢喜了，对陈雅静说桑葚性味甘寒，具有补肝益肾、生津润燥、乌发明目等功效，同时还是利尿、保健、消暑的鲜果，《本草纲目》中有记载。

陈雅静当时信口来了句，这东西很值得开发啊。

想起这宗事，陈雅静警惕性上来，我可告诉你，老爷子一辈子没犯过错误的，你别打着关注老年人身体健康的名头，让老爷子晚节不保。

瞧你把话说的，一个女婿半个儿，没听说有儿子挖坑给老爹跳的。

说这话时，周志山眼前自动脑补出一个坑，那个坑，在黑王寨北坡崖上，有名堂，叫天坑。

说天坑，其实是近百亩平地，三面环山，乍一看，像老天给砸了个坑似的。

天坑这个地方，老爷子去年春天去过。

老爷子是去黑王寨调研。黑王寨是整个市里最出名的贫困村，贫困户多，随着精准扶贫力度加大，加上黑王寨得天独厚的地理条件，一下子从过去的“背篓去，篮子来，有女不嫁黑王寨”，变成眼下美丽的休闲乡村，近水可数鱼，近木可遮阴，只有天籁而无车马喧嚣，只有花香沁脾而无雾霾困扰。

很多人慕名而来。

黑王寨就势办起农家乐，走在寨里，时不时飘出红灯笼和酒旗，颇有点古诗中“千里莺啼绿映红，水村山郭酒旗风”的意境。

美丽乡村建设需要持续性经济发展做支撑，人大代表助力精准扶贫，更是老爷子前往黑王寨调研的最大动力。周志山决定下乡驻队时，老爷子告诫再三，一定要着力解决贫困户“八难”，让贫困村实现“八有”。

“八难”是指贫困户稳定增收难、便捷出行难、安全饮水难、住房改造难、素质提升难、看病就医难、子女上学难、公共服务难。

“八有”则是要求每个贫困村有一个特色主导产业，有一条硬（油）化村社公路，有一个便民服务中心，有一套落实社保政策到户的具体措施，有一个整洁的村容村貌，有一个坚强有力的村级班子，有一支稳定的驻村工作队，有一个有效的结对帮扶机制。

驻村几年，周志山扶贫成绩可谓有目共睹。经乡里市里验收，黑王寨贫困村帽子摘了，贫困户也消灭了。

都成了市里的脱贫致富典型，老爷子心里还是不踏实。

他得亲自审查调研，才能给女婿的工作下定论。

捏着鼻子糊眼睛的事，尽管少了，却不是没有。

尤其是验收组都知道周志山是自己的女婿，极有可能在检查中走过场。老爷子是常在河边走，从来不湿鞋的狠角色，威望极高，哪怕到了人大，说出来的话，依然相当有分量。

周志山和村主任陈六为带老爷子去哪里调研，产生了分歧。

到时三那儿看孔雀养殖、孔雀开屏，彩头好！

你当老爷子没见过孔雀开屏？

那，看大春的彩瓦厂？这是咱黑王寨本土企业。

彩瓦厂从长远来看，可持续发展的空间不大。

总不能带老爷子去那些不成看相的地方吧！陈六有点泄劲，乡下人的待客礼数，是尽着最好的东西让客人看，给客人吃。

周志山的架势，是把这些好东西藏着掖着。

你说对了！周志山使劲一拍陈六肩膀，有丑遮不住，有穷瞒不到。

丑？穷？

周志山把眼光投向北坡崖上的天坑。

天坑除了百多亩桑树，啥也没有，黑王寨没养蚕的传统啊。

养蚕？周志山还真是把老爷子当蚕，来黑王寨吐丝的。

老爷子但凡张口，吐出来的都是金丝。

当天坑那成片的桑树林呈现在老爷子眼前时，老爷子连连惊呼，世外桃源啊这是！

是桃源，但不在世外！这可是人家春分特意种植的。

说说看，她有什么打算？

难不成真想养蚕？一群人在老爷子身边七嘴八舌地议论。真养蚕，这规模太小，再说中国的蚕丝市场集中在江南。

越俎代庖的事周志山不干，春分这时就上了台面。

天不生绝人之路，地不长无名之草。栽这么多桑树，春分肯定有她的名堂。

春分说我是这么想的，黑王寨眼下农家乐饭店有了，采摘园也有，寨子下边河里垂钓中心也有了样。

黑王寨还缺什么呢？

春分不直接回答，这些现有的都不成体系，属于散兵游勇，想要真正留住客人，我认为底气不够。

说说你的底气！老爷子来了兴致。

我的底气，春分冲老爷子吐下舌头，都在胸前藏着呢。

藏着干吗？你晒出来大家瞅瞅！老爷子玩微信，嘴里的话与时俱进。

春分真的把手伸进胸前，掏，从怀里掏出样东西，展开，晒在大家眼前。

是一张生态产业园效果图。

名字很大气——春葚农业科技有限公司。

我想成立一个集桑葚种植、研发、产品深加工、销售以及旅游观光、就餐娱乐、自助烧烤、儿童乐园、亲子种植、垂钓、桑葚自助采摘于一体的生态产业园。

生态产业园，想法不错！老爷子对照着图纸和眼前的天坑。

春分在一边比画着，喏，这儿，自助烧烤；那片水塘，垂钓；靠山边，亲子种植；桑树林中间，采摘。

这个点子好！老爷子冲村主任陈六说，得大力扶持。

陈六嘿嘿笑，我们怎么扶持都不如您一句话来得扎实。

老爷子看着周志山，这么有前景的产业园，让雅静入股啊。

周志山急得直摆手，不行的，得避嫌。

瞧你，多大的嫌要避？又不是投机倒把，又不是贪污挪用，这是投资。

话还没落地，春分接了嘴，投资倒是不用，我只需要政策上的帮扶。

政策帮扶没问题，随时找我，老爷子表态，需要我的地方，让志山带个信就行。

毋庸置疑，周志山回城，是给老爷子带信来了。

受春分委托。

春葚生态产业园，眼下如火如荼着。

真的开发成功了，那个春分？

当然啊，不然我敢回来劳烦老爷子大驾？

陈雅静说这个春分可惜生错了地方，要搁城里，我这位置就该她坐了。

周志山鼻子哧出一股气体来，瞧你说的，咋叫生错地方？乡村振兴这片天地大有作为的。

能有多大作为？没听说大鹏展翅恨天低？陈雅静不屑。

我还听说深山飞出金凤凰呢！呼嗒呼嗒，周志山学着凤凰展翅的动作，从背后抄出一个包装盒，看这个。

一盒包装很精美的桑葚酒。

春分做的？陈雅静有点不信。

生态产业园，只要有钱，在黑王寨，谁都可以做起来，但把果实做成酒，那就是深加工了，科技含量很高。

一般的乡下妇女，真没这个见识。周志山直接让陈雅静长了见识。

知道吗？桑葚酒是一种新兴的果酒，它是水果酒之中的极品，具有滋补、养身及补血之功效。饮用后，不但可以改善女性手脚冰冷的毛病，更有补血、强身、益肝、补肾、明目等功效。

听你这口气，好像为我量身打造的！陈雅静乐。

必须为媳妇打造啊，听着，这桑葚酒早晚饮用效果更佳，能让你喝出品位，喝出健康，喝出迷人风采。

哈哈哈……陈雅静笑，周志山你这会儿风采倒是非常迷人。

我，迷人吗？

想要我迷惑老爷子出马，带人到你们黑王寨给这个桑葚酒做宣传吧。

自己的把戏被陈雅静看穿，周志山脸涨红了，老爷子当着春分表的态，我推不掉啊。

这么好的酒，市场应该很走俏的！陈雅静不解，指望老爷子能有什么好招？

酒香也怕巷子深，你懂的，这酒的宣传力度跟不上。

请明星来代言！

那得多高代价，人家春分的酒都还没赢利。

在电视台打广告也行啊，这个成本低！

现在谁还看电视？周志山一语惊醒陈雅静。

如今报纸、电视都被手机上的各种新媒体给冲击得没了立足之地。

要不，借助手机做活动？陈雅静眼珠子一亮，以产品做奖品，我在企业家微信公众号上推，不花钱，照样可以家喻户晓。

太迎合春分的想法了，巧妇难为无米之炊的她，就是想花最少的钱，把活动做出最大的响动。

天底下哪有这种好事？有还能轮到她名下？陈雅静给周志山泼冷水。

她想搞个万元征集广告词的活动，颁奖当天，请老爷子带一帮书法家现场挥毫泼墨，凡是广告词入围的参赛者，一人一件桑葚酒。

老爷子兼着县老年书画家协会名誉会长。

等着，陈雅静是何等聪明之人，立马追问周志山，你们是不是把广告词都给拟好了，到时安排人参赛，奖金都不用发？

有多少米做多少人的饭，不这样，春分下一步更难以迈开！周志山被看穿老底，脸上窘得不行。

陈雅静沉思了一下，这么的，要是真的有比你们广告词好的，岂不是明珠暗投了？

没办法，一万元，对现在的春分来说，得好钢用在刀刃上。

真有好的广告词，钱我出！陈雅静表态，不能欺骗消费者，这是生意场上的大忌。

那当然好！周志山说，可咱家钱就这么白扔进水里？

我说白扔了吗？陈雅静点了周志山一额头，还晓得顾家啊你。

周志山嘿嘿笑。

但有一句话我说前头，陈雅静说你别忙着先乐。

什么话？

这个桑葚酒的代理权我必须优先，否则，老爷子的工作你自己卖脸去做。

春分眼下正愁找不到好的代理商呢。

何况陈雅静还出广告词的钱，于情于理春分都不会拒绝。

周志山大手一挥，春分这个家我当了。

陈雅静摇头，你还真的把黑王寨当婆家了，什么家都敢当，代理权呢，你问好了春分再给我答复。

老爷子那儿的答复，陈雅静不需要卖脸，她卖个萌就足够。

瞧见没？桑葚酒！

哪儿来的好东西？还没等陈雅静学周志山的样子呼嗒呼嗒，老爷子眼睛已经睁圆了，跟着嗓门变得中气十足，老婆子，给我整一杯尝个鲜。

老爷子三高，酒，有日子没碰了。

馋得不行了都，再戒下去，就是戒命。

一杯桑葚酒下喉，老爷子眯着眼睛，周志山又想什么歪点子了？

陈雅静假装惊奇，爸爸你太神了，这都猜得出？我得给你手动点赞！

哼哼，就你，无利会起早？还跑到娘家来，肯定是周志山背后唆使的。

啧啧，难怪说嫁出去的姑娘泼出去的水，陈雅静噘着嘴巴，晓得是周志山唆使的你还向着他。

养姑娘不如养女婿呗！老太太插话，女婿名下当然是有求必应。

偏不帮他求！

我求你行不行？老爷子咂巴着舌头，说吧，他碰见什么难题了？

哪有地反过来当天的？陈雅静不解。

你不懂，这娘家的饭香，婆家的饭长，老太太叹口气，你爸爸求你，还不是指望你在婆家把饭吃得长长久久和和美美的？

养儿一百岁，长忧九十九，陈雅静没了话。

春分面前，陈雅静有话要说，我不是全权代理你的酒。

陈雅静自己有公司，规模还很大，全权代理酒，能有多大利润？

春分说，那你代理啥？

代理商业模式！我是借你这酒做一个营销上的探索。

商业模式？营销探索？春分一怔，和陈六同时看向周志山。

虽说是夫妻，但生意场上的事，周志山到底外行，陈雅静你别搞那种人家堂屋里好坐客的把戏，春分这边亏不起的。

亏什么啊！陈雅静笑，她是最大赢家。

最大赢家？

见大家都一副百思不得其解的神情，陈雅静掏出手机，你们天天机不离身，知道手机上刷屏最多的都是什么人？

微商呗！在这点上三人回答一致。

差不多每个人的微信好友中，都有几十个微商不间断刷屏。陈雅静补充。

春分是那种一点就透的人，尤其女人和老人，对微商最为热衷，女人热衷卖美容品，老人热心推销保健品。

你们注意到没？微商做的其实就是分销。陈雅静停下来，喝口桑葚茶，就拿面膜来说，早先女孩是一周做一两次，现在变成一天做两次，从周一到周末各一次到每天早晚各一次，显然是生产商在创造新概念。

你的意思是咱们桑葚酒也可以创造新概念，从中国人饮酒习惯的每晚一杯，变成早中晚各一杯，既满足口舌之欲，还健康长寿？春分脑子转弯快。

可不是吗？周志山一拍大腿，小品《不差钱》里有这么一段经典的台词相信大家都记得，你知道人生最痛苦的事情是什么吗？人死了，钱没花完！

那你知道人生最最痛苦的事情是什么吗？人还活着，钱没了！这一次，陈六倒是把话接得快。

所以，我要的代理权，跟你们想象的代理权，不冲突，但又不一样。

陈雅静说完，看着春分。

春分咬着嘴唇，想了想，点头。

成交！

这种合作方式春分无疑是最大赢家，在桑葚酒销售这块，简直可以当甩手掌柜。

陈雅静更不会是输家，作为一个成熟的企业家，挣多少钱意义不大，企业能够可持续发展，以何种形式在瞬间万变的市场上立于不败之地，才是她的终极目标。

春分的桑葚酒，走微商线上分销之路，对陈雅静是一个挑战。

线下的传统销售，春分自有路子，陈雅静压根不打算涉足。

先说正事，书写广告词的事，老爷子满口答应了，颁奖那天全县知名书法家悉数到场，电视台也会来人，陈雅静看着春分，就看你舍不舍得酒了，书法家润笔费是一人一件桑葚酒，这个家我可以当吧？

春分抓着陈雅静的胳膊直摇，这还需要商量？打我脸啊？

当天晚上，陈雅静在企业家协会的公众号上发出一条醒目推送——《奖你没商量》：

为弘扬黑王寨春葚农业科技有限公司浓厚的文化

内涵，为开拓桑葚酒业大市场和大发展凝聚强大精神动力，即日起特面向社会征集广告语。广告语体裁不限、字数不限，一经采用，给予奖励。

奖项设置如下：

入选奖一名，现金10000元，桑葚酒一件。
入围奖二十名，桑葚酒一件。

配图下面是公司简介。
春葚农业科技产业园的全景图，分明就是一个世外桃源。
最后才是桑葚酒的功能介绍：

桑葚酒具有免疫促进作用，不单适合爱酒男士，女士同样适用，因为它能够滋阴养血、生津润燥，兼具美容养颜、补充营养、亮发明目等功效。

万元大奖大家倒是不曾动心，毕竟入选的广告词只一条，但入围的奖品，谁都可以觊觎一下，最吸引人的是春葚产业园赠送的一个小福利——但凡参赛作者，都有机会被邀请参加颁奖典礼，现场观摩书法家挥毫泼墨，免费品尝桑葚酒。

一时间，小城差不多的公众号都做了转发，转发积赞到了八十八个，等于拿到入场券。

这是另外一个福利。

随着广告词的征集热不断升温、扩散，陈雅静的微商代理也正式铺开，天南地北的朋友都纷纷找陈雅静下单。

周志山乐了，说多接单，春分这回得大发。

陈雅静不急，你转告春分，线上绕过我找她下的单，一个都不许接。

有钱赚干吗不许接单？你这做的哪门子生意？让春分还活不活？

你不懂，陈雅静解释，微商都有囤货的喜好，我们大张旗鼓征集广告词是为什么？为的是桑葚酒走入寻常百姓家。

周志山一怔，这里面有啥讲究？

讲究大着呢，陈雅静说，我要的是货物走向市场，不是走向仓库，得有紧俏感。

饥饿营销？

对，不能给一次喂饱，再说春分现在的桑葚酒产量也有限。

细水才能长流！周志山赞许地看了陈雅静一眼。

响鼓需要重槌敲。

桑葚酒广告词颁奖前一天，周志山又一次回到城里的家。

那天是腊月初七。

还是一碗三鲜粉，周志山吃得闷声不响的。

黄河水干了？周志山难得吃相斯文一回，陈雅静反而不习惯。

我是怕婆家的饭吃不长呢！周志山皱眉，明天的颁奖会要玩砸了，我这个精准扶贫组长是没脸在黑王寨待的。

陈雅静用手撑着下巴，看得周志山心里发毛。

你这是要吃人？

吃人？我看你是吃定我们爷儿俩了，苦肉计玩得很到位啊！

什么苦肉计？这是本色演出！

我再帮你稳一下老爷子就是。

陈雅静的稳，带着某种诱惑。

桑葚酒一亮眼，老爷子那句“拿酒杯来”还没出口，陈雅静把酒往身后一藏，吃人嘴短，爸爸你别净想着白吃白喝。

老爷子咂嘴，对老太太说，瞧你养的姑娘。

我养的姑娘怎么了？坚持原则是好事。老太太帮着陈雅静敲打老爷子。

我就不坚持原则了？老爷子气哼哼站起来，到书房取出一张纸，你看看，明天现场挥毫泼墨的名单。

陈雅静一看，不单有书法家名单，连互动环节都设计好了。

姜还是老的辣，果然是放之四海而皆准的真理。老爷子什么阵仗没见过？

评选广告语时，周志山、陈六和春分与陈雅静这边产生了点小小的分歧，他们原定入选的“游春葚产业园，喝健康桑葚酒”被一帮子书法家给撤了。在这点上，书法家是有发言权的，老书法家差不多都是半个诗词家。自古以来，诗书画相通。

陈雅静说，把所有参赛作品拿出来，请老先生们过目，以免有遗珠之憾。

周志山冲陈雅静眨眼，让她不要节外生枝。

陈雅静晓得他的意思，说你啊你，到黑王寨几年别的没学到，倒把过小日子的算盘打会了。

一头牛都买了，还给不起买牛绳的钱？

买牛绳的钱，砸锅卖铁也得出，要强的春分刚要张口，陈雅静伸手拦住，这事跟你没关系，我跟周志山有言在先的，牛绳钱，我出！

世界长寿乡，养生春葚酒。

这句征文从一大堆广告词中脱颖而出，老爷子沉吟再三，这个广告词好！

好的广告词，自然是一字千金。

一帮子书法家纷纷认同。

他们这个小城，可是被联合国认定的世界长寿之乡。

陈雅静拍出一万元，说这一万，算我给桑葚酒颁奖送的贺礼。

黑王寨规矩，贺礼必须得收。

春分眼圈一红，陈雅静这是给她长脸呢。

春葚产业园才起步，资金紧张是人所共知的。

入选的广告词有了，老爷子兴致大发，对书法家里最高寿的彭老说，要不你给春葚酒当代言人吧。

彭老不知道是不是沾了那个老祖宗彭祖的光，九十岁的人了，长须飘飘，步履矫健，可以站着书写两个小时，腰不痛，手不僵，腿不软。

小县城能被评上世界长寿之乡，黑王寨功不可没，单单一个黑王寨，百岁老人就有三个之多，八九十岁的老人近二十个。

一切就绪，电视台的新闻记者开通了云上直播。

陈雅静客串了一把主持。

来自县城书法界的大家们，不少人曾在国内书法大赛中获奖，有的早已成名成家。他们还别出新意，带来两名十二三岁的女孩，别看她俩年龄不大，却也练习书法四五年，擅长楷、行、魏、隶等字体，颇见功力！

直播开始，春葚产业园的负责人春分在镜头前侃侃而谈，之所以定在腊八节这天揭晓并现场书写获奖广告词，是想把这一特殊的形式，作为“腊八节”的盛宴，一来祝福黑王寨的父老乡亲们，愿大家在这辞旧迎新的时节，身心健康，阖家幸福！

二来呢，黑王寨有句老话，吃了腊八饭，就把年来办！

颁奖结束的宴会上，陈雅静破天荒地把个桑葚酒喝得吱吱作响，面如桃花。

轮到周志山取笑她，咋的，黄河水要决堤了？

才不是！陈雅静仰着白里透红的脸蛋。

那你吃得这么凶干吗？

婆家的饭香呗！

不对，雅静你喝多了吧？是婆家的饭长！

婆家的饭不香，又怎么吃得长？春分和陈六端着酒过来，说我们一起去敬一下老爷子吧，没有老爷子带来的娘家好政策，哪来婆家的饭香饭长？

黑王寨风情

/刘正权

五不起房

周志山摇响大门上的破铜铃时，瞎子老五刚摸索着洗完脸，抓了竹竿要出门。

瞎子老五给自己装个破铜铃，为的是别人来了，找他时好摇响了报个音信。

不是真的指望有谁来串门，他给人算命时说过，马上铜铃摇响，亲戚有来往；马上铜铃破，亲戚无半个。

一个孤老，吃政府低保，鬼毛都没半个登门，别说亲戚了。

周志山身为驻村工作组组长，却是第三次摇响他的门铃。

有事？瞎子老五探出的竹竿收回来。黑王寨规矩，进门就是客，穷不打紧，礼数不能穷，一碗凉茶总得奉上。

喝了凉茶，周志山的话就热热地说出来，五先生，麻烦您给定个日子，寨子里打算盖农家乐，把集体经济搞上去。

你们城里人信这个？

盖房子是百年大计，得信。

瞎子老五就坐下来，伸出指头，很认真地掐算。

一番推算后，周志山往瞎子老五手里塞个红包，五先生您别嫌少。

瞎子老五不嫌钱少，他嫌自己话少，赶在周志山背后叮嘱，记住了，五不起房！

五不起房？周志山没多问，他来找瞎子老五看日子，一来是走过场，二来是让瞎子老五多笔收入。

见了村主任陈六，周志山忍不住把瞎子老五的叮嘱当笑话讲，五不起房，什么意思啊？

陈六使劲晃脑袋，哎呀，我咋把这茬给忘了？黑王寨流传千年的老话，五不起房，六不迁居，七不出门，八不归家。

咋还牵扯这么多？周志山打了个愣怔，都有什么讲究？

“五不起房”，意思就是五月份不要盖房子。陈六解释说，五月的天气刚刚开始炎热干燥，施工的话会一直拖到三伏天，这是其一；其二，五月正是害虫繁衍的季节，害虫藏到墙体内，对房子质量有影响；其三，五月份雨水多，对施工造成诸多不便，容易延误工期。

眼下正是五月头，周志山乐了，陈六啊陈六，亏你当这么多年村主任，每次出门考察都不知你在干些啥。

学习别人搞美丽乡村建设啊！

那你说说看，哪次出门考察，没见过人家搞建设的场景？

这倒是，每次考察，陈六眼见的都是热火朝天的美丽乡村建设场景。

就黑王寨人晓得五不起房？

也是，咋都不遵古训过日子呢？

咋就不能与时俱进呢？周志山说，如今建房子都是机械化，投入现代化手段，别说区区一个农家乐，就是一栋大别墅，建成最多个把月的事，想进入三伏天，那是望天打胡说。至于害虫，钢筋水泥呢，害虫有生存空间？

盖这个七仙居农家乐，可是周志山和陈六一班村委谋划好久，才找到的适合黑王寨美丽乡村建设的发展空间。乡村旅游在黑王寨是新生事物，所有配套设施都跟不上，农家乐倒是开了几家，接待一下本地客人勉强能行，外地游客想要住下来，这里就没了接待能力，还得开车往返县城。

黑王寨有七棵千年对节白蜡树，按北斗七星自然排列，周志山带着村委会多方筹资，决定在黑王寨办一个像样的民宿客栈，名字就叫七仙居！

可别小看了这七仙居的规划，它兼具观赏、休闲功能，有绿野仙踪可寻，有民间传说可探，在这种地方吃饭，完美地诠释了什么是秀色可餐。

仅仅对节树景观带，过于单一，是留不住客人的。七仙居规划图是以对节树王为核心，以景布景，辟建一处约一千平方米的人工小景园，包房、客房坐落其间。古树东北侧正好有一水池，水池周边用形态各异的大石头块围绕，呈不规则形，池中水从较远处的黑王泉导引至暗沟汇流而成，喜水可是孩子们的天性。古树正北侧有一处明清古宅遗址，石砖、石墩、基石条等历历在目，对喜欢玩穿越的年轻人来说，无疑极具吸引力。

眼下自驾游的主力，可不正是带孩子的年轻夫妻？

五不起房，等秋天起房，黄花菜都凉了。

起！陈六的手掌跟周志山的手掌拍在了一起。

芒种这天早上，有雨，瞎子老五本想睡个懒觉，偏偏门被捶得嘭嘭作响。

开门，我，陈六！瞎子老五还没开口问呢，叫声已经从门缝钻进来。

马上马上！瞎子老五应了声。

行啊老五，算准了我要来，在家候着？

骂谁是昆虫呢？瞎子老五不乐意了，芒种有三候：一候螳螂出，二候伯劳枝头鸣，三候反舌无声！

这三候，黑王寨上点年纪知点农事的人都晓得。在芒种这个节气里，螳螂前一年深秋产的卵因感受阴气初生而破壳生出的小螳螂钻出土来；喜阴的伯劳鸟开始在枝头出现，并且感阴而鸣；与此相反，能够学习其他鸟鸣的反舌鸟，却因感到阴气的出现而停止了鸣叫。

芒种这天瞎子老五原本啥也不候的，是雨把他的脚步给绊住了候在家。

陈六很开心，老五你这回玩不了反舌无声吧？

我玩反舌无声？

你不是叮嘱周组长五不起房吗？人家不但起了，还在六月前进行了迁居，这不，专门请你去温锅呢，看你还有什么话说。

得到邀请去温锅的，除了瞎子老五，黑王寨八十岁以上的人都在。温锅仪式开始，瞎子老五深陷的眼窝里滚出泪花，我老五算了一辈子命，没算出今天周组长不光给我们这帮八十岁的人留了饭，还给我们九十岁的人留了上座。

七仙居呢，这可是！

六不迁居

冷三九，热三伏！没吃过肥猪肉，总见过肥猪跑吧？陈六冲时三嚷嚷着，别口袋里有了几个钱就学鸡叫。

时三养鸡场扩建，需要把旧场的东西先搬迁，包括还没有卖出去的几千只鸡。

鸡叫还用我学？现成的！时三随口打个呼哨，所有鸡像听见指令似的，仰起脖子，拍打着翅膀，扯开嗓子，此起彼伏地叫。

不听老人言，吃亏在眼前，时三你别怪我没有提醒你！陈六口气悻悻的。

在黑王寨，真正配得上老人言这一说的，是四姑婆。

四姑婆年岁摆在那儿，寨子里但凡有陈六拿不定的事，四姑婆就会出面帮陈六敲边鼓。

都是行善积德的事，四姑婆乐意给陈六“擦屁股”。

时三不领陈六的情，你是不是担心我在搬迁过程中，鸡死光了，给寨子的养殖事业带来损失？

陈六一蹦老高，这么犯忌讳的话，你都敢出口！

四姑婆说了的，我这叫童言无忌！时三嬉皮笑脸地回过来一句。

你到四姑婆那儿去过？陈六一怔，在四姑婆面前，时三从来都是孩童般顽皮。

请四姑婆看日子给鸡搬家啊，时三递过来一根烟，这么大的阵仗，不能弄得鸡飞狗跳吧。

轮到陈六鸡飞狗跳起来，这四姑婆，是不是老糊涂了？六月不搬家，她当你时三真的得了道，鸡犬跟着一起升天，不怕酷暑了？

古时候，搬家是大事，路程稍微远一点，人都扛不住，鸡和猪更容易得病，尤其是六月三伏天，不死也得脱层皮，所以没人在六月天搬迁。

得找四姑婆问个究竟。

时三当然没得道，可不妨碍他的鸡得道啊！四姑婆看陈六跑得急火攻心，心疼地递上一碗茶。

鸡得啥道？陈六咕嘟咕嘟灌下那碗茶，冰爽归冰爽，心里头疑惑还在。

搁过去，这么冰爽的凉茶你喝得着？四姑婆来了个答非所问。

喝不着！陈六实话实说。

这日子神仙也羡慕三分吧！四姑婆循循诱导。

越扯越远了。眼下是神仙都难给时三做担保。

陈六把话往回拽，四姑婆你得把时三给拦住，这么热的天，硬是要把养鸡场的鸡搬迁出去。

不搬迁出去他扩建不了养鸡场，扩建不了养鸡场就赶不上养下一批秋鸡崽，这是好事啊。

好事？我看是捡了芝麻丢西瓜，现成的鸡都顾不上死活，秋天的鸡崽只怕是未知。

怎么叫不顾死活了？

六不迁居，您不会没听说过吧？

怎么没听说过！四姑婆作势要敲陈六的脑袋，当我烧香烧昏了头，把老祖宗的遗训都忘了？

那您还鼓动时三给鸡搬家？眼下不正是六月吗？您不会把阳历阴历给弄混了吧？

不是你四姑婆吹嘴，阴历阳历我老婆子闭着眼睛都晓得一清二楚。陈六，不是我说你，年纪轻轻咋活在老皇历中？

老皇历，什么意思？陈六被四姑婆给弄得彻底昏了头。

咱们寨子里出去的牛二你还记得不？

当然记得。陈六还鼓动牛二在寨子里办了个新型养猪场，专门用山泉水和野菜喂养特色跑山猪。

要说那些跑山猪，比天蓬元帅猪八戒都幸福，春秋季在山上吃了睡睡了吃，冬夏天睡猪圈里吹着空调，冷不着热不着。这些小日子过得滋润、自由散漫的猪，肉特嫩，入口正，吃一块能让人唇齿留香。

猪都吹上空调了，你还担心鸡在搬迁路上出问题？四姑婆一语道破天机。

时三那货车驾驶室是有空调，可没听说他在车厢里装了空调啊。

瞧你，咋就只晓得盯着脚尖处过日子？四姑婆轻轻拍一下陈六的肩，我给闺女大凤打电话了，她在省电视台上班，路子广，找一辆带空调的大货车不是难事。

对啊！陈六不好意思地挠着头，眼下搬家公司到处都是，找一个给鸡搬家的队伍，应该不难。

岂止不难？咱们黑王寨马上就有了！四姑婆笑。

您的意思是时三起了这个心？陈六这次一猜就准。

他可是最有鸡毛心的人了。

鸡鸭鹅家禽调运，这个市场肯定有前景。

果不其然，陈六再气喘吁吁地赶到北坡崖给时三帮忙时，时三正拿着手机对前来搬运鸡的车辆拍摄个不停。

搬迁的人很奇怪，说，你怕鸡丢了还是咋的？到地方给你点数就是，这么拍摄，能数得清一二三四来？

时三心里装的何止一二三四？他恐怕连五六七八都算计上了！陈六在心里悄悄嘀咕，五不起房，六不迁居，七不出门，八不归家，这些老古话，只怕要不了多久，都该退出历史舞台了。

人　日

时三买了煎饼回来，把个皮卡车的笛声鸣得在整个北坡崖上回荡，也没看见六姑把煮好的七宝羹端出来。

煎饼还热乎着，时三嘴里的话不热乎，六姑你大清早野哪儿去了？

才正月初七，时三忌讳着，把那个“死哪儿去”换成了“野哪儿去”。

六姑还真不在屋子里。时三就围着养鸡场转，自打寨子里精准扶贫工作组帮他建起这个养鸡场后，他的憨婆娘六姑就没下过北坡崖。

本来今天给镇上开业的两家酒店送鸡，时三要拉上六姑的，六姑不放心鸡，怕黄鼠狼来给鸡拜年。

时三说，有狗呢。

六姑说，人晓得过年，狗就不想过年？话虽憨，时三却找不出反驳的话。

果然就看见六姑在给鸡喂食。

鸡又不晓得喊饿，时三没好气，说，你七宝羹煮好没？我饿了！

六姑说，没呢，你先把牛牵出来饮水去。

那你快点啊，煎饼冷了不能入口的！时三没好气地吼一声，去牵牛。

牛是工作组的周志山给他找的附带试养项目，反正北坡崖上草木丰茂，还有三只羊，这是时三自己的想法，适合养羊就扩大羊的养殖规模，适合养牛就多买几头牛。

牛羊伺候好了，六姑的七宝羹还是没影儿。

时三就去拿煎饼打算点补一下，反正年下肚子油水大，扛得住。

偏生煎饼不见了，装煎饼的纸袋在看家狗大黄的狗屋边。

大黄的嘴巴，这会儿油汪汪的。

六姑你真是憨得要死啊，今天什么日子知道吗？时三一生气，就忍不住把“死”字挂嘴边骂人。

六姑从厨房钻出来，什么日子？

人日啊，人日你晓得不？

人日？六姑愣怔了一下，想起来了，嗯，是今天。

传说女娲娘娘抟土造人，前六天造出了鸡、狗、猪、羊、牛、马等动物，第七天造出人来。

难怪你要我煮七宝羹！六姑恍然大悟，人日这天吃摊煎饼和七宝羹是黑王寨流传很多年的风俗。

时三气鼓鼓的，吃个，煎饼都跑狗肚子了！

六姑说怪我，初一应该到四姑婆家升起灶香的！一般这种事，四姑婆会提前跟六姑叮嘱了又叮嘱的，六姑憨，在黑王寨尽人皆知。

你就是不升香，四姑婆也不会忘了来叮嘱你！一个声音响起来，是四姑爷。

四姑爷指着时三训了句，亏你还知道人日。

时三一怔，四姑爷您这话什么意思？

六姑可是比你知事多了，四姑爷说，什么意思你想啊，女娲娘娘最先造出的是什么？

鸡狗猪羊牛马啊！时三顺嘴溜出。

那不就对了？六姑先想着它们，多符合菩萨旨意，古代相传可是农历正月初一为鸡日，初二为狗日，初三为猪日，初四为羊日，初五为牛日，初六为马日，初七为人日的。

还有这一说？

当然有，四姑爷笑，是人太看重自己，才忘了根本。

听到“根本”二字，时三心头一震。年前，扶贫工作组的周志山看他鸡场办得很红火，要他成立合作社带动几个养鸡户被他拒绝的事顿时浮现在眼前。

六姑你记得啊，今天再忙，也要给时三煮一碗拉魂面，四姑婆专门要我过来叮嘱你这个的。

时三好吃懒做，四姑婆怕他过年时走东串西，心玩野了，把红红火火的鸡场全丢到六姑一个人身上。人日一过，该准备春耕生产了。黑王寨人讲究吃了拉魂面，把心收回来，人欢马叫闹春耕。

真正的人欢马叫是在下午，时三居然叫六姑煮了一锅拉魂面。

年前几个想跟时三养鸡的人家全被请到北坡崖，连黑王寨下河边的大老史都被请来了，是六姑的主意。河边怎么养鸡？时三很是不解。

河边可以养鸭啊！六姑说，黑王寨这地方不适合养马，咱们换成鸭。

非得把六畜养全了？时三说。

我想了的，我们这个合作社就叫人日合作社，六姑一字一板地说，没有女娲娘娘先前造出的六畜，哪有后来的人类呢？

人日合作社，六姑你不憨啊！

六姑破天荒地白了时三一眼，先前憨，那不是没钱没门路吗？

现在呢？时三逗六姑。

现在有了钱有了门路，还有了政策，再憨，那就是典型的好吃懒做了。六姑反过来将了时三一军。

时三知道，六姑怕他手里有了闲钱，再生出闲心，想过那种饱暖思淫欲的懒散日子呢。

时三挑起一筷子拉魂面，张开嘴巴，说六姑你看我怎么把魂拉回来，保证拉得跟你一条心。

吃了面，时三说六姑你低下头来。六姑顺从地低下头，时三从裤兜里掏出一个镂金的花朵，很温柔地插在六姑头上。

人日，还该给自己婆娘戴人胜的！这是四姑爷临走时悄悄塞给时三的。

槽头肉

陈六在微信群里再三再四说，家里有大学生的注意了，把表填一下！

什么表？时三眼下虽然把养殖做得红红火火，可年轻时做贼的鸡毛心还在，大事小事都容易上了心惦记，家里没大学生的他第一个打开表，是上面摸底掌握农村大学生培养和发挥作用情况。

事不关己的时三就没在群里吭声。

春分的闺女正在念大学，要说吭声早了点，但春分是个干什么都图早不图晚的人，要不然她的厂子不会那么快就抢占了市场先机。

春分就发了声，主任啊，上面是不是要给黑王寨配大学生村官了？

前段时间春分看本地“两会”报道，说一村一个大学生村官，一村一个大学生村医，在乡村振兴大业中必不可少。

陈六弹出一个苦笑的表情，大学生村医黑王寨不缺，大春干得像模像样。大学生村官，就难于上青天了，倒是有人考了来，可待不上半年，都卷起铺盖走人，一句话，受不了这清静。

确切地说，是死寂。

眼下，黑王寨有点起色了，随着乡村旅游升温，加上驻村工作组组长周志山多方努力，黑王寨被开发打造成全国古村落山寨，全省最美乡村。应该说，留个大学生当村官，不难了。

陈六自已都奔六的人，该享清福了。

填表的村民多，对大学生村官感兴趣的少。黑王寨老话，村干部，芝麻大的官，露水大的前程，谁个耐烦干？再者，村干部不好当，眼睛一睁，都乡里乡亲的，容易得罪人。

贵堂就在群里开玩笑，要我说陈六，让你家开平回来接你手，最好不过了。

陈六还没来得及回应，他婆娘大枝开骂了，贵堂你要死啊，出这么个馊主意，你们一天到晚在外面打小工，挣闲钱，吃香的喝辣的，把个槽头肉塞给我家陈六就罢了，凭啥还拉扯开平回来吃？黑王寨梦不能单单把我们家搁梦外头吧？……

黑王寨梦，是陈六自己琢磨出来的，就是一句顺口溜："农田收入保平常，苗木收入存银行，务工收入奔小康，特色收入圆梦想。"

大枝是眼气别人都有务工收入，时三、春分等好几个村民还有特色收入，他家除了农田收入，就陈六那点死工资了。

死工资，在如今不是槽头肉是啥？黑王寨人都晓得一句老话，割肉不割槽头肉。

槽头肉有的地方也叫刀口肉，就是猪脖子放血的位置，猪吃食时长期搁猪槽上，那是猪身上最差的肉、淋巴细胞的汇集地，人吃进去不利于健康。

陈六见大枝把话说得太没觉悟，赶紧打断说，你当村主任能世袭啊？

时三乐了，不瞒你说，我们还真的希望村主任就你们家买断了，让开平接手。

春分在群里起哄，要不我们举手表决，同意的点赞。

话音刚落，点赞声一片。

全票通过，居然。

陈六眼睛酸酸的，大枝黑着脸，告诉你，别打开平主意，我还指望他在深圳站住脚，到时看世界之窗去的。

你以为就你一人想看世界之窗？亏你当那么多年村干部家属，一点境界都没有。

你有境界，你让我去看啊！大枝不松口。

那你说，是开平带全寨子人去看世界之窗好呢，还是只带你一人去好？

当然全寨子人去好！大枝爱热闹，有次跟陈六出门旅游，眼睛一睁，没半个熟人，憋惨了，旅游一圈回来人瘦得脱了相。

你不想咱们黑王寨在全市乡村振兴中也瘦得脱了相吧？

大枝肯定不想，那种日子，该多憋屈。

你笃定开平能把村官当好？

只要用心，只要对这片土地有感情，咋不能？

就为一块槽头肉，您让我从深圳隔山隔水飞回来？开平坐在陈六面前，语气中有诸多不满。出去见了几年世面，他确实对村主任这职位看不上眼。

槽头肉？你吃过真正的槽头肉？

那种肉，谁吃啊？

陈六摇头，是时候让你转变一下观念了，咱们今天就吃回槽头肉，但你记住一点，吃就吃了，别嘴巴不关风。

一个槽头肉能吃出金还是吃出银来，还怕自己嘴巴不关风！开平冷笑，在心里。

偏偏，陈六亲自下厨做出的槽头肉，让开平吃出了金也吃出了银，太好吃了，简直是金不换啊。

真是槽头肉做的？连大枝都不信，可厨房里除了槽头肉，还真不见别的半点荤腥。

陈六意味深长地看着开平，知道吗？猪身上最好的肉，大家都以为是里脊肉，一头肥猪身上里脊怎么也有两斤。可没人知道，猪的槽头肉里面，有一块雪花样的肉，有经验的屠夫管它叫“不见天”，这块肉总共不到一斤，传说中的“黄金六两”就是它。

什么叫物极必反？这就是！

开平一怔，您的意思是，乡村振兴工作做好了，就是“黄金六两”？

那当然，现在乡村迎来了发展契机，总书记都说了，要金山银山，更要绿水青山。

那我听您的，回来当村官。.

错，村官不是你说当就当的，真当咱家买下了啊？群众呼声再高，也还得考。这不，上面有文件，吃完这槽头肉，你抓紧时间去报名。陈六口气很认真。

错，开平学着陈六的认真，这不是槽头肉，这叫黄金六两。

空壳鲫

割肉不割槽头肉，买鱼不买空壳鲫！时三说大老史你咋精明一世糊涂一时啊？

黑王寨任何人买空壳鲫，时三都不会提这个醒，唯独大老史，让时三操上了心。事出反常必有妖。

大老史是黑王寨最不缺鱼吃的人，他住寨下黑王河边，想吃什么鱼，往河边一站，什么鱼都能到锅里去。

与其说时三是在给大老史提醒，不如说是时三想探个究竟，大老史这人办事，时三一向估不透。

大老史是外来户。在黑王寨，这么不知根知底的人家，大老史是仅有。

大老史的耳朵，比黑王河的水还深，时三那么大的声音，他居然置若罔闻，开着电三轮，把乡里菜市场从头跑到尾，一会儿工夫，他三轮车上的大水箱里，就全是活蹦乱跳的空壳鲫了。

空壳鲫，就是那种二三两重的小鲫鱼，这种鱼，刺多肉少，吃起来容易卡喉咙，看着价格便宜，却没什么肉。

难不成大老史想玩新名堂？时三好奇心起，他养鸡，规模很大，知道现在鸡卖出去，被分门别类加工了出售，鸡爪、鸡翅、鸡脯、鸡大腿，连鸡肋都走俏得不行。

大老史在空壳鲫上做什么文章呢？

套不出大老史的话不要紧，时三长了眼睛会看，长了脑子会琢磨。

大老史干什么都不背人，他买了空壳鲫回寨子，把三轮车上的空壳鲫全部捞出来，倒进了黑王河。

放生？时三一怔，黑王寨有给神许愿放生的传统，多是甲鱼、乌龟，或者鲤鱼，没听说放生空壳鲫的。放生有讲究，起码得斤把重的鱼。

宁许人不许神，忽悠神仙，那可是要遭天谴的。

时三忍不住为大老史捏了一把汗。

那些空壳鲫哗啦进入河水，可欢快了。时三睁大眼睛，想看看有没有传说中的哪条鱼游回来冲大老史摇头摆尾谢恩，一条都没有，传说都是骗人的。

大老史意欲何为呢？时三怎么琢磨都想不透。

问，肯定问不出个所以然。时三就开了车快快地回寨子。

因为心不在焉，路上碰见熟人，时三都懒得摁喇叭打招呼。

这就让寨里人不快了。不快的还不是一般人，是村主任陈六。

陈六在寨子口，眼见着时三闷声不响地要把车开过去，脸上显山露水地表达出不满，陈六的手都拍上时三的车窗了，时三才如梦方醒，赶紧踩刹车。

咋的，这腰包一鼓起来，连带眼睛都鼓起来了？陈六夹枪带棒揶揄时三，在黑王寨只有癞蛤蟆才鼓着眼睛看人。

时三年轻时手脚不干净，偷鸡摸狗，在很多人眼里可不就是癞蛤蟆一只？

陈六轻易不拿这话挤对时三。

时三就晓得自己犯了众怒，下了车，往寨子下面看，好几个人正气喘吁吁地爬上来。该骂，自己咋就忘了捎带人家几步路？

恶狠狠地甩自己一巴掌，时三嘻嘻笑，主任你别说，我今儿还真鼓着眼睛看了半天大老史，愣是没看出个所以然。

大老史脸上有花，让你时三鼓着眼睛看半天？陈六不信，他有啥好看的？

不是他，是空壳鲫！时三一急，话就颠三倒四，河里，大老史把空壳鲫倒进河里。

买鱼不买空壳鲫，大老史背着石头上山啊，他河里少了空壳鲫？

所以啊，我寻思着大老史家是不是出什么大事了，不然用买那么多鱼放生还愿？

出事？这可不能马虎！陈六赶紧掏出手机，黑王寨谁家有个头疼脑热，都能牵扯到陈六的紧张神经。

电话打过去，大老史蒙了足足十秒钟，好端端的，主任你咋咒我家出事呢？

不出事你买那么多空壳鲫放生？

空壳鲫放生？大老史在那边突然笑了，这个你村主任心里最有数啊。

我最有数？轮到陈六蒙圈了。

你自己在微信群里发的内容，难道你没看？

陈六心说微信群我每天发的文件和通知多了，哪能样样细看？

话虽这么说，陈六还是赶紧打开微信群看他自己发布的文件和通知，到底让他找着了一个跟鱼有关的。

县政府关于本段水域实行全面禁捕禁钓的通告。

全面禁捕，跟放生空壳鲫有关联？陈六把通告递给时三看。

时三眼睛一眨，琢磨出来了，黑王河不是大老史一直承包着吗？这两年到黑王寨乡村一日游的游客越来越多，黑王寨能够满足游客吃农家乐、亲子采摘的需求，可对热爱垂钓的游客无法满足。寨子上面倒是有几口小池塘，可那些鱼都是观赏鱼，偶尔有鱼，都是家养的，垂钓，钓的是野趣。

据说城里人最喜欢钓的，恰好就是这种空壳鲫。买鱼不买空壳鲫，那是过去人穷，喜欢吃大鱼大肉，眼下日子好过，空壳鲫可受欢迎了，熬汤喝，味道特别鲜美。

城里一旦禁捕禁钓，黑王寨下的这条河，肯定成为城里人下乡钓鱼的首选。

莫不是，大老史要为黑王寨参评全省最美乡村，助上一臂之力？

开黑王寨参评全省美丽乡村动员会时，陈六曾感叹说，黑王河要是全面开放给人垂钓，肯定能为黑王寨经济发展迈上新台阶助力。

大老史倔，黑王河被他承包这么多年，一直不允许人钓鱼捕鱼，更不曾投肥喂养，真的是清凌凌的河水里倒映着蓝莹莹的天。

陈六甚至看见了，碧波粼粼的黑王河边，垂钓人欢呼雀跃的身影。

鞭　春

好男有毛不鞭春，周组长你不能这么促狭咱寨子的老少爷们！说话间陈六把裤管撸起来，展示那一腿浓密的汗毛给周志山看。

怎么就促狭寨子里老少爷们了？明明是大好事一件！开春，周志山巴心巴肝找了县里惠农合作社下乡，但凡愿意加入合作社的，免费送种子、生物肥，真正天上掉馅饼的事呢。

砸谁头上谁不乐呵啊？

偏偏村主任陈六黑起两块脸，给周志山来了个夹枪带棒。

周志山驻黑王寨工作组有日子了，晓得这话里枪也好棒也罢，都不是刻意针对他的，就耐着性子等陈六解释。

陈六不做正面回复，说鞭春是个啥讲究周组长你晓得不？

周志山摇头，黑王寨的讲究太多，他晓得的有限。

鞭春是一种农耕风俗。春天是耕种的好时机，可在隋炀帝统治时期，却禁止老百姓在这关键的时期让牛下地干活，因为隋炀帝自己属牛。老百姓为了泄愤，便纷纷于暗地里鞭打自家的耕牛，渐渐形成风俗。后来在举行鞭春仪式的时候，人们会在纸扎的牛肚子里塞上各种粮食，一直抽打到里面的粮食纷纷掉落出来。每每到了这个时候，很多一年到头都吃不饱饭的贫苦人便会蜂拥而上，将散落于地上的粮食一抢而空。

没等陈六说完，周志山就明白“好男有毛不鞭春”的意思了，好男儿身体健壮，能依靠自己的能力来过上富裕的日子，而不是通过嗟来之食的方式。

明白了又好笑，都什么时代了？我看你陈六白长了一腿毛。

陈六不服气，做人有志气有骨气还有错了？

周志山说，有志气有骨气当然对，还得有头脑。

陈六摸着自己的脑袋，我怎么就没头脑了？

周志山说，惠农合作社是县里最大的农民合作社，以发展现代农业为宗旨，以努力实现现代农业高效、农民收入跨越发展为服务宗旨。

你的意思，加入合作社对黑王寨农业发展有好处？

天大的好处，周志山笑，之前的黑王寨葛粉，还有香菇、木耳，都是通过他们对外销售的。

我说外面怎么知道咱们黑王寨有这些好东西！陈六不好意思地咂嘴。

这年月，酒香也怕巷子深的！周志山说，我跟惠农合作社谈好了，这些免费的种子、生物肥，是做实验用的，让每家每户拿一块田地出来，试种富硒大米。

富硒大米？陈六眼睛一亮。

咱们县能成为世界长寿之乡，这富硒大米功不可没，惠农合作社的土肥专家说了，黑王寨的土壤最适合大面积种植富硒大米了。

要我说，最好还来个原生态种植，不打杀虫药，不喷除草剂！陈六补充，那样的大米吃起来放心。

对啊，这就是惠农合作社对我们的要求，就担心你们做不到。

嘁！陈六说，这又不是高科技精尖端的技术，出点傻力气就行，会办不到？

周志山还是有顾虑，这些年，老百姓种地，依赖农药除草杀虫，成了习惯，谁还舍得出那种辛苦力？

不出辛苦力，哪来快活吃？陈六大手一挥，这个看我吧，一句话的事！

还真是一句话的事。

惠农合作社到黑王寨免费分发种子和生物肥那天，黑王寨的当家男人都到了。

陈六先不提领种子、生物肥，陈六把大腿裤管撸起来，说，我先给大家打个样，是好男人的，都学我，亮出一腿好毛来。

亮腿毛，还是大集体时男人们常干的事，但凡有男人下活偷奸耍滑，就会被大家伙摁在地上，撸起裤管，看腿上长了毛没有。

不长毛的，那是女人。

缘于此，“偷奸耍滑”这四个字，在黑王寨男人身上没有生存之地，土地承包后，更是连影子都不见，大家都跟土地讲狠呢。

见村主任带头讲狠，黑王寨的老少爷们齐刷刷弯下腰，撸起裤管，顿时黑压压一片腿毛，好不壮观！

惠农合作社的负责人很奇怪，这是玩什么名堂？刚要发问，周志山把指头竖在唇边，嘘了一声，意思让他静观事态。

陈六把大腿拍一下，很响亮，他的嗓门更响亮，今儿个惠农合作社给咱们免费送种子、生物肥，为的是下一步富硒大米能够在黑王寨大面积种植。

黑王寨要种富硒大米了？大家一听来了劲，这富硒大米，价格可是普通大米的几倍。而且功能多着呢，简直就是大米中的人参果。

见大伙嚷嚷得起劲，陈六使劲吼了一嗓子，想要吃“人参果”的，先得给我撂句话，种富硒大米，一不能打杀虫药，二不能喷除草剂，做得到的，就领种子和生物肥，做不到的，给我靠边站。

搞得谁腿上没毛似的，凭啥要靠边站？众人哄地一下，挤到惠农合作社的大卡车上，帮着卸种子和生物肥。

到底是有毛的男人，卸的力度大且猛，有小袋的种子和小袋的生物肥，从裂了缝的大袋里掉落。

远远地，有人拄拐走了过来，是寨子里上了百岁的八爷。八爷人上了年纪，中气却很足，老远便叫嚷着，鞭春呢，咋没人叫我一声？

陈六迎上去搭腔，您不缺吃不缺穿的，还凑这种热闹？

八爷不乐意了，我是不缺吃不缺穿，可我腿上还有毛啊，不鞭春咋能吃上富硒大米，再活下一个百年？

“官不入民宅”

老五一大早站在寨子门口，把个耳朵侧着。

捡破烂的大老吴看见了，很稀奇，说五先生今天不算命了？

老五一对眼白翻起来，我为啥一定就要算命？不算命难道没饭吃？

大老吴被老五这顿抢白搞得很没面子，忍不住嘟囔一句，晓得你能，不光有饭吃，还有酒喝有肉吃！

老五乐了，你咋猜出我在这儿等人给我送酒送肉？

大老吴吓一跳，老五你不过日子了，不年不节吃肉喝酒？

瞧你这话说的，正是要把日子过好，才喝酒吃肉啊。

大老吴啧啧着，口水流出来，狗日的老五，我这睁眼睛的还不如你这两眼一抹黑的人过得舒坦呢。

依我看，你就是一个睁眼瞎，老五把个拐杖点得地上咚咚响，都这把年纪了没点眼色，不晓得今天到我家帮厨。

酒肉是时三从集上给带回来的。时三每天赶大早到乡里县里的大酒店送货，帮眼睛不通路程的老五捎带点什么，顺手。大老吴就坡下驴，顺腿到老五家帮厨。其实哪轮得到他帮呢？时三办事向来滴水不漏，带的全是熟菜，烤鸭、卤猪蹄、猪耳朵、油炸兰花豆、卤煮花生米、粉蒸肉，唯一的热菜是牛三鲜火锅，菜都是人家配好的，插上电磁炉加个温就能开吃。

大老吴说这酒席摆好只等客人登门，我帮的哪门子厨？

老五笑，大老吴你不是睁眼瞎啊，还晓得有客人上门。

能够捞着陪客身份，大老吴心里合计着，这客人一定不尊贵，黑王寨扳着指头数，不尊贵的人，除了算命的盲人老五和捡破烂的自己，第三个应该是道士德方。问题是，德方都死去好几年了，今天也不是德方的祭日啊。

大老吴这一自言自语吧，惹恼了老五，哪个村规民约上写着我这个盲人家里就不能来个贵气的客人？

大老吴赶紧在脑海中过滤黑王寨贵气的客人，乖乖，不会是驻村工作组组长周志山吧？太不可能了，周志山第一次到老五家走访调查时，可是被老五不轻不重促狭了一回的，周组长你没听见黑王寨一句老话吧？

什么老话？周志山当时支起了耳朵。

老五却不紧不慢地冲着陪同的村主任陈六说，父不进子房的下一句是啥？陈六你给我提醒一下，这人老了记性就差。

陈六赶紧悄悄友情提示给周志山听，官不入民宅呢！

什么讲究？周志山大为疑惑。

古时候吧，官员跟老百姓身份有别，老百姓对官员存着畏惧心理，若是官员突然走进民宅，往往意味着这家人可能犯了什么罪。如果不是出于公事的需要，官员最好不要随意进入百姓家。一个盲人能犯什么事呢？老五显然不畏惧官，他嘴里的官不入民宅，自然是另一层意思，警示周志山不要在老百姓家大吃大喝。

都说士别三日当刮目相看，你老五才跟我别了一晚上，这变化，得让我用放大镜相看了！大老吴挤对老五，这贵气的客人要是周组长，我一个捡破烂的可陪不住。

有什么陪不住的？周组长没进过你家门？

进过！这点上大老吴不含糊，还喝过我家一口水。

那口水苦涩得差点让周志山吐出胆汁来。大老吴有不是很严重的小儿麻痹症，不然他不会干捡破烂的营生。黑王寨早先吃水，得从寨下河里挑，大老吴吃不消这强体力的活儿，就在门口挖个坑，天上落雨时蓄满水，当井水用。

黑王寨有几户人家打了水井，大老吴不方便去挑，黑王寨的规矩是，一家门口一方天，两家不共一口井。

他周志山能喝你大老吴一口水，自然吃得我老五一口肉！你只管帮我把肉夹到周组长碗里就行！老五翻着眼白再三叮嘱说。

你确定周志山会进你家？大老吴不大相信，换谁挨了老五那顿下马威都会长记性。

偏偏，周志山没长记性，不仅来了，还大大咧咧钻进厨房，揭起锅盖、水缸到处看，边看边对身后的陈六说，黑王寨脱贫检查，“两不愁”必须放在第一位。

陈六笑，周组长我实话告诉你，黑王寨能够让我愁的还真就老五和大老吴这两家。他们目前的状况，肯定是不愁吃（安全饮水）不愁穿的。肉香已经蹿进周志山鼻子，面对老五和大老吴摆好的酒席，周志山嗯嗯着，光不愁吃不愁穿哪行？还得“三保障”到位。

这是肯定的！老五突然插话说，我给掐算过了，黑王寨的义务教育、安全住房、基本医疗保障人人都没落下。

大老吴不明就里，你真算出来了？

嗨，这还要算？工作组进村这几年，没人找我算孩子入学年龄，没人为房子动工求黄道吉日，更没人病了找我看能不能挨过年下，说明了啥？

说明了啥？跟在周志山身后的陈六故意装糊涂。

说明黑王寨家庭的人均纯收入达到国家现在脱贫标准了呗！说明“三保障”全部到位了呗！

看不出啊，五先生您对脱贫工作中的“一达标”“两不愁”“三保障”门儿清呢！周志山啧啧赞叹。

要我说这老话也该改改了，这当官的就要多入民宅！老五冲着大老吴站的方向努嘴，还不帮我给周组长夹块肉，我们不能让政府官员光喝苦水，还得让带着我们脱贫致富的领导尝一口香肉！

那是那是，要不然，以后就官怕入民宅了！大老吴乐呵呵向那块最肥实的肉伸出筷子。

初一走父母

正月初一那天，黑王寨多了个起得特别早的人。

平常只四姑婆一人。四姑婆要给菩萨敬香，早更显得心诚。

今年多了村主任陈六。陈六不烧香，他是来给递话的。千万别以为陈六想要借四姑婆的嘴递话给菩萨，保佑自己这个村主任能当长远。

他婆娘大枝巴不得他早点不当村主任，太操心，大年初一都捞不着回笼觉睡。

陈六站在四姑婆门外，听见香房里有了响动才敲门，四姑婆那会儿已经给菩萨磕完头了。敲门声第一次响起来，四姑婆以为自己耳鸣，自打过了八十，四姑婆每次磕完头起身，耳朵都要轰鸣一阵子。

敲门声第二次响起来，四姑婆侧了下耳朵，还是不大相信这么早会有人来拜年——黑王寨人拜年有讲究，必须鸡啊狗啊都叫翻了天，才出门给人拜年。今年是鸡犬交替的年份，十二年才一轮，得给鸡和狗足够的尊重，虽说鸡狗都是畜生，可人家是家畜啊，都算上家庭一员了，能不让人家宣誓一下主权?

黑王寨人心里，很有点众生平等的意味。第三声，陈六的声音夹杂着敲门声钻进四姑婆耳朵，陈六说，四姑婆，我给您拜年呢!

四姑婆开门，不看陈六，看陈六背后。

然后伸出手，作势去打陈六，有你这么拜年的，两个肩膀扛张嘴?

陈六知道四姑婆寻自己开心呢。陈六就笑，我心意满满的，都装不下了。

那你把装不下的心意拿出来，送给四姑婆。

面对四姑婆摊开来的手掌心，陈六说，都在大凤车上装着，等会一起送给您。

等等，四姑婆手缩了回去，大凤车上装着，等会给我?

大凤是四姑婆幺女，在省电视台上班，嫁在了省城。

陈六说，没错啊。四姑婆明白过来，你这是给大凤当先行官来的?

陈六说，什么先行官，就是跟您通个气。

通个气?她是想气死我才对!四姑婆原本还笑眯眯的脸变凶巴巴的了。

陈六正不解，四姑婆说，大凤不晓得人情世故，未必你陈六不晓得，黑王寨几千年来，哪有嫁出去的闺女初一回娘家的?

陈六这才想起，黑王寨初一都要接过世的祖先回家团聚，而这些祖先是不乐意家里有外人在场的，嫁出去的闺女泼出去的水，是外人，自然不合适让祖先看见。倒是分家出去的儿子，初一这天必须到父母家拜年，以求得祖先在另一个世界的关照。

晓得初一要走父母的，不光黑王寨人，城里人也都知道。所以当周志山大清早起床出门拜年，陈雅静没多言语，她看春晚，抢红包，给生意场上的朋友拜年，等折腾好了睡下，天已经大亮了，应了那句流传特广的话，天亮说晚安。

睡完觉，赶到周志山爸妈那儿吃午饭就行，哪一年不是这么过的？

偏偏，今时不同往日了。

四姑婆在陈六走后，哐当一声关上大门，还打了反锁，意思再明显不过，闭门谢客。只是四姑婆这客白谢了，陈六走后，连最勤快的风都没敲过她家大门一下。

时间一晃到了中午，四姑婆赶了四姑爷出门，说你去寨子转转，看见大凤，就给拦住，别让寨子人笑话我没家教。

周志山才是没家教，一觉醒来的陈雅静开着车到婆婆家拜年，周志山却人影子都不见。你们……没什么吧？大年初一，婆婆忌讳着“吵架”那两个字眼。

没什么啊，我们！话虽这么说，陈雅静心里却一惊，春节期间，车多，年年都有出事的，莫非……？赶紧拨打周志山电话，是通的，却没人接！

陈雅静迅速给周志山的车定位追踪，竟然是在黑王寨。

周志山这会正在黑王寨挨家挨户摸底呢，精准扶贫工作虽说短期见了成效，可脱贫攻坚是长期的工作，他担心有脱贫再返贫的现象发生，这种事，在各贫困村不少见。他有一个想法，要把脱贫车间办到田间地头，这就需要翔实的资料和第一手信息，只有年下，黑王寨的在外务工年轻人才会在家，这也是他唯一能够面对面掏出人家心里话的时候。

大凤是在《半月谈》杂志上读到一篇相关文章后，计划做一个贫困村专访的栏目，在跟陈六交流时无意中得知驻村工作组的周志山大年初一给贫困户拜年这一信息后，临时起意，大年夜都没过就回到黑王寨。随机采访无疑是很成功的，黑王寨村民期待的大棚蔬菜、牛羊养殖、光伏发电等产业，在七嘴八舌的建议和补充中逐渐显出雏形。

陈雅静的声音是在人群外响起的，好你个周志山，有背着媳妇大年初一这么走父母的吗？

周志山吓一跳，糟糕，年年初一要走父母的，满以为摸底这事两小时就能搞定，孰料都过了晌午，胃有毛病的陈雅静这会儿肯定饿得不行。

陈六见是陈雅静，走出人群一把拽住她，说到家里吃饭去，大枝早准备了饭菜，等你来呢。

陈雅静跟陈六不陌生，为支持周志山工作，她还在黑王寨投资办了个纯净水厂。陈雅静说，你这饭菜我可不敢吃，初一走父母，讲究大着呢，你们黑王寨。

大春这会走过来打圆场说，怎么不敢吃？陈六是黑王寨的村主任，不吃他吃谁？见陈雅静脸色有了缓和迹象，周志山来劲了，说，不光是陈六家，黑王寨哪家的饭菜我们都可以敞开肚皮吃的。

为啥？陈雅静不信，把你能的。

老百姓本身就是咱的衣食父母啊！这话是陈雅静爸爸鼓励周志山进村扶贫时再三嘱托的。陈雅静爸爸是县委扶贫办主任。

嘚瑟的你！陈雅静嗔怪说，老头子的话，你倒是听得蛮真。

走啰，走父母去！大春不失时机地在陈雅静背后推搡了一把。